◇ 北漂一族的文化想象和精神地图 ◇

2018卷

# 北漂诗篇

师力斌　安琪　主编

中国言实出版社

图书在版编目（CIP）数据

北漂诗篇 . 2018 卷 / 师力斌 , 安琪主编 . —— 北京：
中国言实出版社 , 2018.12
ISBN 978-7-5171-2988-2

Ⅰ . ①北… Ⅱ . ①师… ②安… Ⅲ . ①诗集 – 中国 –
当代 Ⅳ . ① I227

中国版本图书馆 CIP 数据核字（2018）第 267022 号

责任编辑：史会美
责任校对：胡　明
封面设计：不识北
内文版式：
责任印制：佟贵兆
内文插画：安　琪

出版发行　中国言实出版社
　　　　　地　　址：北京市朝阳区北苑路 180 号加利大厦 5 号楼 105 室
　　　　　邮　　编：100101
　　　　　编辑部：北京市海淀区北太平庄路甲 1 号
　　　　　邮　　编：100088
　　　　　电　　话：64924853（总编室）　64924716（发行部）
　　　　　网　　址：www.zgyscbs.cn
　　　　　E-mail：zgyscbs@263.net
经　　销　新华书店
印　　刷　北京温林源印刷有限公司
版　　次　2019 年 1 月第 1 版　2019 年 1 月第 1 次印刷
规　　格　710 毫米 ×1000 毫米　1/16　22.5 印张
字　　数　290 千字
定　　价　68.00 元　ISBN 978-7-5171-2988-2

# 代序 | "灵魂相遇，诗句就是肉身"

师力斌

一

我怀着激动的心情读完了这些诗作。每一首都具体鲜活生动，让我感觉，这本诗集就是北漂一族的灵魂聚集，诗句就是诗人们的肉身。是的，生命体验对于诗歌来说太重要了。一首诗如果没有生命体验，它就很可能没有感染力。百年来，关于诗是什么，诗怎样写，我们已说过太多，然而，理论上的推演论证分析，一切概念说法丰张，最终都抵不过生命书写。读这本诗选，那些跳动在诗句中的体验和灵魂，使我无法割舍，也不忍在理论上啰嗦。本来，我在 2017 年引起社会广泛关注的《北漂诗篇》中写过一个长篇序言，感觉已经把该说的都说了，这本性质相同的书没有什么可说的了，但读完这些诗句，诉说的冲动无法自抑，我对这些大部分都陌生的北漂诗人的尊敬和喜爱无法自抑，频频共鸣于他们的生命体验和灵魂呼喊。我深切地感到，我需要去做的，仅仅是将这些丰富斑驳鲜活的生命书写罗列出来。

最近，贾平凹的一番话于新诗颇有启示。他在《十月》杂志系列访谈接受行超访谈谈到《红楼梦》时说，"你看它写的是贾府的衰败，实际上写的是国家的衰败，发生的故事。所以作品一定要写大家同感的，扩大就是人类同感的东西，大部分人群同感的东西，进步的东西，有价值的东西，这个作品才有价值"。在诗歌理论探讨中，我们很难把握什么是"大家同感"，但呈现在读者面前的这本诗选，却让我切实感受到贾平凹所说的"大家同感"，让我产生了不断的共鸣，有压抑不住的诉说冲动。这些诗向我传达的，不是一个人自言自语的，而是一大群人喧哗骚动的；不是时光安稳神闲气定的，而是世事变幻捉摸不定的；不是停驻静思小憩的，而是流动颠簸纠结的；不是高高在上显而易见的，而是深深潜藏在城市之流底部不易察觉的；不是饱暖安逸无所用心的，而是挣扎打拼呕心沥血的；不是一个人能写出来的，而是千百个人极度膨胀的、多面的、纷繁复杂的群体体验和心理状态，是这一个，也是那一群。简言之，既是一个个个体的心理告白，也是一个独特社会群体的心理呈现。全世界恐怕也找不到比北漂更复杂的群体感受了。

北漂一族寻找，打拼，忍受，期冀，辗转，流离，创造，失败，呼喊，叹息，他们写出了活生生的、五花八门的生命体验，呈现一个个活生生的人。刘浪写出了出租屋的诗意逼仄："由于狭小，屋里的每件东西都有多种用途 / 唯一的桌子，既是饭桌也是书桌 / 仅有的窗户，既用于采光也用于眺望 / 那扇门，一旦关上就没有另外的出口 / 这张床，是他们争吵的地方 / 也是他们和解的地方"（《由于狭小》）。冯朝军写出了寄人篱下的低头："和我一样，他也是一个失败者 / 和我一样，先是不服 / 然后慢慢学会了低头 / 在来来往往的人群中，独自包扎 / 流血的伤口"（《伤疤》）。徐良园写出了抛家舍业的内疚自责："歉收的牛郎啊 / 竟敢踏上城市浪漫的鹊桥 / 生活的包袱 / 也幻想到城里去甩掉"（《逃跑的牛郎》）。朱子庆这样描述城市的土地："城市的庄稼蛰伏在股市里 / 从不祈求风调雨顺"（《土地的概念》）。蔡诚写下疲惫："北京的人群里 / 我追逐梦想的洋流，四处赶海 / 吃苦受难的肉体，如浪涛磨光的卵石 / 挺在潮中，所有的日子都指向行动 / 黑夜不只留下无力，还有月光留下的 / 星星盈满眼眶，有时照亮大海如镜"（《光线》）。李若写出了在亲人面前的委屈："是不是731细菌部队 / 不对不对 / 这是家具厂打磨车间 // 久久地站在门口 / 像一个被世界遗弃的孩子 / 我大喊一声 / 姐姐 / 哭出声来 / 嘴咧得比裤腰还大"（《姐姐》）。周江华通过井盖写出了对京城的双面体验："一面任人践踏，任车轮碾压 / 任生活的重负，突如其来 / 磨掉突出的骨节，雨天 / 就把洗得褪色的路锥戴在头上 / 对路人显得彬彬有礼 // 一面嗅到体内腐烂的气息 / 叩问长长的黑暗，叩问 / 老鼠和蛇洞穿水流后的寂静 / 但无人应答"（《观察清华东路的窨井盖》）。北漂诗人们还写出了斑斓光鲜背后的隐秘："光鲜的，让人怜爱的姑娘 / 那些发生在她们身上的故事，又是什么味道 /（病毒拥有斑斓的色彩）就像我们身处着的，昏暗的走廊"（马晓康《北京的味道》）；写出了拥堵轰鸣的超大城市的粉碎性力量："到处都是北京。蜗行的车，飞鸟吼声破天，/ 捐躯般个人的体验。"（赵应《障壁》）；写出了公交上的歧视："售票员报出来的每个站名 / 都在嘲笑他的无家可归"（赵帅《在北京西站抽根烟》）；写出了漂泊中的不平等："我和他们，不能用排比句 / 不能平起平坐，不能称兄道弟 / 列出我们的关系式 / 你大于我，我小于你 / 永远都是不等式，只有一个解"（李舒兰《小镇人在北京》）；写出了不屈不挠的抗争与坚持："大地也为之动容 / 于是，把所有的养分集中在这里 /——地母不能渴死一个向上的灵魂"（周步《一棵树》）。星汉写出了漂的寂寞："沉默的样子 / 使我相信一件旧衣服 / 也会寂寞 / 也会孤独 / 也会陷入绵绵不断的忧伤"（《旧衣服也会陷入绵绵不断的忧伤》）；王秀云写出了平淡生活中的奇迹（《喜鹊飞到22楼》）；曹谁写出了现代都市中时光的残酷："我们周游着古老的故国 / 一圈一圈旋转 / 梦还没有醒来 / 少年倏忽就变成白头"（《二环线上的她酣睡如鸽》）；红河写出了身份的尴尬："我没有调到北京的原因 / 可能是因为我不属国家干部"（《原因》）；

陈炳南写出了后悔："鸽子飞过，诉说它的遭遇 / 它发誓下辈子再也不做一只鸽子"（《秋逢》）；紫箫写出了分裂感和难以克服的忧伤："也许 / 我们不会为自己的青春 / 感到懊悔，我们却正在 / 失去儿时的小城和河堤"（《夜幕下》）；刘善栋写出了受挫："夜里的风横扫一切 / 骄傲的芦苇倒下了"（《誓言》）；鲁橹写下彻骨的冷和宿命："我们这薄如蝉翼的身体啊 / 从定居这阴晴不定的人间开始 / 就早已能忍受这阴晴不定的人间"《我们拒绝不了冷》；阎松写下在北京稳定的父亲："一个稳定的父亲 / 如同窗外那栋老楼 / 毫无美感，却也没有 / 任何拆掉的理由"（《稳定的父亲》）；李川李不川写下飞逝的时光："时间，你过得真快 / 你能否慢下来 / 再坐过来，看着我细腻的笔触 / 我们慢慢过日子"（《和时间聊天》）；张后写出了自然给人的喜悦："雪花扑在脸上，一股来自天国的香气 / 让人充满信服"（《碧云寺遇雪》）；孙殿英写出了以物观我："如果我也是一只鸟 / 那棵树上 / 至少还会添加一个鸟巢 / 偌大的平原 / 找棵树真不容易"（《九个鸟巢一棵树》）。读这些诗句，油然而生肌肤相触的切近感，如影随形的带入感，和针扎锥刺的刺痛感。不装，不作，随手从生活中捡来砖块，砌出令人心动的建筑。

安琪《故乡雨大依旧》一诗，几乎是泪流满面地写下自责悔恨和无怨无悔的极端矛盾心态：

我应该守着故乡红砖墙黑褐屋檐下的老父老母
牵他们度过旺盛的中年
牵他们度过衰竭的晚年
我应该守着故乡的荔枝、龙眼，和芒果
守着水仙、玉兰和木棉
守着榕树、樟树和槐树
守着地瓜和地瓜腔
守着我们的闽南语
但我没有
雨夜潮湿，苔藓潮湿
西桥亭旧壕沟已更名宋河
大通北黄江嫔已更名安琪
举着流水的雨伞行走在故乡的青条石板路上
故乡雨大依旧
故乡依旧
浇灌我，用有情有义的雨，用悲欣交集的雨
和水。

安琪《除夕有感》一诗，使用超长散文句式，诗意表达了高度浓缩的异乡人的纠结："但你徘徊于今昔之间的沉默又是何等难以为外人道的景象"；另一句"你这异乡人为何还在北京人的北京"又该是何等曲折难言的心思？

这些体验绝非简单的个人感受。想想自己当年，常常在黄昏的街头发愁将来的就业，或在年夜的租屋里思念远方的父亲，又何尝不是一个十足的北漂？

北漂诗歌呈现了全球化、城市化时代京城的种种面向。王迪仅用三行就写出了城居的老死不相往来："这个门，不知那个门的声音 / 上一层，不知下一层的响动 / 风，让整栋楼都能听见"（《是这样》）。王金明呈现了北漂族本雅明式的震惊体验："地下是没有四季的道路，睡着了也可以被带到下一站"（《北漂第一年》），"不要忽略最微小的悲悯 / 你安窗户的时候 / 神透视过你的肺腑"（《今夜》），"他相信，大部分创造，都源于 / 对自己命运无望的人"（《公司创业者》），"钢铁的车厢每天反刍着人群 / 人世的味道晃荡着时光隧道 / 玻璃幕墙露出事物内部的脸 / 熟视无睹又面目全非 / 所谓高峰就是集体出工收工 / 这最盛大的传统解说着时代 / 多少祖传的农人移居到楼群中 / 像落叶让灵魂成群结队又互不相识"（《城中记》）。王长征写出了"城中村"这一全球化时代中国独有的新空间："灰色的楼群中间 / 卧着一片低矮的平房 / 居然有着一个土得掉渣的村名 / 一条铁轨扮演着'国界'的角色 / 一边是灯红酒绿 / 一边是人口挤压的村子"（《城中村》）。李松写出了城市孤独的倾诉欲望："走出西站　整个灵魂 / 像一首无法发表的诗歌 / 充满倾诉的欲望"（《雪中的北京西客站》）……

百般艰难，千般苦楚，和一点点稍纵即逝的欣慰，以及太多具体而微的体验。在生命的意义上，优秀的诗歌本质是一样的。伟大的诗人杜甫又何尝不是颠沛流离的京漂、草根、房奴或打工者？在阅读的许多个瞬间，我在北漂的书写里找到了没房住的杜甫，远离爱人的杜甫，拼命工作的杜甫，缺衣少暖的杜甫，失意的杜甫，终夜徘徊的杜甫，醉酒的杜甫，翘首期盼朋友来的杜甫，女杜甫，失去父母的杜甫，流落他乡的杜甫，爱花的杜甫，恨鸟的杜甫，悲喜交加的杜甫，悔恨一生的杜甫……一百个杜甫在这里与我相遇。

不见面也罢，只要灵魂相遇，诗句就是他们的肉身。

艰难打拼的北漂，也是色彩绚烂的北漂。他们写下了辗转中绵绵的思念："换工作。换房子。总是在换，小文 / 有什么东西在追着你，让你 / 不停地更换地址 // 写给你的那些信，跳动着一颗春天的心 / 称谓，署名，日期。千万个方方的格子 / 是我坐着想你的窗子"（冯朝军《她说的漂泊》）；写下了青春滚烫的爱的体验："那些颜色鲜艳的瓣朵 / 一瓣是欢愉 一瓣是憧憬 一瓣是 / 对未来无知 却无畏的力量 / 青春肆无忌惮 燃烧 热爱与决绝"（苏笑嫣《火红的太阳在胸口滚烫》）；他们写下了脆弱可贵令人鼻酸的梦想和愿望："我想自造一个天堂，在北京 / 不需要金钱，只有天空　阳光　草地 / 还有爱，我们天天在一起，风能吃 / 最好，还有三五知音，都温柔地 / 藏着爱的秘密"（蔡诚《我想自造一个天堂》），"我想要一件礼物 / 那是一条缓慢流动的河 / 它永远缓慢地流 / 为我，反复流很多遍"（李荼《礼物》），"我想设一个全球最大的翻译奖 / 把头等奖颁给玄奘"（周占林《玄奘故里》），"在废弃厂 / 造超级大飞机 / 载起我们的诗歌 / 翱翔宇宙"（七月友小虎《一个梦》），"但我许可自己模仿大雁，作为过客，借铁鸟的翅膀，从这里飞过 / 绵密的云像初雪之后干净的大地 / 残留一些偶蹄动物奔跑的痕迹 / 一只骆驼伸长脖子，望向远方"（莫笑愚《两个太阳》）。

北漂诗歌像一枚枚斑斓的石头，投入生活的死水，带着刻骨的、震撼人心的生命体验："下雨天有一些鸟雀 / 在屋檐下躲雨 / 它们都是 / 和我相似的失败者 / 想藏身世外"（老巢《我愿意被遗忘》），读到类似诗句，心头突然降临一句话，唯有失败者让我共鸣。是的，北漂一族中有多少失败者，抑或那些成功者是否也深深体验到失败的自我意识？老巢还写下了失败者的豪爽："下雨前要刮大风 / 我迎风而立 / 像那个名震天下的 / 帝国诗人 / 站在边塞诗里"（老巢《给我个痛快》）。赵琼写出了难忘的友谊，救命之恩，及兄弟的背叛（《出征》3首）；祭司几乎是将心比心地写下了整个中国历史的血肉联系："画子胥和关龙逄的眼 / 画比干的心 / 画着于谦头颜李广颈 / 岳飞肝胆　蒙恬的唇 / 画下介子推股　崇焕肉　晁错腰 / 铁铉鼻　方孝孺的骨 / 长弘血和屈子魂"（《凌晨的华表》）；雷从俊写下荒诞："我抚摸着当年居无定所的青春 / 又看到魏公村两元一张的大饼里 / 葱花的味道　葱 / 以花的名义招摇过市 / 多像我打着各种富丽的幌子 / 要与这座城市攀亲"（《我欠北京一个北漂》）；李成恩写卜罕见的豪放与壮阔："做一棵青阜 / 做青藏高原腹地的一棵青草 / 比做喧嚣都市里的有钱人 / 更加挺立 / 关键是 / 更像个人"（《在草原我想起你们》）；鲁克写下对老父亲的爱惜："第一次给你搓背，我就搓到了你的骨头 / 干瘦的父亲啊，我要怎样的轻柔 / 才能不让自己的灵魂，痛出声来……"（《给父亲洗澡》）；祝雪侠写下做好人的勇气（《敢不敢做好人》，《女人是用来疼爱和保护的》）。

北漂一族在艰难世事中珍藏的爱与信念是最打动我的部分。"他又热爱生活，不绝于白天黑夜 / 爱犬吠，爱影子，七情六欲 / 爱到眼睛里的石头像冰淇淋一样温柔"（适凡《证词或今夜月色》）；"写诗　写心情　写魂魄　写精髓 / 读诗　读灵感　读真谛　读情感"（娜仁朵兰《圣殇》）；"我只有我的画 / 我只有我的情绪 / 我只有思索，身影和热情 / 我不怕简陋的生活 / 我只怕虚无和缺乏意义地活着 / 色彩，无穷尽的想象 / 是我生命里最美的焰火 / 它们绽放　绽放在朴素的背景上 / 点亮一切　照亮我的生活 / 一切，废墟般的一切 / 开始绽放出生命的花朵"（王茜《我的世界是一座华丽的废墟》）。

花语对生活固执的爱让我鼻酸：

就越来越多地同情那些

有瑕疵的事物

比如，缝补多年

依然清晰的裂痕

陶醉的青瓷，划手的豁口

咬人的猫

凋谢的玫瑰

刺出血珠前的蛮横

——《当我越来越多地看到自己的短处》


幸福不是你已经拥有什么

而是你努力

攀上一列慢车

它斑驳的绿皮

除了掉漆

还能让你，想到春天

——《小堡西街的下午，关于幸福》


而我呢，每天不是中药

就是西药

诸多疼痛加身的老病号

离墙角那堆黄叶，还有多远


在我死后

是否有人记得我的诗画

是否有人念及我的慈悲

是否有人说，那朵花呀

活着的时候，太要强

只姓花，不香

——《清明，那些悲伤的人们》


张华《某农民工》：


为了一份糊口的工作，忍辱负重

为了一处栖身的蜗居，几平米就够

苦，不算啥。累，不算啥。痛，不算啥

只要心里装着一个完整的家

在空闲的时候，学学城市人到公园里走走

左手牵着爱人的右手，右手拉着儿子的左手

围成一个小小的圈。爱
就在其中

当我读到张华这首诗时，震动于诗人对家庭和爱的信仰。成千上万的北漂者心中，该有
多少卑微可贵的信仰：

我认为源于内心的包容
可以穿透所有的钢筋水泥
——胡松夏《快递哥》

老巢写出了失败者的信念：

那些渺小的
终将伟大
那些未来的
终将逝去
那些埋葬的
终将复活
那些我爱的
终将爱我

还有众多。车前子决绝的诗歌实验。牧野的温柔敦厚与思想的犀利。冯昭的自然之悟与
寂静超脱。
还有人心系天下。杜思尚《七月》的大历史叙述如此宏大又如此贴切：

一夜之间
几十家网络金融公司
停业，倒闭，跑路
妻子的半辈子积蓄
重归于零

与此同时
假疫苗浮出水面
想到最近儿子常不由自主地摇头
我打了一个冷战

绿鱼《时间深处》写出了父母妻子的绝妙感受，这感受无法精简，只能原文抄录：

如果我能走到时间深处
……
我想去亲临我的出生现场
亲吻那位生我三天而不出的母亲
我还想拦住那辆由年轻男孩骑着的摩托车
它载着穿红色衣服的新娘
我请他们开得慢些，稳些，再留神些

我更想在还没放学时就紧盯着天边
时刻准备着识别到底哪一处火烧云像猪八戒

如果还能再往前？啊——
我太想跟着那位年轻的女孩身后跑一段儿了
哪怕变成蝴蝶呢
你知道
她正孤身一人从家中徒步走到集市上
去见我未来的父亲
这个概率极小极小的偶发事件
太惊险，又太迷人！

还有很多，恕不一一。总之，北漂有好诗。

这本诗选是 2017 年《北漂诗篇》的姐妹篇，她的问世首先要归功于中国言实出版社王昕朋社长对北漂文学的热情关注，归功于出版社诸君的共同努力，还要归功于北漂诗人安琪对北漂诗歌的一往情深和辛苦劳动。希望这本爱心之书、劳动之书遇到更多的读者。

2018 年 10 月 28 日于通州大方居

# 目录

## 辑二｜附录：论

## 后记｜"一本诗歌版的北京志" / 安琪 / 341

辑一｜诗

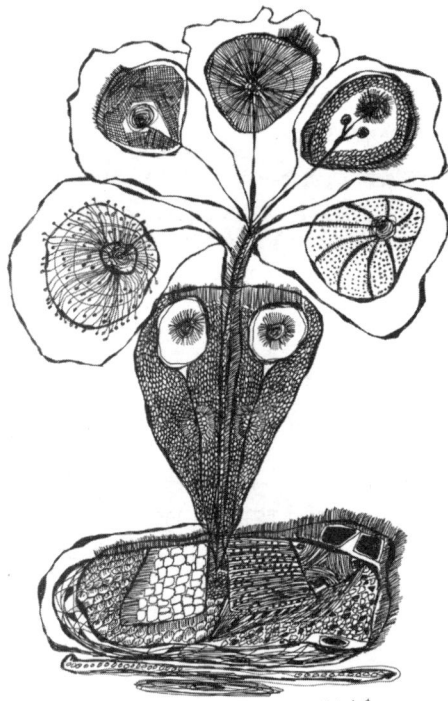

# 打工人的生活味道（4首）

张华

## 打工人的生活味道

偶尔，在大饭店显摆一次
有了面子。心，却疼了很久
一个月的生活，又捏得紧紧的
八小时之外，拼命地加班
早餐省了，烟也掉了价

路边小吃店
川、鲁、粤、淮菜系
招牌后面还特意加上"正宗"
其实，十几平米，四五张桌子，一个台面
小锅小灶。也就是把日子
酸的、辣的、甜的、苦的、咸的、淡的
大杂烩

南方的、北边的、小老板、工薪的、单身的
醋熘白菜、麻辣鸡丁、猪肉炖粉条子、云南米线、刀削面、驴肉火烧
各吃各的，各说各的
却，尝不出各自家乡的味道

## 某拾荒的人

十多年前，这里还是一片垃圾场
养活了一些拾荒的外来人
后来，城市扩大。在四周盖了楼房
把垃圾场修成了街心花园
还取了一个很好听的名字——新世纪小区
花园在楼群中间
有假山、有喷泉、有木桥、有亭台
住在小区的人茶余饭后相邀到花园里走走
打扑克下象棋唱小曲儿侃大山扭秧歌
环境好了，人多了，热闹了

不管是春天还是冬天
是清晨是午后还是夜晚
当年拾荒的那个操南方口音的男人
已经鬓发斑白，驼了背，动作也变得迟缓
他从不幻想自己有朝一日能衣食无忧
每天在花园里捡拾
在浅薄的命运里寻找生活

## 某农民工

为了一份糊口的工作，忍辱负重
为了一处栖身的蜗居，几平米就够
苦，不算啥。累，不算啥。痛，不算啥
只要心里装着一个完整的家
在空闲的时候，学学城市人到公园里走走
左手牵着爱人的右手，右手拉着儿子的左手
围成一个小小的圈。爱
就在其中

## 三口之家的情怀

巷子很长，很窄
路面坑坑洼洼。夜，很黑
一个女人背着孩子在前面走
后面的男人左手打开手机的电筒
右手随时防着女人跌倒
两个人一前一后，一米的距离
他们用自己家乡的方言亲热地说着话
我想，拉家带口漂泊
外面的日子再苦总比在老家强
不然不可能背井离乡


张华，男，四川省平昌县人，生于1972年12月10日。20世纪90年代末来到北京。其间，当过建筑小工、装卸工，现在从事个体司机工作。在艰辛的劳作之余，喜欢读书看报。也试着写过一些自娱自乐的短章和诗歌。偶有诗作发表于国内报纸杂志。北漂感言：我认为，懂得体味酸甜苦辣的人，也就懂得了品味人生。

# 离家三百里（4首）

冯朝军

## 信徒

电话里，一个追踪一年的客户
彻底拒绝合作；另一个客户，被奸猾的同事
撬走了。而昨天，房东又提高了租金
并在电表上动手脚
——这对老年的夫妇，我叫他们大爷大妈
闲些的时候听他们说早年的苦日子
老妇人心脏病发作
我给她打急救电话。而他们却视我为"摇钱树"

天暖和起来，脱棉袄时
有撕掉衣服决斗的冲动，我红着眼
"做个坏蛋，是不是日子就会好过？"

这怎么可能
我很快否定，当我转身回到诗歌里
我已是个信徒

## 送一位同事离开北京

她在哭
会议室坐满了送别的同事。年长者
如我，怀里有二十年的打工史
年轻的如身旁的小孟，大学刚毕业
白纸一张，谁也不知道他会在上面
画下什么。她在哭
会议室的写字板上残留着
商讨工作的内容，擦去的部分
像我已经死去的梦。她在哭
她把红色的衣裙换成了黑色
像我曾经把爱情
死死埋进了深黑的泥土。她在哭

在她身后，玻璃窗外面蓝天白云
鳞次栉比的楼群面无表情
声色不动。她在哭
哽咽难言，大颗大颗的泪水
发着光，光芒照耀着我的过去
和我的沉默。她在哭
我无法安慰她，摸不到任何词语的温度
这些年，我学会了疼痛时咬紧牙关
悲伤时忍住泪珠


## 伤疤

左手上有一块伤疤，那是
打架时留下的。那时年轻火气旺
总是和栖居的城市争斗。但我
从没有真正赢过
在一所学校的门前，一个外地的男人
先是火气冲天
然后，跪下来。他只想
争取让他的孩子在这里读书
留下来
不分开
和我一样，他也是一个失败者
和我一样，先是不服
然后慢慢学会了低头
在来来往往的人群中，独自包扎
流血的伤口


## 她说的漂泊

换工作。换房子。总是在换。小文
有什么东西在追着你，让你
不停地更换地址

写给你的那些信，跳动着一颗春天的心
称谓，署名，日期。千万个方形的格子
是我坐着想你的窗子

信封，邮票，地址。漫漫邮寄路

古老的仪式，爱
神秘的甜和苦，是那么的庄重

走过千山万水。左顾右盼，市声喧哗
迷茫，无助
无数个心跳溺亡于杳无消息
"地址不详"，印章
是一枚咬出血的唇印

——在故乡，一个女孩向我讲述
询问，求解。仿佛把活在那个城市的我
从我的肉体里抠了出来


冯朝军，籍贯河南固始，1970 年 6 月生人，北漂十八年。 系河南省作家协会会员。有
诗歌作品散见于《星星》《诗潮》《中国诗歌》《草原》《奔流》等文学刊物。北漂感言：
冷的时候，我就摸摸梦想。

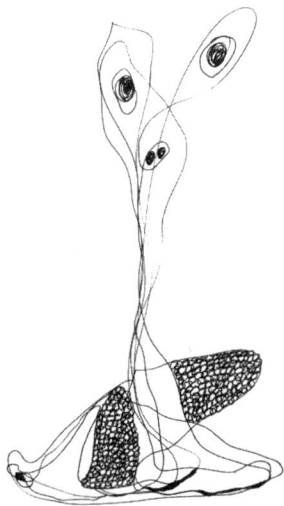

# 万物扎根于我（6首）

刘浪

## 由于狭小

由于狭小，屋里的每件东西都有多种用途
唯一的桌子，既是饭桌也是书桌
仅有的窗户，既用于采光也用于眺望
那扇门，一旦关上就没有另外的出口
这张床，是他们争吵的地方也是他们和解的地方

## 万物扎根于我

雨后，一只鸟飞过来
在我的脚印里喝水
我的呼吸被一群灌木争抢着
当我转身，衣袂带起的风
将帮助十万朵蒲公英
找到来生的家——
一定还有谁，在我的一举一动里
汲取养料，并不为人知地打开
我生命深处的矿藏

## 剃须

父亲说，他是在二十三岁的时候
胡须才像一场火灾，从下巴蔓延到腮边
青春，就在这猛烈的燃烧中结束了

同样年龄的我如今也走到镜前
重复父亲当年的动作：把剃刀搁上面颊
用它的锋利，去对付更加锋利的岁月

随着生命的早晨紧贴剃刀落下
一颗年轻之心脱离沧桑的掩映蹦跳出来
我看见二十三岁的父亲重又出现在镜中

## 铁路穿过居民区

铁路穿过居民区，生活
被切成了两半：南边一半北边一半
慢的一半快的一半
走的一半停的一半
以及，生的一半死的一半……
当火车还在远方，这里的人
像聋子一样跨过铁路，再跨回来
牲畜也是，不紧不慢，没有谁
会为了尚未到来的事情而慌乱
即使火车临近，将某种
近似于脉搏的颤动传递到他们的手腕时
也没有谁撒腿狂奔，能过去的
就过去，不能过去就待在原地
无非是一次短暂的分别
无非是两个亲密到
不分你我的人，被一列火车分开了彼此
当火车驶过，比流水更接近消逝
等在此岸的人看见走到彼岸的人
越走越远的背影……

## 鱼刺

一条鱼沿刀刃游向
我的美味，吐出的鱼骨
陈列在餐桌上，逐渐
拼凑成一个完整的死亡
如此鲜活，像是从
千年化石里摆尾而出
我瘦如渔篓的喉咙
捉到了它的一根刺
仅仅一根，就让我泪流满面
就让我张着嘴，仰面朝天
像一口咬住钓钩的鱼

## 蚂蚁诗

今天我被写在路边的

一长句蚂蚁吸引
它们玲珑、细瘦
像是从打翻的墨水瓶里
流出的小楷，用
蜿蜒的笔法，给白天加上
一条长长的黑色的注脚
远远望去，它们仿佛是
静止的，但凑近看时
每个词都在运动、撞击
如流星曳迹，碰擦出
我难以辨认的火花
有时，我几乎看到
世界的秘密就在这
微弱的火花中
闪现了一下

刘浪，男，1992年生，湖北广水人，2013年9月北漂至今。作品见于《星星》《长江文艺》《青年作家》《山东文学》《福建文学》《广西文学》《黄河文学》《少年文艺》等刊物。部分作品入选《中华文学选刊》《中国90后诗选》。北漂感言：北漂给了我一种紧迫感，因为随时可能离开，就像从别人那里借了一本书，必须在归还之前读完一样。虽然生活中有太多不尽如人意的地方，但在写作上，这是我最用功的一段时期。我最好的作品都是在北京写下的，换句话说，我最好的青春也是。

# 北京的味道（4首）

马晓康

## 你看，天空中，布满了理想主义的马蹄

想用大词就用吧！随他们去说
要放纵就变成海啸吧！变成灾难才好
想要节制，就把长河落日变成一颗圆滚滚的沙粒吧
不要和步行的人讨论飞翔
你看，天空中，布满了理想主义的马蹄

## 北京的味道

楼道里弥漫的宠物的味道——
是人们的爱心堆积着发霉的味道

绝望，是油盐酱醋的味道
（梦想，先瘦成一张床的大小
又瘦出一碗米饭的形状）

光鲜的，让人怜爱的姑娘
那些发生在她们身上的故事，又是什么味道
（病毒拥有斑斓的色彩
就像我们身处着的，昏暗的走廊）

从五道口的酒吧出来，夜生活是什么味道
步步高升的人，你所谓的成功又是什么味道
和我一样衣食无忧的人是什么味道
那些没找到艳遇的男人们是什么味道
现在，让我穿过马路——
问一问睡在公厕对面的流浪汉
他的北京，是什么味道

## 在天宁寺桥西站等车

天空开始人为地变色

而我，还没蜕下自己的壳
白云桥上，汽车们咆哮而过——
多年来，他们已找不到更和谐的方式

马路对面的居民楼，和我共享同一天生日
阳光下，有恋人、夫妻、老人和孩子
还有一股强烈的药味

四楼的阳台上晾起了衣服
三楼的沙皮狗趴在窗口
二楼的玻璃给自己画了一张蛛网
……

毒药和解药，一并饮下以后
许多种死亡的方式，都成为可能

**去往马戏团的路上**

一个人酒过三巡，月亮终于被灌倒了
霓虹灯趁机上位，也霸占了人们的仰望

楼下的车子和行人正在加速
声音，量不出眼睛到眼睛的距离
就蒸发了。道别
被进行了一半的手势代替

在不适与习惯之间
在童真与世故之间
窗口，像突然敞开的裂缝——
有人的舞台已经谢幕，而我的报幕人
还没有醒来……

马晓康，男，1992年8月生，祖籍山东东平，留澳七年，2016年起在北京漂泊。现任北京长河文丛文化艺术有限公司总经理。有诗作被译为英文、韩文、阿拉伯文等。出版长篇小说《墨尔本上空的云·人间》，诗集《纸片人》《还魂记》《逃亡记》《晏子》等，主编《中国首部90后诗选》。曾获《诗选刊》2015年度优秀诗人奖、《西北军事文学》2015年度优秀作品奖、第四届当代诗歌奖诗集奖、2017韩国雪原文学奖海外特别奖等。北漂感言：漂泊使我年轻的躯体和灵魂经受了锻打，伤痕成为精神的勋章。

## 空旷的名字（3首）

冷宇飞红

### 撤离

这是一次约定俗成的撤离
让缤纷的日月先走，留下我
站成北方临风的对峙
这么久了，才让我达成另外的心愿
一个人就够了
列出这齐刷刷的阵地
飞鸟尽，呼啦啦的青春一起飞走
我的蓝天
不再寻找归来的翅膀与远去的白云
把太阳镀成闪光的箭矢
来统治我天涯的歌声吧，我要
我要草地上遗留的种子悄悄闭上眼睛
我要桃花失去对我的记忆
如果还有一枚绿叶在此时回头
我要对你笑一笑
就像一个森林的梦
用一把小刀打开晚霞
让温暖红透
流得纯粹
（北方的玉米地，似这般拟人的队列，一读秋风。）

### 此时此刻

终究要习惯这样，从
某些方向返回
坐在自己心上发呆
一座山正在收紧
直到
成为颗粒
再也说不出来
建在肺叶上的忧伤

又向下挪了一寸
并与自己产生重逢
如此甚好
只是
该怎么命名呢
像此时此刻
这样的人

## 空旷的名字

其实，岁月终究无法将我剥蚀
我清楚地知道，令我老去的
是一个另外的秘密
我终究不能说出，你
是一个空旷的名字
一个空旷的名字，夜以继日
占据。占据并荒凉
我荒凉的日日夜夜，蒿草丛生
你在其中，艳绝
可是，关于你，我该如何描述
就说我一直在想
想你，并憔悴
我在一轮又一轮的秋风里褪色
而这，无关季节
道路漫长，日子益发漫长
我拨开苍苍的心思
寻找通往你的路径
可我不知道
这需要一个怎样的开始
你拿着我的钥匙
你站在时令里不声不响
你一挥手，我的心
就堆满落叶
我甚至不想惊动
你愈发厚重，我愈发菲薄
我终究不能与你侃侃而谈
我的颤抖的羞涩的谨慎的
寒冷与温暖都无关紧要
甚至雪雨，甚至雷电

甚至我一直不能走出的荆棘
荆棘，真实可爱
你缥缈遥远


　　冷宇飞红，另有笔名"北方""六指光芒"等，本名张发起，1971年10月生于河北省沧州市盐山县，河北师大毕业，现居北京。中国诗歌学会会员、中国少数民族美术促进会会员、河北省作家协会会员、河北省美术家协会会员。有诗歌、散文、杂文、评论、歌词在《团结报》《词刊》《海南日报》《北京文学》等报刊发表。有作品收录于《河北青年诗典》《2018年诗历》。2008年出版个人诗歌散文集《精致的时间》。北漂感言：是狩猎，是采撷，是耕种，是对高原的探究，是独行者的常态，是诗与远方的进行。

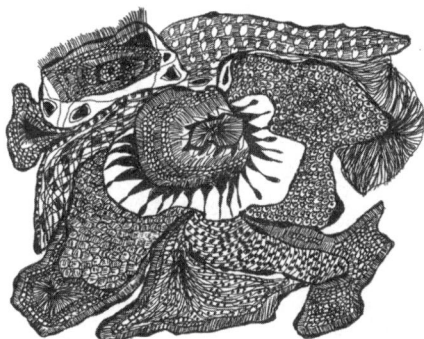

花园里的花
情时间萌生
阳光明媚　情公相爱过
——泥之燕　诗句／宫娥
2017-3-2

# 八大处（4首）

## 在法海寺

早春在京西翠微山，一样没有
早春的样子
即便嫩绿心情，也是借来的

"佛法广大难测，譬之以海"
我总联想一段凄婉。一笔旧账，一个
遁入蟹腹的恶人

领了电筒，我们即被带进幽暗大殿——
这白昼包裹的小而无尽的黑夜
一束光交织在众多里
线条，色彩，不再仅仅是线条，色彩
佛有不剥蚀的慈悲
横行，喧嚣，归于启示，普度

心有壁画，泯然于骨白灰烬
如幼时躲在被窝里就着手电微光，遇见斑斓
又在呵斥中
慌乱熄灭

## 给一棵树打针

凉风入眼眸，萧索暂不可医治
冷空气下降
——再下降，就难免
苍白——迥异于少年逍遥游：苍山白雪

今夜无月。只想做个无聊的银匠，疏离手艺
身子里煨小醉
眯上眼，耐心打量——寒夜磨亮细雨
刺骨风怎样绣出，抱窗的

14

雪景
且在落寞角落，挑开梅朵

稍早一些的安康路。我看到一个人在给一棵树
打针
那树不躲，不闪
不喊疼
像用过的旧时光，默默站在记忆里

## 八大处

身无长物，西山——这一堆堆亚麻土布
如果不是缀满缭绕佛音
还如何配得上
守望
一座皇城的孤独与虚妄

处处寺院。处处钟声掏空山谷，也掏空
僧侣的内心
站在许愿树前，站在你身边
有那么一刻
恍惚钟声掏空山谷，也掏空
我含笑只字未提的
难过

## 送小鱼儿兄返沪

辞驿栈。过县衙。护城河上的小径曲折
空寂。好像那些曾经走过的
根本没发生
晨光微暗，小桥拱手相送
两个恍惚投奔唐朝的
身影
垂柳几乎已经把一个季节的鹅黄嫩绿递到
我们的肩头
故乡是用来别离的
就在几天前，我目送老刀兄弟消失在夜色中
感怀彼时内心踏歌的声音
湮没于

这霓虹迷乱的年代
这些年，多少牛掰的好兄弟
走南闯北
留下我，留下一只独自生锈的豹子
横不下心，把自己走成异乡人


　　孤城，原名赵业胜，1970 年 7 月出生，安徽无为人。中国作家协会会员、中国诗歌学会会员。2015 年来京入职，任中国作家协会中国诗歌网编辑部主任。出版诗集《孤城诗选》。作品散见于《诗刊》《人民文学》《星星》《诗歌月刊》《扬子江诗刊》等刊物。部分诗歌作品入选《中国年度优秀诗歌》《中国诗歌排行榜》《中国新诗年鉴》等选本并获奖。北漂感言：暂时在场，永远缺席。

巴比伦塔
安琪 2017-8-21

# 圆明园过火木断想（4首）

赵应

## 钱币里的风景
——在北京 798 艺术区观杨喜发、朝鸿画展

据民众记忆，钱币多被分置在
宫殿、镖局和超级市场
那时远近世间的酸山碱土似涂染
更像泡浸，盛装却欲盖弥彰

圆形赌咒，方孔起誓
钱币里没有任何风景，绝对没有
强光下的浮世绘，终于如愿分家另灶
危险的陶醉感，总是在黄昏以后

意欲解决小农生计的妇道人家
仅仅手植了三两株桃树做手杖
小泥屋仰仗现代的艺术表现手法
修旧如旧，去与古人神交、饮酒

夜半客栈的木制天花板上
两只丹顶鹤正不间断地吞云吐雾
器具的温热气息蔓延开来
暗号怎样传递，细节无须考证

风月与脂膏怎样茫茫无边
事变在钱币里提前进入了内定
一路疯痴、无人接济是不可能的
双目逼视、一瞬的顿悟是不可能的

## 障壁

我在西直门地铁站脚踢到一颗樟脑丸，
转身去赶赴一场灭蟑的盛典。
"障壁人"意识模糊，脑壳外尽是虫鸟禁爬禁飞区；

"障壁人"意欲遍体写满鱼鳞状的诗。

灭蟑行动是哲学，也是宇宙终极关怀，
更是过去年代胡同里，路边摊的一块小肉饼。
被烈日反复揉搓洗涤的惨白障壁，一面发泄无端，
另一面我正失手摁死一只欲说还休的蟑螂，徒留血迹与虫皮。

到处都是北京。蜗行的车，飞鸟吼声破天，
捐躯般个人的体验。走近旧广场，内在的障壁更安静了——
前路法外身，谁能免全责？
慷慨歌燕市，谁又能起舞？

但障壁始终不过是障壁罢了；
"障壁人"在都市瞧见硕鼠草蛇，同样不过是略觉可喜罢了。
无声无人的障壁，有恶相丛生，有雀跃，有八骏冲破前额。
一张老式唱片枯木逢春，思想重又变得先进。

"障壁人"在返祖，灭蟑器具变二手，
京城大道之行，谁还不是各自巧妙攫取精神物质所需？
午时三刻轰轰烈烈的灭蟑盛典，
傍晚时分收拢于无迹。

一块障壁无限风光在闹市，专供游人抚摸拍照，
来年的花红柳绿提前出土被发现。
那些被拍死并且曝晒在障壁上的千百只破碎虫尸，
肃清"障壁人"的狭隘视野，只消一瞬。

一千块障壁悬于空中楼宇，集体学会光学污染，
一千个"障壁人"仰天大笑出门去。
除非落魄之余，不忘碗净碟洁勺子筷子得心应手。
除非大红大紫，对灵魂幽闭说不，对柏林说不。
对久别老友重逢说不。

## 圆明园过火木断想

我在地底下，并不是构成大地的重要角色，
我在推想，考古工作者与救护员究竟需要几只毛刷与氧气瓶；
他们为自己眼前这三根黑如巨犀的"文物"
高高树起职业性威严：我则自我介绍，我是一个怪物。

我是婴儿似的植物的死。我是一个生命力顽强的孩子。
我死时没有鲜花埋葬，现已再次冒险来到人间。
我的空无感凄惨滑稽，至今不敢直面一万张集体注视的脸。有点过分。

我所知道的皇帝是个古怪的人，
用西洋的打火机点燃自家的琉璃灯盏，
火是我俩之间共有的恩怨，
活了几百年，谁能保证自己不发火呢？

我的记忆浑圆结实，就像远古森林中的一段呆木头。
他是在找茬吗？他是想找我打架吗？他是想体验一下用火洗澡的乐趣吗？
恶意的欣喜持续吞食着他，但我不会畏缩不前。

我怎样粗野、费尽心机地攀上死亡和文明的肩头，
怎样的薄暮和火光就走向博物馆，但永远走不出博物馆了。

## 西桥头上的流浪汉

在一个人口众多的发展中国家，
你很难深入理解秋的残暴——
当夕光消隐，一个长发披垂的男人，
走向被神预言过的尘世最底面，
像一支烟，被盘滞在街市上的洪水掐灭。

我能见到你一定是因为有人死去，
或有人正无助呻吟，仅仅是为了生计，
许多人便丢失了自己的性命；
流浪。流浪。你的手埋着深仁大爱，
千万间廉租房随唐河水昼夜浮沉。

零的形体就是人类最初的形体。
僵硬的方言。更为凛冽的风。
它们攀附于青年一代的脸，被一座座
未名地好心收留，作为痛的结痂，
在适当的时机，推动时代更迭。

秋天的玉米地吹出饱满的精神。
我要让所有人重新接触你的死——

众多的落英纷纷现身，当河水陡涨，
你会凭借独特区位，从双颊微冷
到手足冰凉，到一件破衣死命地飘。

而我需要更加努力地劳作。做一个
被天生的厄运所真正认同的男人，
被你一眼看透，并击穿我铁石的心肠。
你看，一阵长风掠过北方的原野，
就打落了鸟巢，和我最柔软的部位。

家乡的西桥头，来往的车辆臻露锋芒。
一个青年伫立在大水之上的胜景，
现世之瓶，往事之书，在秋千上轻薄摇荡：
只剩下玫瑰的咆哮，在夜的余骨。
我们从未站在水岸将命运轻易交还。


赵应，1993年10月生，山西大同人。2012年开始诗歌创作，曾在《诗刊》《中国诗歌》等发表短诗近百首，出版诗集《微神》。2017年7月大学毕业，独自赴京北漂。现供职于创业邦，业余写小说。北漂感言："以人为本，以笔为刀"是我一以贯之的写作态度，即便身在北京，我也永远不会忘记我的晋国风物，更不会忘记祖上的清贫与遗训，不忘时刻听闻与书写源自社会最底层的呐喊。

东八区
安琪 2018.7.12

# 不要以为我是一个人（3首）

万华山

### 觉醒

你把钢铁一轧
轧成一朵一朵美丽的花
你是扎着白丝带的黑天鹅
你是长着犬齿的钢琴教师
全然不知
在冰冷的墙角蜷缩的小女孩
二种宿命
哭泣 等待 窒息而亡

### 不要以为我是一个人

不要以为我是一个人
我带着故里山河的石头
它们长成我坚硬的骨头
还有摇在黄土里的蔷薇
整夜缠绕梦回的路

不要以为我是一个人
我带着风雨侵蚀的旧屋脊
它们从不舍得我暴露在严霜里
那暖在胃里的热汤面
浇掉所有寒夜漂泊的悲凉

不要以为我是一个人
我带着晚霞里挥别的姑娘
临别的依依足抵城市的鄙薄
还有黄昏里下河涉水的老牛
驮着我在世上的烦忧

不要以为我是一个人
我的工友来自祖国的四方

他们挟来甜咸酸辣众味的友谊
我们用辛勤粗糙的指头
在旷野孤寂处齐齐奏响

**欢笑**

兄弟，今天又聚在一起
握住老青岛，像握住一把菜刀
我狠狠扬起脖子
你说，慢点，兄弟
慢点，人生需要欢笑
在这样的夜里
又听到你的安慰
我的同样孤独多难的四川兄弟
少小离家，老大无着
我摇摇头，一口喝下去
像刀一样凌厉
兄弟
我实在没有力量欢笑
我不知道是谁在准时来临的夜里
欢笑，歌唱，安稳期待明天
那不是我，不是你
不是大多数
但是，你说
兄弟，兄弟
不要再难为一个异乡飘荡的魂灵
一个孤鬼
即使咽下故乡的春雨
五月的桃花
九月的相逢
我也没了勇气发誓
发一个丰收的誓言
来慰藉青春
慰藉父老
博得苍天一个晴日朗朗
在工地，在流水线上
在脏乱的旧衣衫里
在与老鼠，蟑螂同居的日子里
我宁肯蘸着连年的荒芜

荒芜里不尽的孤寂，泪液，鲜血
写下冬天的冷与心头的悲
写下刀枪铿鸣，烈焰成池
写下一个年轻生命
对欢笑的另类读解

万华山，河南人。做过流水线工人，在商贸公司推销过清洁用品，在变压器厂当过业务代表，开过小超市等，有成功有失败，有激狂有心酸。2016年来到北京，成了众多"北漂"中的一员，并加入皮村文学小组。现在一家民营图书公司任编辑。

一穗·夜
岳淇 2017-8-11

# 租客（3首）

莫笑愚

### 租客

这所房子是你的
房子里的家具、家具上的灰尘是我的
这墙上的挂钟是你的
挂钟的嘀嗒声、滴答声里的日子是我的
属于你的还有篱笆墙、墙边的玉兰树
月季、狗尾草、院子里的漏缝地板
但这些东西不属于你——
篱笆墙的影子、月季上的露水
玉兰与狗尾草的爱情
小院的冬天
白雪覆盖一切
雪地上赤脚踩出的脚印
玉兰树瘦小的花苞
它们都是我的
属于我的还有很多
清晨麻雀在耳边絮叨
炫耀它们吃蚂蚁和石子的本事
乌鸦偶尔前来示威
灰喜鹊善于当和事佬
这房子里住过的人
一定像我一样
目睹过蜘蛛与苍蝇的博弈
当我拨弄夜晚的琴弦
他隐形的十指也在拨弄
他把体味、白猫的饥饿和出走留给了我
留给我的还有他醉酒以后狂野的大笑
我养的老虎在搬进来以后
为了寻找他的白猫
在一个夏夜永久消失
它离开以后，盛夏到处是火
把篱笆墙烧成了灰烬

我来之前，房子空置了多年
现在充满了油烟
他留在这里的乡愁
让我的老虎
从海上来又回到夜的海上

**被禁锢的雕像**

我看见黑暗幽深的隧道里
被钢筋网住的雕像
人的身体，脸
躲在面具下

我看见雕像冷汗淋漓的脊背
地心闪电给他侧面的光
双眼流泪，头低垂
一滴水，它的回声悠长

我知道三十年时光如飞
雕像身体里的黑暗
是隐藏最深的黑暗
那里从没有蝴蝶飞出（蝴蝶会哭吗？）

我知道暴力的线条充斥隧道
从隧道里爬出的旧事，一种历史
被暴力击打，充满暴力
又被暴力的坚硬线条绑缚

像电椅上的绑匪呼唤救赎
他内心的祈祷来得太迟
纵使乌云里有闪电，被闪电照亮的
也不是青山绿水，罪——

一个无聊的字眼，被反复否定
他体内的闪电，在我的内心呼号奔走
穿过隧道，抵达脚踝
而我替他感到了乌云的暴力

黑色的海浪汹涌，乌云

涌向我，淹没我
它的手臂从天空下伸，几乎攫住了我
——哦，这被弃置于幽暗隧道里的雕像

流泪的眼，被暴力线条绑缚的身体
黑暗中飞不出的蝴蝶（谁在呼唤）
乌云里有闪电，那被闪电照亮的
最终，又被闪电撕成了碎片

**两个太阳**

它不是梦境，更不是虚构
不过比梦境更像梦幻，比虚构更不真实
它是云端的样子，人类不能在此生儿育女
但我许可自己模仿大雁，作为过客
借铁鸟的翅膀，从这里飞过
绵密的云像初雪之后干净的大地
残留一些偶蹄动物奔跑的痕迹
一只骆驼伸长脖子，望向远方
它清奇黝黑的骨骼被透明的皮肤包裹
被阳光勾勒，银灰奕奕
远处的云桥，涵洞下隐现更远处的城市
我仿佛听见了人声鼎沸，车马欢腾
太阳在云层上方，熠熠生辉
我戴着墨镜，心虚得不敢与它对视
只能用眼睛的余光打量这遥远的发光体
我偶然瞥见了云层下血红的河流
鲜血奔涌的大地呀，那燃烧的红光令我心惊
火红的静脉，滚动的熔岩
多像我体内寂静流淌的血液！
河流里耀斑一样的发光体，它不是夕阳的倒影
是我搏动的心脏，我凝视它，仿佛凝视自己
舷窗外的太阳，白得激烈，炫目，严峻
俨然另一个我，不动声色，遥远，被寒冷裹挟
但是，啊！——
我眼前忽然飘来三朵黑云，轻俏，神秘
她们清丽的面庞裹在黑色面罩下
悄然而来，翩然而去，像三只黑色的蝴蝶
我不去想象她们性感的肉体

只迷惑于那曳地长袍下的灵魂
是否如我一样，生活在两个极地
面对两个太阳，一个用血的光焰燃烧
另一个拒斥生活，冷漠并且陡峭？！

　　莫笑愚，女，出生于 1962 年 12 月，祖籍湖南岳阳，1984 年大学毕业分配来京。诗人，博士。出版诗集《穿过那片发光的海》，有诗作发表于多种刊物，并被收录进若干诗歌年鉴和诗选。获第三届卡丘•沃伦诗歌奖。

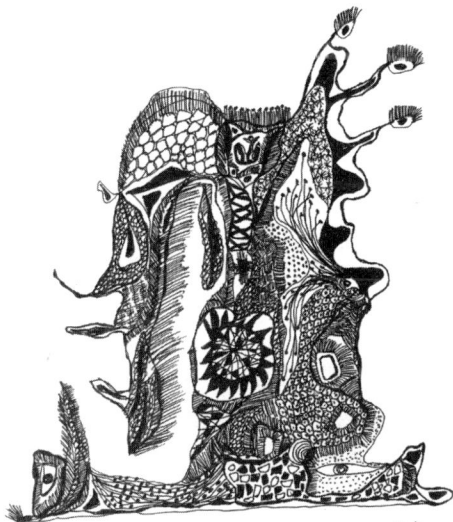

# 女记者（3首）

袁凌

## 夜车

深夜列车经过一座打霜的城市
不管它在怎样扩张
仍将被遗弃

不管车上有多少人
我们是孤身旅行者
前往属于自己的终点
大街上空无一人
灯火白白照亮
站台徒然被驶过
只有一人值勤

人们带走了提包
把记忆存放在此
因为和家中不一样
这里永不会失窃
也无须立下遗嘱
车轮缓缓启动
逐渐摞下很多
杠杆的起伏
提供人生节奏
铁轨相随延伸
解释忠实的含义

道岔别扭振动
每次都免于出轨
寂静推迟了欲望
只在到达后抚慰
窗外的神秘
从来不会带来什么
它只属于那个

在黑暗里远去的世界
有另一趟列车
搭载另外的乘客远行
也许不如这列的车厢里拥挤
乘客们彼此穿过身体
是梦想中走失的我们

走道堆叠的行包间
容不下花朵
我脚下的一张报纸上
老乡闭眼仰着的面容
亲切而麻木
像一盘被宿命的错端上来的菜肴
软卧车厢如此宁静
带有马桶的淡雅芳香
我沉浸在对上铺陌生女孩的遐想里
感觉她在黑暗里的翻身
无法想象硬座车的拥塞
老乡上一趟厕所的途中
已历尽沧桑
所有人都将到达终点
上帝同样怜悯着
从卧铺和硬座车厢下车的人们
多余的欲念想象存在车上
我的票面似乎富有
却比持一张无座票时贫穷了

听

她在听力检查室的牌子下
告诉我自己听不见了
我的听力好好的
但能听的唯有寂静

北京下了第一场大雪
在我们并不盼望的年后
我希望街上的饭馆一家家开张
陪着我一点点活起来
大雪却要把活气盖住

看到她耳朵听不见的信息
我的眼睛里有雪花融化
我们一样在深渊的底部
却像两个雪人无法彼此取暖

## 女记者

她从积水潭打车四个钟头赶回老家
小狗的身体还是软的
她觉得听到了一声叹息
据说灵魂可在遗体内逗留七小时

十年前她离开了丈夫
因为觉得没有共同语言
开始担心他
后来开始担心自己
因为命中注定的那个人一直不出场

她在同事聚会散场时偶尔抽烟
楼下拐角风大一时点不着
她在别人的家排课程上流自己的泪
在"杀人游戏"中忘了闭上眼睛

她想着在香山买一套房子
房价将设想的地段越推越远
一直推到西郊的潭柘寺
春节她要去那里烧香两次

回家时她去看看父亲的坟
躺在小河边的草地里
这条河原来绿得不正常
现在干脆变成了黑色
她觉得草深得遮住了自己
但每个走过的人还是看到了她

那天她和母亲一床睡
母亲背身睡着了胳膊弯曲
她没有敢伸手搂那只胳膊

她觉得自己恨透了摩羯座

她把一周时间扑三天在工作上
用两天来生各种病
一天练瑜伽
一天去想那口叹气是不是真的
如果是真的
小狗的灵魂会来找她投胎
这个完满的轮回中缺个父亲

她仍旧等待命中注定的那人
但不免也开始考虑闪婚
如果真命天子的位置一直空缺
旁边是否会有人替补
她发现这是自己真正害怕的问题


袁凌，1973 年生于陕西，2003 年至今北漂。写作者。出版过非虚构著作和小说集。北漂感言：对于长期北漂的状态，心理是接受的，眷恋这里的未完成状态和文化场域。

# 我愿意被遗忘（5首）

老巢

## 写给自己的墓志铭

某年的今天
某些人路过某地
看到一块墓碑
其中某个女孩停下脚步
并读出声来
话音刚落
刚才还阳光灿烂的
天空大雨如注
那碑和刻在上面的句子
有闪电划过——

这个死鬼
终于烂醉如泥

## 我愿意被遗忘

给我一亩三分地
种辣椒和韭菜
一口小鱼塘
养些喂不大的鱼儿
两间草屋
加上厨房卫生间
猪圈和鸡窝
不插电夜里点蜡烛
光束随风摇曳
远离尘嚣
下雨天有一些鸟雀
在屋檐下躲雨
它们都是
和我相似的失败者
想藏身世外

**我醒的不是时候**

昨夜船不是个摆设
穿大街走小巷
像历史书里所记载的
满城都是水
我划着它去接你
水边的建筑是徽派的
住在里面的人
穿着古装飞来飞去
都身轻如燕
我一眼就认出你
并直接把船泊在你的
工笔画里
浪花打湿部分宣纸
一些颜色浸染
绽放世间罕见的花朵
被花香熏倒
让我天亮前苏醒
梦到尾声
还是够不着你
和现实没什么两样

**我走之前**

那些燃烧的
终将熄灭
那些黯淡的
终将灿烂
那些强悍的
终将软弱
那些苦涩的
终将甜蜜
那些深沉的
终将轻浮
那些渺小的
终将伟大
那些未来的
终将逝去

那些埋葬的
终将复活
那些我爱的
终将爱我

**给我个痛快**

看窗外的北京
不很明朗
但也没什么雾霾
这不是我要的天气
今天是周五
我想要一场秋雨
一些老友冒雨赶来
与我喝个痛快
下雨前要刮大风
我迎风而立
像那个名震天下的
帝国诗人
站在边塞诗里

老巢，原名杨义巢。1962年10月30日生于安徽巢湖，1993年8月来北京。诗人，影视编剧，导演。北京作家协会会员，中国诗歌学会会员。出版有诗集《风行大地》《老巢短诗选》《巢时代》《春天的梦简称春梦》《时间的态度》等。有作品入选《中间代诗全集》《新世纪5年诗选》《北大年选·诗歌卷》等。北漂感言：北漂，是件好事，也是件坏事，因人而异。其实作为人间一过客，我们活在哪里，无论故乡还是异地，都是随波逐流的浮萍，都在漂。

# 我想自造一个天堂（5首）

蔡诚–

## 光线

远在眼前，一成不变的生活
我静坐不住，青春的希冀
不是祖上的所有，乡亲们中间
也没有出众的佳人，故乡
鸟儿飞得不高，光线只照耀田园
鸡啊鱼儿的，填满整个天空
我无限疲惫这些，我说，母亲
我要出去闯荡，我不再惧怕陌路
母亲接过斟满的烧酒，村口泪珠成行

独自一人，那个初春的黎明
寂静被我甩在身后，北京的人群里
我追逐梦想的洋流，四处赶海
吃苦受难的肉体，如浪涛磨光的卵石
挺在潮中，所有的日子都指向行动
黑夜不只留下无力，还有月光留下的
星星盈满眼眶，有时照亮大海如镜

母亲厮守老屋，一次次看到
一只鱼在她心上游来游去，光线
孤零零的，在万物的怀里挣扎
我们，彼此在远方躬耕，快了吧
重聚时，彼此的硕果在老宅闪耀

## 十一行

默然无语，我又一个人
来到这里，护城河静静地流
黎明，大树的阴影将我覆盖

从前，我们并肩而行

冬天，世界也一路繁花
彼此在身旁，不思念任何人

亲吻寂寞，空荡荡的春天
葱绿一片，却没有一个人影
走向我。爱情是我的信仰
这北漂的四月，我倦慵于
被改变的命运，像是判了死刑

## 我想自造一个天堂

我想自造一个天堂，在北京
不需要金钱，只有天空　阳光　草地
还有爱，我们天天在一起，风能吃
最好，还有三五知音，都温柔地
藏着爱的秘密。我们的漂泊
已发霉腐烂，世界嘈杂一片
房子，户口，薪水……
我不想这样终止人生，如小鸟
我畏怯，想尽早这样消失
飞向那有灵魂的生活，另寻矿藏

## 自画像

1
被烟捅黑的睡衣几天没换
3 双袜子发出臭味，在角落
蛛网编织尘垢，这些日子
我睡觉最多，方便面堆满床头
不能挽回你的感情，我不再
给窗户装上玻璃，冬天来了
就钻进被窝。专注失恋
失业也不觉得痛，生活在远方
燕郊的一粒沙，像雾霾里的落日
面孔，只能渲染无数孤独

2
打开出租屋的门，小屋
静静的，突然填满冬天的阳光

如此强烈，北漂男人的房间
这个温暖的瞬间，可惜
主人也得离去。一个上班族
早出晚归，当他再次返回小屋
只有月光或黑，太阳还很远
一直想追上她，那片天空
这么多年，像一把大锁
屋里屋外的世界，陌生很深

## 北京是一座圣城

北京是一座圣城，一想起你
我就燃烧，乡下的孩子
很久了，那梦的诗篇
想在蓝天绘就。从远方来
我有点颤抖，也看不清
风从哪个方向吹，如此贫乏
我的面包，劳动的车间
黎明，一个人在不同的天空下
和我隔着一个冬天。走出地下室
变得沧桑的人，仍在北京奔波
果实仍屈指可数。北京是一座圣城
人流如潮，神祇的怀里长大的人啊
灵魂钉在这里，在阳光的中心
梦的使者，直到时间的白发用尽
你倒下那天，圣城多数还生活在别处


蔡诚，男，1978年8月生于江西。2002年来京。已在《人民日报》《光明日报》《新京报》《江西日报》《河北日报》《羊城晚报》《北京文学》等报刊发表百余万字作品。出版作品集《北漂故事集》《流浪者诗选》《无题集》。北漂感言：北京是一个应该流浪和寻梦的地方，青春时，哪怕雨雪交加，我也应该向她跑去。

# 我的 1980 年代的春天（3 首）

大枪

## 我的 1980 年代的春天

在我稚嫩，无趣的 1980 年代
老师让我用花朵歌颂春天
歌颂温暖，安详，色彩和生命
我对老师说，"不"
我无法歌颂没有祖母的春天
也无法歌颂没有父亲的春天
更无法歌颂没有粮食的春天
我根本无法在这三者缺失的情况下
还能集中精力用花朵歌颂春天
花朵是件多么美好的事情啊

在我的眼里只有数不清的冬蛇
在抵达春天的树枝，而不是花朵
我看见蛇舌在每根枝头上跳跃
像一段段猩红的点燃爆炸的引信
母亲曾说我也是一条揭竿而起的冬蛇
生下来就把春天的奶头咬得生痛
我很乐意接受这种富有诗意的比喻

也有人劝我能不能温顺地喜欢点什么
当然，我喜欢雪花把瞳孔冻成白条鱼的感觉
还喜欢把祖母父亲粮食楔入梦境
为了这些梦我甚至奢望白昼变得更为短暂
这让我对冬天的依赖与日俱增
因此，我每天向神祈祷春天不要降临

这使得很多沉迷踏青的孩子记恨于我
他们把倒春寒也算在我的头上
并恐吓要抓条蛇来超度我，可就算被超度
我仍然不会用花朵来歌颂春天
我在等待他们施我毒液，这样我就拥有

比春天更为灿烂的前程，从而可以
顺利地住进迷宫一样的冬蛇的洞穴

这种结局更像我一个人的反春天的庆典
我无比憧憬那一刻自由，完美地到来
在那里，我必将遭遇前世的小伙伴
他们掌管着一把启开往生之门的钥匙

## 一只 13 点 15 分的蚂蚁

再孤独的世界总会有同行者
在中午的广场，我就和一只蚂蚁有了交集
我远远地看到了它，同时我看了看表
13:15 分，时针向北，分针向东
我们向对方走去，我确信它看到了我
我能感受到它的触须在友好地摆动
这是一个有意识的节奏，而且
我环顾四周，附近只有我　个生物
它走直线，没有一点平时的迂回
距离越走越近，中间有一次它停顿下来
用上颚在一块水果皮上篦了篦
就像一个有修养的人约朋友见面
总会事先漱漱口，或者它可能意识到
和一个异类交往的困难，总之
它和我一样，都执着于打破这个中午
的孤独，它一次次把触须荡漾到最高处
像是荡漾传送信号的两根天线
这时候天空恰到好处地被搅响
许多午睡的人推开了窗户
我没认为这是我所偶遇的这只蚂蚁的功劳
在这个世人皆睡的中午，它和我
只是另一个被各自世界遗弃的孤独者
世界，是我在这首诗中三次提到的大词
其实我茫然到和它无关，在这种
时光里，只是一只蚂蚁选择了我
我选择了一只蚂蚁，就是这样

第一人称写作：大枪和他的孩子们

从大女儿到小儿子
再从小儿子到大女儿
我搞不清他们何时能臻于繁茂
却搞得清他们的身高
和院子里的树一样
总比我更壮更快地长高
所有人见了我都说你这人真值
我花了很多心思想搞清这种值的换算规律
一觉醒来，规律没弄明白
却不知道我的头发怎么长到他们的头上
我的头在太阳底下闪闪发光
照耀得他们的发型真好看
每一根头发就像一片缀满露珠的树叶
无比青春地反射着各种色彩的阳光
晃得我的眼睛发胀，发酸
以至于看不清他们是树还是树是他们
他们说着笑着唱着渐行渐远了
我只好依依不舍地认领着自己的影子
就近寻了一处树荫浓密的地方躺了下来
影子不见了，我也静静地睡着了
偶然掉下的几片叶子
头发般轻轻地摩挲了我几下
一点儿声音没有

大枪，1976年12月出生，江西修水人。中国当代诗人。中华诗词学会会员，国际汉语诗歌协会副秘书长。诗作多见于各专业诗歌期刊和重要选本，获得第四届"海子诗歌奖"提名奖，首届杨万里诗歌奖一等奖。2002年至今北漂。北漂感言：房子买了，老婆娶了，孩子生了。我花了两个八年的时间，还没能成为一个拥有北京身份的人，这多么像我曾经在某一个寒冬腊月的早上，挤了九个班次的地铁没挤上去，我像一个被道路抛弃的旅人一样感到绝望。

# 雨中往事（4首）

周瑟瑟

### 在梅兰芳大剧院听《山鬼》

我听到了父亲生前的吟唱
小时候我参加父亲主持的追悼会
马灯高挂屋檐
四方乡邻围在地坪
死者躺在木棺材里
午轻的父亲站在方桌边
他以屈原《楚辞》的腔调致悼词
马灯滋滋燃烧
像在烧干死者皮肤上的油
父亲越念越快越念越快
他在追赶死者最后一丝气息
没有锣鼓喧天，黑夜寂静
只有父亲急骤的吟唱
我害怕死者从棺材里爬出来
白色灯光在玻璃罩里炸裂
乡村的夜潮湿多雨
屈原在赶路
山鬼在哭泣
父亲喉咙里的雨水汩汩滚烫
他额头上的汗水发亮
灯光放大了拿悼词的手
飞虫在人群中瞎撞
年老的乡邻低低抽泣
今天我坐在北京梅兰芳大剧院
台上汨罗市花鼓戏剧团刘光明先生
白袍飞舞，脚步轻移
唱腔里压着一盏故乡的马灯
古人以哀音为美
据说神灵喜好悲切的哀音
我在北京遇到故乡的屈原
他找山鬼而不见

我在他的唱腔里
找到了死去三年的父亲

**你是我的一部分**

我被她扑倒在地
我僵硬的身体
被她缓缓推翻在地
她迅速扑过来
这是没有过的事情
刚才她还用双腿夹住
她的舞伴
现在就扑到了我身上
她是柔软的
悄悄伏在我耳边说
——你是我的一部分
我的回答只有她一人听到
——你也是我的一部分
所有人都被扑倒了
所有人都是她的一部分
我使用的语言是诗的一部分
瘦骨嶙峋的女孩
她的现代舞
与奥拉维尔·埃利亚松的装置艺术
已经挣脱了我的语言
消失在红砖美术馆
我们今天下午讨论的
那一片发光的海
由人被物驱使的
那一片发光的海

**明日共鸣器**

有明日共鸣器
必有昨日共鸣器
我站在二者之间
像一个叛徒
我忠于明日
必背叛昨日

我有两只耳朵
一只朝向昨日
一只朝向明日
我转动脑袋
奥拉维尔·埃利亚松
拿着菲涅尔透镜
我像一个灯塔
集聚发散的光束
以脖子为中心
以固定的角度投射出去
如果你接收到了我的光
那么你就是彩色条纹
就是斜边玻璃环

**雨中往事**

从平西府回城的路上
我与洪烛、中岛坐在车里
酒劲上来了
他们靠在一起谈起往事
我坐在他们对面
黑暗中他们的脸闪着红光
我侧身看到窗外
一匹马满头雨水
拉着一车东西低头赶路
这条路我走过六七年
多少次经过每一处拐弯
地面的起伏
像我的身体一样熟悉
现在由这匹马在走
我看清了它的一只眼睛
虽然天黑雨大
但它的眼睛闪着光
像我们谈论的往事
马的身体晃晃忽忽
它像是喝多了酒
我们的车比它要快
它加快了马蹄
跟了我们一段路

随后就不见了
这个夏夜
我们谁也没有
与那匹马说话
我们蜷缩身体
一路上谈论着
雨中的往事


　　周瑟瑟，1968年生于湖南岳阳。1999年来京，影视编导。著有诗集14部，长篇小说6部。主编《卡丘》诗刊，中国诗人田野调查小组组长。编选有《新世纪中国诗选》《中国诗歌排行榜》《中国当代诗选》等多种。百花洲文艺出版社北京诗歌出版中心主任。北漂感言：北京不是异乡，它是我中年的故乡。在这里写作，与在我的胞衣地栗山的写作没有什么不同。父母都不在人世了，我有一颗孤哀子的枯寂的心，如一颗尘埃飘浮，以诗来记录我的历史。

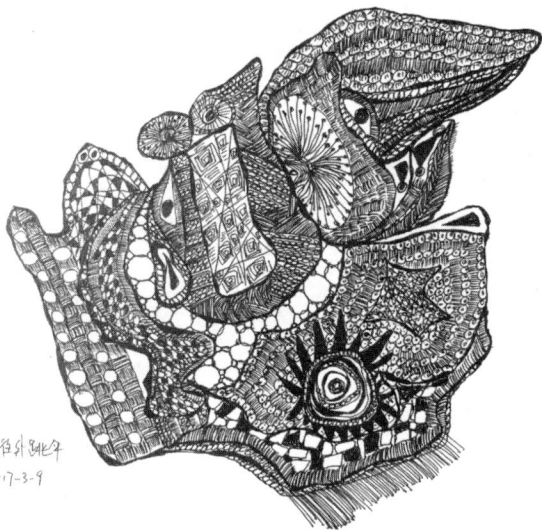

醒星
《陀梦中往外跳》之4
安琪 2017-3-9

# 证词或今夜月色（3 首）

适凡

## 零点听雨

雨下多了，自然就会有大大小小的水塘
就像现实生活是多么不平坦
就像一辆车一路颠簸，坑坑洼洼
影子下来时，都带着一身黑色的疲惫
此刻，雨们稀里哗啦，滴滴答答

窗子关久了，自然就不习惯打开
就像洁癖的人害怕灰尘进来
就像胆小的女子害怕蚊虫进来
过往的车辆的喇叭和马达，有意无意
有的窗帘换了一次又一次
挡住日光、月光和彩霞
此刻，我躺在椅子里听雨、数雨

一滴雨必将汇入一条河，一片海
一滴雨的喜忧参半，毁誉参半
雨落了一地，有的蒸发，有的被风吹散
有的落在屋外，像一只鸟落下
有的落在心头，像另一只鸟的呼喊

## 去修瑜家吃大闸蟹

一公里外是一条叫"南街"的街
它从方位上不同于北街、东街、西街
漂泊却不分疆界，修瑜的家就在那里
我钻进嘈杂的街市，再钻出就到了南街
叫卖声和异乡的灯光也同时抵达
我来的时候，大闸蟹早已熟黄
就像南街的繁华，我没有参与，也没有遇见
我们谈起大闸蟹之外的长江蟹，那是两种命运的碰撞
缚蟹的绳子进了蒸笼并没有改变颜色

漂泊之绳死死咬住我们的人生，被岁月蒸熟
秋夜突然变热，像是一种倔强一种挣扎
像努力发红的夜空抵住萧条的黑夜
修瑜给许久没有喝烈酒的我倒了半杯
相逢需要酒，相知的酒都是适量
半杯酒，是一个病胃对另一个病胃的了解
人生如蟹，蟹如人生
人生不如蟹，蟹不如人生
兄长，我吃了三只螃蟹一杯酒
我带着醉意骑自行车回家
我没有去酒驾自首，我只向秋天坦白
向白天黑夜和流水表白并表演漂泊
直到梦被我丢在路上
直到我拿出鸡啼换来天明


**证词或今夜月色**


镜中的、雾里的、水里漾起的
阳光灯光投下的始终要散去
寒冷的、暖热的、用心呵护的
甜甜咸咸反复的终究是淡去
在这十五的月色里
他一个人扛着所有的穿过大街
这里喧闹异常，这里繁华异常
可是他却不是以一个胜利者走过


看着当初建立的房屋坍塌了
看着当年种下的花草也枯萎了
就像所有的所有都烟消云散了
就像钻进一片森林翻开那些草丛和腐叶
记忆的泥土里还掺杂着一些遗迹
灯火的眼神里似乎还有那么一丝气息
他顿悟了，那些所谓的自我的就像前面的黑和白


夜里无所谓黑色
就像那个月亮悬在空中无所谓孤独
他开始喜欢这种苍凉的颜色
蓦然回首，他才知道自己和时间的战争
和时间战争，无所谓白天和黑夜

他比时间对他自己还要残忍
他又热爱生活，不绝于白天黑夜
爱犬吠，爱影子，七情六欲
爱到眼睛里的石头像冰淇淋一样温柔

适凡，原名闵慧。中国诗歌学会会员，温州市作家协会会员。从事新闻媒体工作。作品散见于全国各级报纸杂志。出版诗文集《应不是人间》。2011年开始北漂。北漂感言：我是一个乐天安命的人，无论生活给予我什么，我总是这样对自己说："一切刚刚好！"所以北漂在我这里，总结起来就两个字"还好"。

# 过年回家（2首）

李若

## 过年回家

放假了
衣服
裤子
鞋子
身份证
我带来的
我还带走
泪水
欢笑
尊严
车票
我一一收拾
装进背包
踏上回家的旅途
我把带不走的留下
床铺
杏树
天空
走过千万遍的那截马路
或许
青春
是一场有去无回的旅行
每个人都走得义无反顾

## 姐姐

听说姐姐找到了一份好工作
工资一天一百二
加班的话可以拿得更多
我欣喜若狂
今年的学费终于有了着落

那天晚上
我去姐姐打工的地方
站在车间门口向里张望
昏暗的灯光下
沙尘暴朦朦胧胧
机器的声音震耳欲聋
口罩、手套、连体防尘服
晃动的人影
大家一样的武装
连性别都分不清

是不是 731 细菌部队
不对不对
这是家具厂打磨车间

久久地站在门口
像一个被世界遗弃的孩子
我大喊一声
姐姐
哭出声来
嘴咧得比裤腰还大


李若，1977 年 3 月生人，2012 年来北京皮村，打工十多年。热爱文学，偶尔舞文弄墨。作品散见于《北京文学》《北漂诗篇》《单读》《读者》《花城》等刊物。北漂感言：漂在北京，更靠近梦想！

# 坐在地铁上的赤子（3首）

马文秀

## 坐在地铁上的赤子

中年的疲惫
撒满了夜晚的地铁
未知的宿命彳亍在胸口
试图去隐藏所有故事的交汇点

北京地铁十号线就如北漂者一样繁忙
深夜十点却成了下班高峰期
拼搏在大城市
昏睡地铁的青年也是家庭的支柱
臂膀上流淌的汗水也曾芬芳过亲人

坐在地铁上的赤子，将光阴里的故事
悄悄放在足下，能走多远就走多远
或许这千里之外能解开枷锁
就做一阵风
却给足了自己一只雁的柔情
划过季节的苍茫
走向一个家的方向

## 奋斗者的存在

一位奋斗者的存在就是民族的风景
思想延伸过的地方，气息也在

那些年黯然伤神后的无奈，也夹杂在
急促的语句中
温暖也是一个需要拥抱的词汇
它挑剔，任性，甚至蛮横
将美好汇集在一起，让它们跳起舞蹈
或者跟对面的奋斗者惺惺相惜

寻找一汪清水，映出玫瑰的妩媚
多年后他已放下尘世的纷扰
以鹰的姿态盘旋
试着用不可名状的事物
罗列一张张面孔

血液里的秘密在流淌
眼神是审视后最诚实的阐述
我在星辰下等待一个智者的回应

## 迎着风声，放只鸢

翻出一捧花种，辨不清年月
埋下来历不明的种子
算是对这方荒土的交代
唱着歌浇水，滑稽得像是在进行
胎教。
光照、施肥、浇水霸占了我词汇的
风水宝地。
而我却像个小孩
路过草地上撒野的蒲公英
以为它长了翅膀，从这片草飞向那个原
让约定成为约定。
迎着风声，放只鸢
好像只有这样，逝世的亲人能到达天堂
俗世疾苦皆顺着风飘散。

马文秀，回族，1993 年生于青海省，现居北京。写诗歌、小说、艺术评论。青海省作家协会会员、鲁迅文学院第二十八期少数民族文学创作班学员。作品散见于《青年作家》《诗潮》《诗林》《诗江南》《绿风》《民族文学》《星星》《回族文学》《青海湖》《海燕》等刊物。著有诗集《雪域回声》，长篇小说《暮歌成殇》等。北漂感言：北漂让我清晰地看到了自己的梦想，也看到了像自己一样为梦想而奋斗的有梦想的人。北漂让无数人更加清晰自己的追求，也明白自己如何去追求心底的梦想。自从来了北京，我觉得我的生活、学习各方面都发生了质的飞跃，我为我的奋斗骄傲，我也相信生活会越来越好。

# 小堡西街的下午，关于幸福（5首）

花语

## 当我越来越多地看到自己的短处

就越来越多地同情那些
有瑕疵的事物
比如，缝补多年
依然清晰的裂痕
陶醉的青瓷，划手的豁口
咬人的猫
凋谢的玫瑰
刺出血珠前的蛮横

越是嚣张的
越是惹人蔑视
至此
我愿意更多地隐身

以免更多的丑拙
霸气侧漏

## 隔壁的女房东

每天
不是拆门楼
就是哄孩子的女房东
六十开外
谝着正宗的京腔
四青头
她说，双胞胎，孙女
生下来，一共三斤
花了她
九万

三斤，煮煮

没多少，九万

这两小崽子
够贵的

**小堡西街的下午，关于幸福**

幸福就是料峭的春寒之后
玉兰依然盛开，小狗满月
仍能追逐，母亲的奶头
赞美诗和谐的尾音，穿过宋庄
小堡西街

幸福就是一群人
信马由缰：聊天
瞌睡，手冲咖啡
人间三月，艳阳高照

幸福不是你已经拥有什么
而是你努力
攀上一列慢车
它斑驳的绿皮
除了掉漆
还能让你，想到春天

**清明，那些悲伤的人们**

每个清明节
庸常中的多数，总是习惯
把悲伤，挂在文字的枝丫
在黄表纸升腾的烟雾中
寻找精神的慰藉
痛失亲人的苦
永不再复的疼
压弯每个雨雪深重的清明

其实，都是走在归家的路上
死亡的回收站
周而复始迎接每一片生命之树

飘零的落叶

每年的这几天
我都在心里清点着故去的亲朋
儿子的爷爷、奶奶
姥姥、姥爷、老姥姥
二叔三叔堂妹
一位慈眉善目的纺织厂同事
一位因帮女友摘仙人掌花从七楼雨棚
飞到地面的校友
自杀的卧夫
被枪杀在利比亚工地的中国工程师老黄
诗人李小雨、韩作荣
雷抒雁、张同吾、马新朝
还有许多个我说不出名字
天下的父亲母亲

他们从生命的树杈飘下多年
是否等到了轮盘
再次接走他们
进入下一次发芽

而我呢，每天不是中药
就是西药
诸多疼痛加身的老病号
离墙角那堆黄叶，还有多远

在我死后
是否有人记得我的诗画
是否有人念及我的慈悲
是否有人说，那朵花呀
活着的时候，太要强
只姓花，不香

## 2018：立秋

蝉声拉长了燥热
尾随而来的，是
秋雨

多好的秋景
像去年一样
只是少了光，和一点盐

失味的生活
总是差点意思
幽默和乐趣
并非天平，对等的筹码

天空偶尔对铁丝网说
对不起
蔚蓝，欠奉

网不住无所顾忌和心狠手辣
丝瓜花没有爬满整个花架

雨水充当了罪恶的口食
泛黑的葫芦和老丝瓜
在旧日的墙上，比虚边的
爱情好看


花语，生于1972年正月，诗人、画家。参加第二十七届青春诗会，获首届海燕诗歌奖，《现代青年》2017年度十佳诗人奖，第四届"海子诗歌奖"提名奖，《山东诗人》2016年度诗人奖，《延河》2015年度最受读者欢迎诗人奖，《西北军事文学》2012年度优秀诗人奖等。著有诗集《没有人知道我风沙满袖》。

# 生活剧场（6首）

牧野

## 在现场

他的旅行在那人看来
总是盲目、乐观与冲动
他的左手或右手
始终打着一盏灯笼
漫步城市街头
他多次表示反艺术
反行为，反对和藐视
不可见的藐视行动
他以此向那人具体说明
一副傲慢的面具，正在
通往悲剧彩排的现场

## 明天的早晨

他想到他们
会在早晨的阳光里
划破一个美人的粉腮
碰碎一个玻璃酒杯
他就十二分开心
不为别的，他
一想到了他们
正在一起开会讨论
他就能确认
新的一天开始了
谁也抵挡不住

## 水鬼

河里有看不见的水
早晨醒来
他沿着光线

追赶一个陌生人
和一只吃草的兔子
他在兔子耳朵上
取下一枚别针
下河洗脸的时候
他看见了阳光
这下放心了
今天一天
不会遇见鬼

## 坐忘

明天，他会
和孩子们一起玩
向孩子们学习
如何向一只愤怒的蚂蚁
诚恳道歉，说声"对不起！"
他会尝试着遗忘
现在的生活
听从孩子们的建议
"这世上除了善良的蚂蚁
从来就没出现过
比蚂蚁更大的大象！"

## 他没见过大海

那人是个笨蛋
为了看见诗从一种语言
翻译成另一语言
他扑通跳进河里
试图顺流而不是
拣起鹅卵石浑圆的表面
他在岸上对着对岸喊
他会淹死的
他没见过大海
是啊，见过大海的诗人
都在飓风必经的路上
将词语折叠成了
方尖碑纸船

不在之在

他又跑了。这个可恶的家伙
随时随地，他和你见面
说话，聊天，喝酒
他都在盘算
一个恰当的理由
他要离席，走开，溜掉
他要跑出一箭之地
他要转过一个街角
他要闪进闹市的人群之中
他哼着小曲
吹起了口哨


牧野，安徽涡阳人。诗人，策展人，艺术批评家。2002 年开始北漂。北漂感言：北漂，
寻找失去的现在。

触角之息.
安砚/2017-3-3

58

# 二十岁在春天的窗子里看到这些（2 首）

靳朗

## 二十岁在春天的窗子里看到这些

看到春天堕落的樱花树
春来了开花，秋去了落叶
冬天在北风中找不到位置
一岁一枯荣，第二年继续
便觉生而为人，我真幸运
那么多的春去秋来
我只是匆匆过客
不要含辛茹苦地开一朵花、结一个果儿
然后在北方的冬天里，不明不白地消失

人的生命只有一次
不会轮回，也不需要轮回
那些在楼下的樱花树上轮番上演的
生、离、死、别
归根结底，在我们身上不会上演几次
出生只有一次，妊娠只有一次
爱不超过几次，恨可能不会发生
离别可能多点，生死只有一次
……

痛苦总归比楼下的樱花少点
毕竟，生命的痛苦
总是在它们身上，单曲循环
在春天的窗子里看到这些
便可安然走向生命的冬天
二十岁只有一次
三十岁只有一次
五十岁只有一次
八十岁，也只有，一次
……

二十岁在春天的窗子里看到这些
这人世的生、离、死、别
我都可以欣然面对
并且珍视，那么多难形于中的痛苦
毕竟只有一次
我愿在春天里野蛮生长
在冬天凭空消失，我也
毫不遗憾


轮回


多少年前，鲁故城里的人们哀声怨气
多少年后，鲁故城里的人们还在哀声怨气
只不过，千年前人们赶着马车
千年后人们争着一个公交座
奥巴马与米歇尔育子经
跟朱元璋和马大脚的趣闻
千年前占据人们的饭桌
千年后刷遍人们的朋友圈
护城河畔的古柳树
最通人事
生死轮回
春来了发芽
秋去了落叶


靳朗，1996 年 11 月 24 日生，山东曲阜人，现就读于北京某高校。曾获第八届包商杯诗歌优秀奖，诗、文、小说散见于《中国诗歌》《山东文学》等。北漂感言：在我看来，北京之于众多漂泊于其间的人，恰如卡夫卡笔下的城堡之于 K，具有不确定性与疏离感。

# 和你一起密西西比

艾若

其实
是我一个人的密西西比
因为我还未曾见过你

虽然我还未曾见过你
但我依然要
和你一起密西西比

密西西比
濯我足也
必也濯你足

登高望远
百湖成源

处女之泉
漫过心田

红松白松
连理之根

明州之鸟
入对双出

和你一起密西西比
虽然我还未曾见过你

我还未曾见过你
我独自一人密西西比

艾若，网名爱若干，1971 年生于安徽桐城，北京传媒人。诗歌作品入选《中国新诗选》（2002）《中国网络诗典》《中国当代网络爱情诗选》《大诗歌》《北漂诗篇》《当代传世诗歌三百首》等，并发表于《诗刊》《诗歌月刊》《诗选刊》《草地》等。1993 年 9 月来京，一直从事传媒业，目前定居北京。北漂感言：在京已经超过了在家乡的时间，但从来不觉得自己是北京人，依然觉得自己是安徽桐城人。诗人"北漂"是一种孤独的感觉，他只倾听内心深处的回音。

达芬斯拉传奇
安琪 2017-2-10

# 终夜徘徊（2 首）

黑丰

## 终夜徘徊

从南方到北方
这哑寂的
鸟巢
一直　升高
同时升高的还有那个民间故事
在雪夜

这个从南方之木上下来的故事
是否安全着陆北方的鸟巢
这个从鸟巢氏走来的老太
是否安全回到了树上

这爱吃甜酒的老太
我给她灌满石灰
她拄着竹节拐杖灌满石灰
大雪茫茫　她
歪歪倒倒

她从一棵几千年的古槐上下来
她吃了过多的米酒
她歪歪倒倒　她现在
是否回巢

她来自茫茫的雪夜
她来自我南方木屋的灯下
她吃多了甜米酒
她敲打我北方的房门
她歪歪倒倒　她当下
是否回巢

一个外省人十分

伤怀
他终夜徘徊
他待在一棵京郊的树下
他望了望黑咕隆咚鸟巢
又望了望这白茫茫的雪夜
——他隐约看见一个老太歪歪倒倒

今夜她是否回巢

## 消散

房东在焚烧青杨叶

晴空
一缕清香

一个青衣的女子很缥缈
一脸西伯利亚的惺忪
顿时，一个斯拉夫的民间故事在四合院
四处弥漫

她看着你
像看一柱烟
又像看她的梦中情人
她的一缕涅瓦河的波光很遥远
她睁着一双紫色的睡眼
她没有中国户籍
她只有一匹一触成灰的树叶
只有一堆灰烬
只有一种深渊的颤抖
和一个永无归期的流亡的身份

她眷恋青杨树下奋发读书的你
她眷恋书写有如树叶沙沙的生活
她无奈地看了你一眼
就离去
她澄澈的眼底
分明漾起一片波罗的海的太阳石
她二十四小时的北极圈内

葆有不灭的白夜
她一直在颤抖
她一直在离去
她一直在忍痛消散

黑丰，1968 年 2 月出生于湖北省公安县，诗人，后现代作家。著有诗集《空孕》《灰烬中的飞行》，中短篇小说集《第六种昏暗》，散文随笔集《听夜虫唱歌的庄稼》，思想随笔集《寻索一种新的地粮》《一切的底部》。2005 年 7 月来北京。北漂感言：为了寻索一种新的地理和"新地粮"，为了一种临界点的突破与飞跃，我决意来到命定的北方。

## 第一课（3首）

周青

### 庆幸

讨要工钱的农民工
被砍断手臂
没敢继续往下看

幸亏当年我
用一张假毕业证
从工地
到文化公司

今天才能
在夏有空调
冬有暖气的房子

一边上网
一边想
砍断手臂有多疼

### 关心人

姐姐拖着大箱子进地铁
安检人员让她
将随身携带的矿泉水喝一口

她说
北京真是关心人
我都一点不渴也让喝水

### 第一课

刚接过烤红薯
城管就把摊掀了

短暂的沉默
人群开始哄抢
滚落一地的红薯
我递过零钱
认命
或许再晚一点
我就可以吃免费烤红薯

那年我刚来梦想之都


    周青，男，1977年生于重庆，毕业于忠县师范学校，1999年辞职北漂。2010年在《飞天》杂志发表小说处女作《从麻柳湾到天上人间》，入选《〈飞天〉60年典藏》，获第二届《飞天》十年文学奖。现居通州。北漂感言：为什么要北漂？北漂是一种新的生活，喜欢就好。

# 漳州和北京（5首）

### 故乡雨大依旧

返乡的水
游荡在故乡的雨夜
返乡的水混同故乡的水
游荡在故乡
瓢泼的雨夜
雨夜中一朵朵伞花游动
每一朵都藏着
古老城市的泪滴因为这是
故乡的雨
故乡的水
因为这是离乡背井人羞愧的往昔
我肯定不是良家妇女
我肯定我不是良家妇女否则就不会
背井离乡
我应该守着故乡红砖墙和雨水浸润出的
黑褐屋檐
生一个女儿抚育她成长
生一群乱跑乱叫的梦想
看它们汹涌
看它们枯萎
我应该守着故乡红砖墙黑褐屋檐下的老父老母
牵他们度过旺盛的中年
牵他们度过衰竭的晚年
我应该守着故乡的荔枝、龙眼，和芒果
守着水仙、玉兰和木棉
守着榕树、樟树和槐树
守着地瓜和地瓜腔
守着我们的闽南语
但我没有
雨夜潮湿，苔藓潮湿
西桥亭旧壕沟已更名宋河

大通北黄江嬔已更名安琪
举着流水的雨伞行走在故乡的青条石板路上
故乡雨大依旧
故乡依旧
浇灌我，用有情有义的雨，用悲欣交集的雨
和水。

**九龙公园：给陈唱**

从九龙公园奔跑而出的
漳州的孩子
其中必有一个你：3 岁的小手
紧紧抓仕旋转木马
歌声中飞升的笑脸
成为妈妈关于你的最深的印记
3 岁的小手
还能牵到妈妈的大手
再过 730 天
狠心的妈妈就将掰开你的手
去往北京
再过 5840 天
狠心的妈妈路过九龙公园
四处张望
不见 3 岁的手
3 岁的手已长到 21 岁
21 岁的手
可以拨柳琴
可以弹钢琴
但再也不牵妈妈的手

**芗**

一个字贴在一座城市的面孔上
就贴在我的心上因为我是
芗城区人，我和这个字就
血脉相连
也许你一生也用不上这个字
你甚至拿不准这个字的读音
但我不

无数次我在履历表上填写漳州市
芗城区
芗是我中午的白米饭
早晚的稀粥
芗曾经是我的饭碗芗城区
浦南中学，芗城区文化馆
芗
我曾活在你的草字头上
也曾活在你的乡字音上
直到我离开
15 年了
我的笔下不再有你
当我一遍遍把地址填为北京时
芗在沉默
芗的芬芳长出了腿比我更决绝
芗飞跑而逝
芗有思想
会去寻找爱它的人他们在芗城区
芗
一个字，一个只与一个城市相爱的字
芗城区
也许你一生也用不上这个字
但我要你知道这个字
我要用一首诗
让你知道这个字。

**除夕有感**

这随意炸响的鞭炮莫不是提醒我们除夕已到
但我已忘了除夕的滋味
卧在夜晚暖气尽失的房内请默契于这不问过往
请不必以祝福短信勾起未来之思虑
我知道道路万千我已走上最歧义的一条
（如果歧义也可视为一种财富）
但你徘徊于今昔之间的沉默又是何等难以为外人道的景象
异乡人回到异乡，北京回到北京
你这异乡人为何还在北京人的北京
公交寂寂，地铁寂寂
你这异乡人为何还在北京

## 北京落雨了

北京落雨了，还很大
打在伞顶还有声音，噼噼啪啪
行人排队，等公交
还有人，被雨淋到
很少落雨的北京
很少带伞的习惯
雨一来，有人开伞，有人
无奈，任雨淋

北京落雨了
有点凉，天下的雨差不多
南方的雨
北方的雨，结构相同
都是水，都能湿你
一头一身
挽着裤腿在北京
听雨声，噼噼啪啪
许久不见老朋友
好啊你！

安琪，本名黄江嫔，1969 年 2 月出生于福建漳州。写诗，画画。中国作家协会会员。新世纪十佳青年女诗人。曾获第四届柔刚诗歌奖、第五届中国桂冠诗歌奖、中国诗歌网征文一等奖、《北京文学》重点优秀作品奖等。诗作入选《中国当代文学专题教程》《中国新诗百年大典》《百年中国长诗经典》等。独立或合作主编有《第三说》《中间代诗全集》《北漂诗篇》《卧夫诗选》。出版诗集《奔跑的栅栏》《极地之境》《美学诊所》及随笔集《女性主义者笔记》等。诗作被译成英语、德语、韩语、西班牙语、日语、蒙古语、藏语等传播。现居北京。供职于作家网。北漂感言：一个没有离开故乡的人不能称之为有故乡。

# 高铁站台（3首）

周朝

## 爱情，在一号线

从南方到北方　年复一年
我仍然是一只没有名字的候鸟
在立冬之后　在城市边缘
在有寒风滚动的夜色深处
我依附于堂皇和盛名　一厢情愿

我仅有的灯火　是艰涩的诗句
是三千年城墙上稀疏的光彩
以及凌晨六时一刻被惊醒的梦幻
惯于遗弃的一号线一声巨响
自苹果园开向长安街后
爱情枯萎　像一片迷恋谎言的树叶
在幽暗的月令底部沦为尘埃
月令七十二候说　至此雪盛　鹖旦不鸣

## 高铁站台

何年何月　何去何从
我已看不清窗外的这一天

列车停泊　在岁月的一瞬
被构思成玫瑰花期

谁把一个城市的青衣和飞花看尽
谁找不到出发的路途

人已行　心未走
站台不语　它的肌肤上落满回不去的西风

## 天桥

人影涣散　一个漫不经心的村庄
不似大地表面冠盖如云朵

袜子　充电线　钥匙圈　手机贴膜
无关紧要的行人　停顿抑或奢望

这不是所有人的必经之路
栏杆与楼台阻隔　城市川流不息

总有雨在黄昏落下　村庄不知去向
唯留风声　乞讨者　水的漩涡

周朝，原名刘林，男，1969 年 9 月出生，大学中文系毕业。诗人，作家，职业期刊人，传媒策划人。中国报告文学学会会员，中国散文学会会员，河南省作家协会会员。长于现代诗歌、历史散文、文学评论、文化随笔，在多家文艺报刊发表各类文学作品一百余万字，著有报告文学集《观照乡野》。2010 年到京。北漂感言：北京，如同一个历练场，在这里，生长的疼痛、瞭望的孤寂、行走的战栗，都在岁月的底片上，刻下了深深的印痕。我走在这印痕里，像一个稼穑者，一年又一年，播下坚硬的种子……

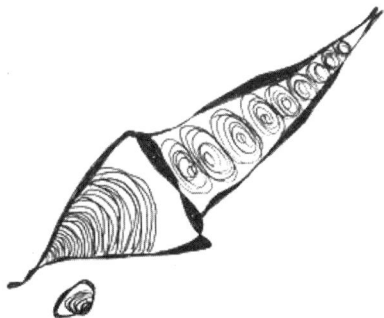

东门口
安琪 2018.7.17

# 再忆（3首）

邮枫

## 北京

行人如同
僧人手中
佛珠轻捻
一颗、两颗……
轻轻地
走过天桥
再回头时
已到二里庄

## 日子

不知不觉
垃圾篓又满了
就这样
把一个个日子
拎下楼去
等待清洁工
把它运走
这笔费用
就算在
我的房租里

## 再忆

时间的光隙里
他们的声音是
风吹来的树叶响
投射到湖面
或是山石上
返还回来
分不清是谁

又或是
我喊错了谁的名字
没有人回答


邮枫，本名湛付羽，1987年生于贵州。平面设计师。2012年北漂至今。北漂感言：北漂很辛苦，有诗歌作伴，灯火里有一处终极的温暖。

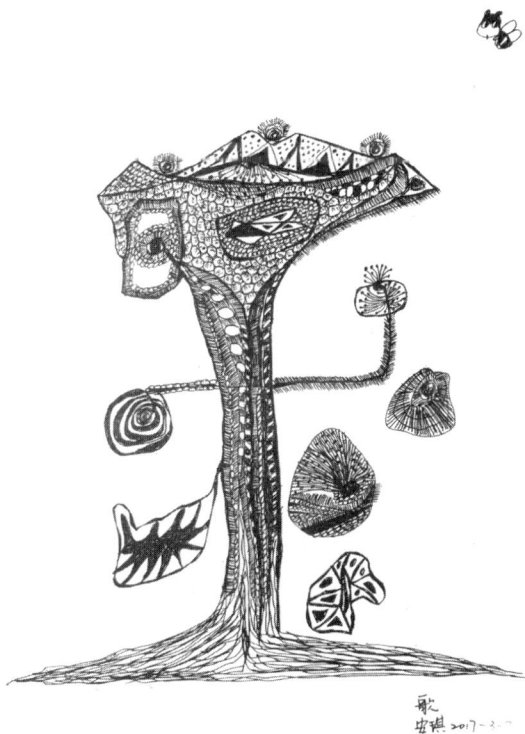

## 活着（3首）

大玉

### 他说

他说这里太安静了，没有一点声音
跑进草丛里，俯下身闻闻花香
陶醉的样子，说自己获得了自由

努力辨认着不知名的杂草
发现毛毛虫留下的痕迹，兴奋不已
千疮百孔的虫洞，却不曾发现蝴蝶的影子

蹦跳着跑进水洼，不在乎一身的泥泞
不在乎被细雨淋湿了头发，不在乎花开了又谢
只嫌弃时光走得太慢，跟不上自己的脚步

### 活着

我在院子里晒太阳
看着母羊低头吃干枯的豆萁
它偶尔抬头看我，与我对视
灰色的瞳孔并不透明

我闭上眼睛，享受片刻安宁
想想什么时候我已死去
像具冰冷的尸体，面无表情
每天准时起床洗脸刷牙
准时搭乘同一辆车，碾压同一道车辙
准时到达办公室按下指纹
打开电脑，重复相同的工作

想到这些，我赶紧睁开眼睛
阳光明媚，母羊正看着我
我想告诉它无法逃脱的宿命
告诉它无法抗拒的孤独

我想再深吸一口气
继续像死人一样活着

**时光尽头**

清晨醒来，客厅的绿萝又疯长两寸
叶子紧紧簇拥，不曾开花
藤蔓越过书橱垂落地板
像无处安放的心事
我拿起剪刀又放下，不忍剪下一寸光阴

目光扫过书橱上的灰
触摸平凡的世界　生死疲劳
最后落在心经上
尘世间一切法则都是空的
没有什么不能了解
也没有不能了解的尽头

母亲从厨房走出，手捧温柔岁月
小米粥　葱花饼　凉拌黄瓜
我双手合十，祈祷这样的时光没有尽头


　　大玉，原名张玉伟，1982 年 1 月出生于河北保定。北漂十余年。北漂感言：都市喧嚣，始终追寻内心的宁静。

# 快（3首）

黄金铭

### 爱情

淡一点的，叫喜欢。情怀浅
是身体某个细胞的化学势能
仍未被大众追赶，讯息潜伏

正统的，是荷尔蒙在起效用
药性长短有别，时间如高铁
速度，淹没了欢愉的小细节

绵远的，是习惯在筑着地基
两不规则的多边体，搞嵌合
在生活的煮锅里，慢慢熬着

苦一点的，是信念在支撑着
糖分，是身体内的自我腐蚀
活人，重播着记忆的幻灯片
每张都独特，有着泪的风格

### 写信

邮筒呆愣，终日腹内无入
邮路上有车马，修成了瘦身妙法
邮票也完成自我价值提升
日用品三级跳成为收藏品
并带有了浓烈的艺术气质
写给你的话语，秘密为零
情绪里的火熄了，程式、冷漠

邮箱已由集体转轨为私有
（想到柏桦的诗句：一个地址，一次死亡）
意外性的惊喜，化为日常的数据灾难
能收到的古典爱意已不多

仅是每月飞来的信用账单
邮政的网络时代，是情感的快餐通道
爱与恨都即食，未有咸淡

## 快

步行是缓慢的，所以
借助工具，有自行车
马车轿车，高速火车
陆地是崎岖的，所以
奔跑也很慢，借滑行
有船与飞机，裂帛般
撕开了海与天的镜面
庞大的尽笨重，所以
有光，不见体而致远

却仍是显慢，都不及
我想到你，一念之间

黄金铭，笔名竹月，曾就读于吉林大学、北京大学，现为某国有企业员工。2004 年开始潜心写诗，有诗歌散见报刊。2009 年开始北漂。北漂感言：在北京失去故乡，在故乡失去北京；在北京怀念故乡，在故乡惦念北京；故乡已在城市化的进程中消失无踪，北京却仍没有收留自己的灵魂；大体上就是一个无根的人，飘成一朵随遇而安的云，也白也灰也黑。

# 水底的故乡（2首）

杨罡

## 水底的故乡

如同你的回忆
水位一直在上升

八年前
抱子石水电站竣工
在炸响的鞭炮声中
你魂牵梦萦的故乡
沉入水底

自那以后
你身在异乡
每逢中秋佳节
你不再抬头望月
而习惯于低头看水

青山夹岸，大坝飞渡
发电机组背后的水库
碧波荡漾
一只白鹭
贴着水面，来回飞翔

那是归来的游子
在找寻自己的旧寨
它的眼里一片汪洋
就像归来的你
就像归来的兄弟姐妹

水位一直在上升
如同你的内心

## 山居

在北方的平原住久了
就想有一座山作为依靠
我说：要有山
于是便有了山
我要让它高入云霄
地跨三省，坐北朝南
春天高举杜鹃花
还有稚嫩的蘑菇与竹笋
秋天挂起八月灿
还有红脸的山楂与野栗
我要管它叫黄龙山

我要在山上建一座寺
晨钟一敲，太阳升起
所有人都起身，出门
暮鼓一响，倦鸟归林
所有事都停下，踏歌而归
我要在山下盖一座小院
有河从门前潺潺流过
沙里藏金，水中有鱼
桃花夹岸，翠竹葱郁
我要管它叫桃花江
天气好时，就约二三好友
在江上一边聊，一边垂钓

我要梯田十亩，旱地十亩
田里种稻子、麦子与油菜
地里种辣椒、茄子、丝瓜
南瓜、胡萝卜、雪里蕻
以及花生、土豆与红薯
我还要在院子里种上
牡丹、玫瑰、月季与雏菊
不管朋友何时来
院里有花，窖中有酒
是那种自酿的糯米酒
怎么喝，也不会酩酊大醉

我还要在院子外
挖一方塘，掘一口井
让天空、群山、飞鸟
每天都能照一照镜子
每个客人都能喝上好茶
我还要与一帮村民为邻
他们生性淳朴，与人为善
操一口上古方言
翻过一座山别人就听不懂
我要让他们种田，种地
养一些鸡鸭猪狗牛羊
一有暇，就在树下唱歌

逢年过节的时候
我们杀鸡宰羊，举村相庆
吃不完的全部熏干或晒干
大家以酒、美食与祝福相赠
在春天来临的时候
我们把家里装扮一新
鸣放爆竹，张贴对联
敬拜天地，祭祀祖先
然后敲锣打鼓，走村串户
唱花灯，耍龙灯
让那些惯于沉默的群山
远来的客人以及归来的游子
和我们一起把大地唤醒

杨罡，江西修水人，生于 1972 年 2 月 9 日，2003 年 9 月开始北漂。江西省作家协会会员。现在京从事图书出版、版权运营、影视策划等工作，业余从事诗歌、小说写作。作品散见于国内各类报刊。诗歌代表作有《猛禽杀》《梨花落》《在马桶上读诗》《亚历山大与女理发师》等。部分诗作入选《2013 年中国诗歌排行榜》《2014 年中国诗歌排行榜》《2014 年中国新诗排行榜》《2017 年中国诗歌排行榜》等重要选本。著有诗集《亚历山大与女理发师》。北漂感言：居京十五年，在喧哗中重拾诗歌。

# 超越风的姿态（3首）

苏笑嫣

**火红的太阳在胸口滚烫**

我听见风在赶着更多的风　赶路的风
要穿越黑暗的风　在摩托车的后座上　我
环抱住你　带着自由气息的　欢笑的风

疾驰的风　与夜摩擦出　一簇簇火星
那绽放的姿态　如同你温柔的语
吐露在唇齿之间的莲花　有着月光的皎洁

绸缎一样的夜空　我们魔法般地变幻着
绣织　那些颜色鲜艳的瓣朵
一瓣是欢愉　一瓣是憧憬　一瓣是
对未来无知　却无畏的力量
青春肆无忌惮　燃烧
热爱与决绝　此刻　是如此相近的词汇

我宁愿自秩序的鸟群中迸裂　花火
那斑斑点点　我水晶一样璀璨的心　如
夏季雨水一般洒落　就是这迸裂的一霎
这灼灼燃烧的　绽放的一霎啊
熟睡的人　黑暗中如果你感到　阵雨
轰然坠落在背后　请在梦里蜕壳

噼噼啪啪的　爆裂声响　我们的心跳
迸裂的玫瑰光色　与诺言
火红的太阳在胸口滚烫　就是这样的
你说　翻滚　然后释放

**寂蓝，夜，七星北斗**

一盏灯　夜幕中唯一的麦子　从我体内点燃
需要这株等待的单薄黄色　灼灼

使巨大黑暗　混沌成为背景

引擎声和你转身的背影　带出一阵疾风
迅速将我擦伤
你将到达北京西站　并经过一个个名字
抵达那方遥不可及
洞庭湖以北　我念念不忘　却不敢梦见的地方

寒风穿梭　旷远街道空无一人
仅仅一分钟前　你我和杨树　伤疤一样隐隐浮现
你每向车站行走一步　随着夜风的颤抖
路灯便熄灭一盏
被停留在黑暗的庞大耳语中　夜风的耳语　我
捂紧双耳　守护着胸口的麦子
等待再次到来的你的目光　将这条路重新点燃
由远而近

空空荡荡的风充满　我独自回响的足音
有水流掌纹一样流淌　淹过铺展的头发和
落入其中的星子　流入我的嘴唇
走过寥落的浅星　我想象自己是风
追随火车汽笛的速度呼啸而驰
孤独　是黑暗无法目视的植物
在初冬寒冷地疾速长大
我踩到的第一片落叶　一定与你有关

如果我拨开黑暗　就像用双手分开黑发
是否就如同　我坐落镜前
在自己的脸庞上　看到你的面容
一枝被吹尽叶子的树枝　斜插在风中
默默无语　沉默攀上我的嘴唇　瞬间葱茏
再次吐露你的名字　青苔的潮湿
染绿你的耳廓　是我每至子时前来的记忆

今夜　我们曾一起拼凑的拼图　将
不止一次地瓦解天空　并错乱重合
今夜　所有的星星与蓝色合在一起流淌
思念涌上太阳穴　就像屋顶上涌出七星北斗

**超越风的姿态**

九点零七分　雪山中的黎明
床头灯下　寂寞深蓝如同扎染的布料
默默浸在黑色染缸之中　等待被缓缓取出
窗外　雪山淡蓝的白色显现轮廓
仿佛听见寒风以霜冻的羽翼　穿过
屹立千年的白桦
空气以及尘埃缓缓破裂于室内四周
一瞬间泪水盈眶　孤单是无可逃脱

这广袤无边的白色苍茫　寂静仍在暗暗地厚
追随一匹马的足迹深入雪地　我所走的不是路
这未经开垦　这一步一陷的迷途
此时我像一只瓷瓶　被风吹得呼呼作响
有着想要呐喊的冲动和疼痛
单薄脆弱的声线自体内缓缓升起
如同雪花缠绕飘零　只生生地轻唱一句
雪便下遍了周身
冷　瞬时将时间与心　冰冻凝固

窸窣歌声抖动　自我脊背滑落
让所有的身份都被这空茫之风带走
我佯装一只黑色的鸟　一声啼鸣　坠入白色大地
这透骨的寒意　这直接与清醒
这饱含了十九年的　打着霜花的泪珠
液体充溢着三倍的痛苦　和游刃其中的
金线般阳光缝纫的幸福

白色大地　我巨大白色天空无所阻拦
打开双臂　伸展我湛蓝的骨骼
所有的雪花都从地面上升　直到最后一颗
沾住我的鼻尖　我便纵横翱翔超越风的姿态
你所感到的所有　以为西伯利亚的嘶吼铺张
是我的羽翼振翅而过

苏笑嫣，蒙古族名字幕玺雅。1992 年生。祖籍内蒙古，生于辽宁，现居北京。中国作家协会会员。参加2018年全国青年作家创作会议。作品曾在《人民文学》《诗刊》《星星》《诗选刊》等刊物发表。有诗作入选《中国诗歌年选》《中国最佳诗歌》《中国诗歌精选》等选本。出版诗集《脊背上的花》，长篇小说《外省娃娃》《终与自己相遇》，长篇童话《紫贝天葵》。曾获《诗选刊》2010 中国年度先锋诗歌奖、《西北军事文学》2011 年度优秀诗人奖、《黄河文学》首届双年奖新人奖、首届关东诗歌奖新锐奖、《现代青年》2017 年度优秀专栏作家等多种奖项。

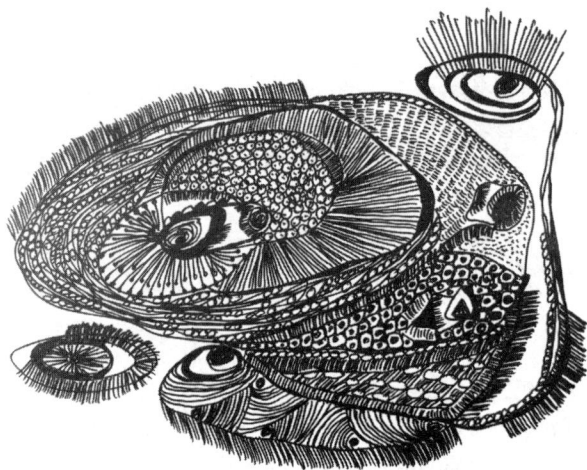

徒步。
三公里以上。喀纳斯至禾木。
"神的自留地"。
——录高盖微信句/安琪
2017-3-7北京.

# 家，我又一次想你（2首）

郁浪子

## 筷子

餐桌上
菜肴丰盛　推杯换盏
筷子低着头
不说话
一会儿品品温馨惬意
一会儿尝尝酸甜苦辣
酒杯喝醉了
摇摇晃晃对筷子说
吃货
傻瓜

## 家，我又一次想你

夕阳落山了
鸟儿也叽叽喳喳吵着回家了
远远近近的窗口灯火通明
路灯孤零零地蹲在街边
眼睛发呆心事重重
这一夜
我无法拒绝的失眠
白天
我游走在川流不息的人群
目睹一张张陌生的面孔
对着天南海北的语言似懂非懂地微笑
在楼群的夹缝里
我常常想起远方那个村庄
那个朴实但很整洁的庭院
抑或，一群群熟悉的乡音和笑容
还有一个个茶前饭后津津乐道的故事
在异地他乡流浪的长夜
家，我又一次想你

你就像高高枝头熟透的果子
我只能昂头仰望
却无法触及你温馨的甜蜜


郁浪子，本名陈增军，男，1972 年 2 月 25 日生，河北省邢台市柏乡县人。十六岁在《邢台日报》发表处女作，之后陆续在《文学报》《作家报》《河北日报》《辽宁青年》等发表作品数百篇（首）。2018 年初入京，现是海淀区一名保安。北漂感言：外面的世界很精彩，也很无奈。

一起画星来多么美妙！
安琪 2017-3-10 北京

# 快递哥（2首）

胡松夏

## 大雪

那些年的冬天被大雪覆盖
没有炉火彤红
从水到冰犹如高铁的疾驶
读书成为午后的
一种奢侈
每一行文字都会让我忘记寒气逼人

我看见群山在阳光下次序展开
雪花晶莹剔透
西五环外朔风凛冽
但每一个棉衣厚裹的行人
都是那样的步履匆匆

在我们居住的狭小的凌乱的院落里
房东永远是那样的忙碌
查看每一个人的信息
收取各项费用
还要用语言之外的表情传递天气的信息

## 快递哥

那个人的火气真大
我真担心他稍有不慎
定会引燃体内的那座火山
然后，与所有的秽语
化为最轻的灰尘

背井离乡
用双脚在最低的路面上行走
接单，送货
时间成为最现实的考核

他们应该赢取属于劳动者的荣光

我始终心怀坦诚
揽收签收的每一件快递时
都会将微笑与谢意送给大汗淋淋的快递哥
我认为源于内心的包容
可以穿透所有的钢筋水泥


胡松夏，男，山东成武人，1980 年 8 月出生。中国作家协会会员，鲁迅文学院第十九届中青年作家高研班学员。作品曾在《诗刊》《星星》《解放军文艺》《文艺报》《解放军报》等报刊发表，已出版《金戈铁马》《甲午》《山河》等八部作品。北漂感言：忙就是运动，犹如河水的漂流，只有永不停息地"漂"，才会有奔腾不息的人生。

内心的迷津
安琪 2017-3-10

# 我想走一段夜路（2 首）

周步

## 我想走一段夜路

温煦的阳光下太久了
我甚至忘却了寒风的凌厉飞雪的凄迷
我甚至忽略了夜路的艰险大漠的恐惧
思想变得轻狂行为变得怪异

我想走一段夜路
我想在踉跄中跌倒，在崎岖中跋涉
想在黑暗中寻求一线生机，绝望中再次崛起
平坦的生活，我已经忘却了泥泞的艰辛
忘记了艰难险滩、沿泽祁连山

我想饥饿一次
我想在气喘吁吁、九死一生中跌倒
爬起一次。我想耗尽力气，在黑暗中踽踽独行
让走丢了的灵魂紧紧跟上肉体
我想让人类的思想，不要在艰难中丢弃
不要在富足中迷失

## 一棵树

大地也为之动容
于是，把所有的养分集中在这里
——地母不能渴死一个向上的灵魂

你看，一棵树多么坚强
那年夏天，在西部草原，我捋了一把
她的果实。她馈赠我的，是孤独中的不屈
和大风中的一抹笑意

致使二十年后的今天
我在北京，我仍然觉得一棵树

是一个西去的信徒
在半道上，阅读苍穹这部天书

周步，甘肃山丹人。作品以散文、诗歌为主。作品散见于《甘肃日报》《北京晚报》《农民日报》《散文选刊》《飞天》等报刊。多次获全国散文、诗歌奖。作品入编《中国散文佳作精选集》《2012中学生最喜爱作品》等文本。写作题材以西部地域历史居多。多部作品被拍摄成电视散文在电视台、广播电台朗诵播出。现居北京。北漂感言：每个时代都有"北漂"。也许正是这种差异化的碰撞和融入，才有了人类精神上和文化上的不断超越昨天，超越自我。

# 打工者（2 首）

刘善栋

## 誓言

夜里的风横扫一切
骄傲的芦苇倒下了
不可一世的树叶躺在湿漉漉的地上呻吟着
雨水守候着那份高贵
白色的云团趴在远处的山顶上
遥望着那座文化古城
河水越过堤坝
肆意流淌
欢快地奔跑
风诉说着夜里的辉煌
晶莹的雨滴
望着远去的风
还有那一缕缕阳光

## 打工者

寒冷的北风刮着
大片大片的雪花躲在窗下
躲避冷漠的眼光
眼泪挂在眼角
望着悲戚的风
漂泊的兄弟姐妹
灯光怜悯地看着
夜在冬天里行走
寒冷在冬天里游荡
雪花飘到夜的尽头

刘善栋，1963 年 11 月 11 日出生于山东省东阿县，1990 年来到北京，先后在北京昌平某奶牛场、北京七建职工医院、矿粉厂、北京可口可乐公司、环卫所、岳各庄物业上班。

2008 年 10 月户口进北京后在岳各庄水站上班，2018 年 11 月退休。北漂感言：北漂改变了我的命运，丰富了我的阅历，在北漂中不断成熟，感谢北漂，感谢那段打工的日子。

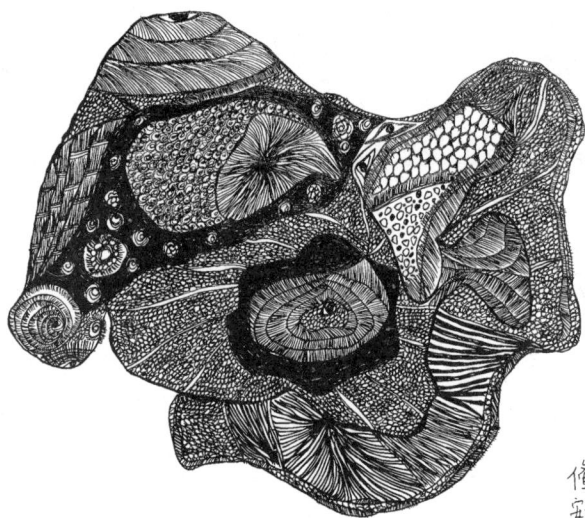

# 小镇人在北京（4首）

李舒兰

## 小镇人在北京

让东北话先委屈委屈
把存在感藏起来

在上层领域，在上层建筑
我的身份相反
在北京不像在哈尔滨，不能以貌取人
那眼神
省城没有
那腔调，东北也没有

我和他们，不能用排比句
不能平起平坐，不能称兄道弟
列出我们的关系式是
你大于我，我小于你
永远都是不等式，只有一个解

## 今夜做个不和缪斯沾边的妖

诗的气色不好
立意昏沉
如缩水的秋天，打蔫儿
文字不举
大涝已经过去
激情不再偎水而居
灵感落在青黄不接的词面上
像歉收那年
典当一些句子勉强度日

那些用旧的老词
眼窝深陷

从笔下走出的长短句相貌平平
更无论个子高矮
从侧面看都有驼背的表征

想到出差
去约一朵蓝色妖姬

说风就是风
二十二点之后闭关
用黑屋子去诱惑一个有关风花雪月的好梦

## 这样一个夏夜

被夜同化的窗帘是黑暗和黑暗的双面间谍
压上警戒线的热不分里外

眼睛环不住夜的腰围
头顶千丈以上用的都是昵称，地上五尺以下都是实名
五月之后不能再包庇春梦

大树站着敬酒，小草低头受戒
风用兰花指探囊取物
天下有一把铜锁独守空房
锁不住的就做虚词
这些通通装进黑色的麻袋，作为想象

入错行的雨和站错队的风把黑字攥住
划拳，玩石头剪刀布
说夏天的坏话

## 秋

在一颗复古的心上雕梁画栋
秋天换了两把刻刀

用黄金铺地三尺三作目录
有几只山羊到对面的天上另谋高就

借半斤八两的风去田野里化缘

心情和稗子借一步说话

十月有一只木屐掉在路上
赤裸的左脚大于高山大于江河

让秋雨在纸上谈兵一回
于低处找一片上了岁数的叶子叙叙旧情


　　李舒兰，女，1966 年 5 月 28 日出生在黑龙江省通河县的偏远农村。2017 年开始北漂，从事家政服务工作。中国诗歌学会会员。有诗歌发表在《新农村》《创业者》《中国诗歌报》《长江诗歌》《关东诗人》等报刊，偶有获奖。大部分作品散见网络平台。北漂感言：北京是个盛严乡愁的地方，在这里能打开眼界，也能平添孤独。

怀
安琪 2017-4-3

# 北漂（3首）

## 北漂

混迹于各种胡同巷道
的曲径通幽，混迹于
油条的四肢、卤蛋的星体之上。
但内心的迷宫
尚未建成。

并没有什么不同，相似的年代
与同一深渊，
相似的人群
与同一张脸谱。

从二环辐射至六环……仿佛
又一个崭新的星系
正在生成。
宏大只意味穷尽或宿命？
只有日常的琐碎
布满不可探查的黑洞，像隐世的菩萨
在对岸诵读经文，渡我过河。

## 朝阳公园

他高声阔谈的湖面下
有沉浮多年的杨柳。
岸边，留下诸多凡眼可见的
幻影。
我们制作小时笛声
需将手探入过往
才不至吹出一段虚无的回声。

而公园喧闹，如煮熟的芭蕉。
他们弃去了身子，仅留

一双翅膀，在拍打
从未应验的洪水。
不远处，摩天轮尖叫着
丧失了轮回，
过山车冲进云端后
就消失不见，
老槐树在天边哈哈大笑。
我快步穿过
沉默而颤抖的大地，唯恐
地狱之门随时开启。

**慈父祭**

昨夜我梦见父亲，他已
形如槁木，却坚持要陪我
和哥哥打两局纸牌。
为这年末的相聚，他
打着哆嗦，哈着热气，
仿佛早已忘记自己
已是已死之人，他掸了掸
身上的灰烬，把腰间的
乌云朝下压了压。

我时常觉得
那些死去的人
都坚信自己还活着，并在
这尘世走来走去，
与常人无异，穿衣
取暖，就寝修习，
偶尔怅惘夜色，不似
往常那般漆黑。
偶尔垂怜自身，脚步竟
变得这般轻盈。

我深知生之痛
远不及
死之哀，无边的静寂
远不及
这世事的喧哗，

唯懂失去，方知空无
不过是
自欺欺人，方觉
十丈浮尘凝成常心，
此心即是
菩提净土。


郭小强，男，1987 年 6 月生人，笔名凌一。内蒙古作协会员。2015 年 1 月开始北漂。

厦沽岛
宏琪2017-5-16

# 火车票在春天死去（3首）

赵帅

## 在北京西站抽根烟

在北京西站旁边点燃一根烟
假火车票上烫出来两个烟疤
动车发动机吐出黑色浓烟
手机缓存的电影才到20%

疲惫的公交车勉强唱起摇篮曲
他梦见了脸上带疤的黄牛党
在角落里兴奋地掏出一沓票
"内部渠道，放心，保真！"

故乡已成为遥不可及的名词
从字典中浓墨重彩地划掉
售票员报出来的每个站名
都在嘲笑他的无家可归

天桥下的面馆一样没脸见人
一瓣大蒜配一碗加州牛肉面
呼噜呼噜的吃面声中
他在想加州到底养了多少牛

## 夏夜司马台

家乡已成往事，故国不在身侧
司马台啊，你可曾感受这夜的沁凉

北羌的马蹄声响，天边刺破鱼肚白
可你沉默不语，只是碾碎城垛的一角

我守不住南下的鸿雁，匍匐在烽火台呼喊
忠贞的城墙上，一行行代码泥沙俱下

月光带了些许惨白，风声却欢声雀跃
在四下无人的旷野，为自己斟一杯牛栏山

我的冒险是一次逃避，却逃不开时间的轮回
于是坐北朝南，低声唱一出独角戏

## 火车票在春天死去

没有一列火车在这个冬季带我回家
它在梦里沉入了湖底
咕嘟咕嘟地从水下吐出水泡
在春天来临前与我挥手告别

隧道悠长，记忆中姑娘的头发也这么长
我看到墙壁上排列整齐的多核苷酸链
它们是多年后通往天国的阶梯
在喷薄欲发之前成为干涸的尸体

绿色的车身在湖底洗成了银色
一道白绫勒死了三川五岳
我百无聊赖地抓住一缕血腥味
跟出门前咽下的牛排一模一样

它在家乡三十年前的车站停泊
吞吐出酿造了一宿的腐烂味道
浅粉色的火车票被闸机扼住喉咙
悲鸣一声被打出一双耳洞

赵帅，1988 年 8 月出生。2009 年 7 月开始北漂。首都师范大学文学硕士，腾讯文学、豆瓣签约作家，知乎专栏作家，对外经济贸易大学"校园助力计划"导师。著有《北京，请回答 2005》《破局：互联网＋教育》。北漂感言：此处心安是吾乡，落叶归根是吾乡。这两个家乡无时无刻不在冲突和矛盾，但山河千万里，生我养我的故乡逐渐远去，反而是北京这座城市时常触及脑海深处的记忆。可能飘荡的时间长了，心就难安了，在摇摆不定之间，这一代北漂人注定没有故乡。

# 我的世界是一座华丽的废墟（2首）

王茜

## 我的世界是一座华丽的废墟

我四处迁徙
一无所有
我只有我的思想和感受
我把情感隐藏得很深
希望敏锐的眼睛能把它捕捉

在冬大我只有寒冷
在夏天我只有酷热
在黎明我只有光明
在黄昏我只有暮色
白昼和黑夜我一点点践行梦想
虽然我的世界还是一座废墟

我只有我的画
我只有我的情绪
我只有思索，身影和热情
我不怕简陋的生活
我只怕虚无和缺乏意义地活着

色彩，无穷尽的想象
是我生命里最美的焰火
它们绽放　绽放在朴素的背景上
点亮一切　照亮我的生活
一切，废墟般的一切
开始绽放出生命的花朵

## 隐没

我已厌倦人群　只想要离群索居
自我推销与包装　那光芒四射
而光环的背后　只剩虚伪的尸骸

可我在光鲜亮丽的化装舞会里
只是那个隐没在无人角落的隐身者

虽然你们奉劝我　要加入这场竞赛
可我没有这个打算　去卖给魔鬼
去买下所有惊险刺激
我不喜欢追逐金钱那种游戏
就如我不喜欢法则
于是　我只有我的孤独和一生时光
在人世间隐没


王茜，笔名德西。1986 年 11 月生，于 2017 年 1 月开始正式北漂。北漂感言：自由状态与创作，是我生命的出口。

越田
安琪 2017-3-19

## 爱情一直在我的体内奔跑

柳风

一匹白马在我的原野吃草
我在一匹马的影子里
被风摇了又摇

一匹马在长调里跑了又跑
一朵云在琴声里飘了又飘
风流就像一株清瘦的兰草
她的小蛮腰
被清晨那滴硕大的露珠摇了又摇

马头琴拉响了骨子里的草
欲望一直在我的体内奔跑
爱就是没有赞美词的那一声声尖叫


柳风，现居北京。第四届中国诗歌春晚年度诗人。

# 城市之堵

杜占明

道路，把城市切开
东一块西一块
丢在城里人的心里
在参差错落中
打了一个又一个结，似乎想
把城市的贪婪和欲望
系在家家户户的灶台上

每一条路，注定
都是为城里人量身定做的
欲望堵在路上
就像麦子晾在麦场

堵，是城市的节奏
但不是城里人自己的
每个人都在
随着别人的节奏摆动

堵在路上
看上去，每个人都踌躇满志
把富贵和贫穷
泾渭分明地堵在一起
满足了城市的虚荣

一条路通向罗马
可是想抵达 M 国 N 国
堵，过不去
不堵，也过不去
而
抵达一个女人的内心
堵，需要一天
不堵，需要一辈子

可见
把一切堵在路上
不幸，才不会随意降临


杜占明，1988年毕业于吉林大学，进入北京，曾从事编辑工作，主编过《儒佛道百科辞典》《中国古训辞典》《中华孝道丛书》等出版物。1998年辞职下海，创办盛云未来科技公司至今。

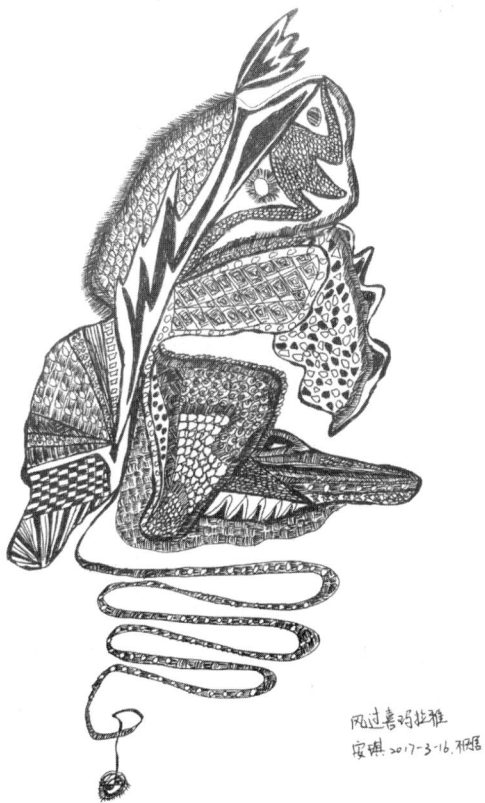

风过喜鹊扎堆
宋琪 2017-3-16. 所绘

# 北京的雨

徐祯霞

七月二十日　我已离京
猛然惊闻　北京暴雨
水漫京城
原以为　北京是不会下大雨的
身处北京四月　鲜见有雨
多数时间　天光晴好

却不料　这场雨来势汹汹
惊悚北京城
倘若我在　我能如何
我仅仅是同学口中的白娘子
在灾难来时　无法令大水片刻消退
我也不是真的有法术
可以让雨休风住

眼见街成河　车做船
行人乌泱在水间
我除了焦灼　除了惊恐
便净是无措
北京吉祥　北京吉祥
我只能轻轻地念着
双手举过胸前
——北京顺安

徐祯霞，女，笔名秦扬、徐祯燮，陕西省柞水县人。中国作家协会会员，鲁迅文学院第二十九届中青年作家高研班学员。中国散文学会会员，中国诗歌学会会员。2008 年开始从事文学创作，已有作品刊发《中国作家》《北京文学》《美文》《散文选刊》《延河》《文艺报》《中国艺术报》《中国文化报》《人民日报》（海外版）等各类报刊。出版散文集《烟雨中的美丽》和《生命是一朵盛开的莲花》。

# 万年青（3首）

李彦菊

### 月光谣

猛抬头，居然看到一枚月亮
月光平铺的线条与树木结成伴侣
扭曲的枝丫缠住一些事物
河流的脉络有窃窃之音
亲爱，抱紧我
今夜，我要给你月光辽阔

### 万年青

栀子花的叶子日渐稀疏
金银花也低眉顺首
弹一下灰尘，熟悉的景物
折射的并非自己的内心

令人慰藉的是：
万年青不需阳光
不在乎温度
它有征服冬天的大动作

### 医院

等待被反复煎熬
煎熬被反复套用
在拯救与挽留处
一次次粘合

拍片
量血压
测心电
做穿刺：一锤——多么想
慢下定音

最不可靠的是躯体
心跳有无杂音
常常身不由己


　　李彦菊，陕西汉中人，出生于 1974 年 11 月 18 日。现定居武汉。系陕西省作家协会会员，武汉市作家协会会员。有作品发表于《广东作家》《凤岗文艺》《青岛日报》《青岛财经报》《现代新文学杂志》《三秦晚报》《青年文摘》《信宜杂志》《华南作家》等。著有散文《静月清荷》，小说《梦里楼兰》。2001 年 1 月和弟弟结伴北上，开始了为期五年的北漂生涯。2006 年结束北漂生涯，南下打工至今。

即兴
安琪 2017-3-16

# 且停记（4首）

陈亮

## 晓月中路

每天早饭后我都会从晓月中路走过
每天我都会看见那个锈迹斑斑
贴满了小广告的邮筒
伤员般望着一个个注视着手机的人
它可怜巴巴地说：投给我一封信吧
我已经好久没接收一封信了

每天我都会看见几个边走边看手机的人
撞到电线杆上，说声对不起
然后丢下自己的影子，仓皇而逃
每天我都会看见边骑摩拜单车
边教育孩子边吃早餐的人
世界如此繁忙，人们面容模糊

每天我都会看见　些
歪倒在臭椿树上冬青上的单车
它们的内胎像肠子般拖拉出来
满脸泥污满脸沮丧，却从不后悔

每天我都会看见一个漂亮的女孩迎面走来
她总是笑着的，让我涌出恍惚

每天我都会经过一个工地
原来是几个国营大厂，现在一片瓦砾
它的门口有时会聚拢起一堆人
然后蚂蚁一样消散
每天我都会看见一些运载建筑垃圾的大卡车
呼啸而来又扬长而去
像一个时代，让你无所适从

每天我都会从晓月中路走过

更多的时候我行色匆匆，脾胃虚弱
对路边的一切视而不见或置若罔闻

## 且停记

我的住处是间阁楼，顶子是松木的
壁纸的花纹波斯般诡异
床头柜浮雕着古代的人物
床是席梦思，吊扇硕大
它的旋转会让灵魂渐渐出窍

衣柜裂了很大的缝
让我经常怀疑有人在此藏匿
隔壁住着酒号的学徒
有多种口音，一律少年老成的面孔

边窗外是遮蔽的，白天会有光
从天窗强烈地投下来
后半夜睡不沉，依稀中
我会透过天窗，努力去寻找
天上那些模糊的亮点

这时候，我似乎又回到了山东乡间
一个少年偷偷爬上屋顶
用一根沾知了的秆子
去沾那些矮的星星，那一刻
他感觉自己是离星星最近的人

## 卢沟桥上的月亮
——兼寄友人

左边是一条铁路桥，踢踏远去
右边是一条公路桥，彻夜轰鸣
桥头的广场上有木偶在跳舞
桥下有流水如铁浆

那一晚，我没有写狮子
他们在暗处止息了咆哮
我只想写写你，这个从梦里来的人

北京的杨絮飘完了，还有椿树的花
椿树的花落了你就来了
你像我的影子
更像我多年未曾谋面的故人

那晚我们在桥上飘荡并沉默不语
偶尔驻足，我用手指指天上
你也用手指指天上

那晚的月亮很大、很圆、很亮
可我的朋友，我努力
睁大眼睛，也看不清你的面庞

## 狮子，狮子

在卢沟桥上，我们都找到了
和自己相仿的狮子
我们都为这个发现感到惊讶

商震的狮子是瘦的
长的毛发，眯着的眼睛
高的颧骨和方的下巴
蓝野的狮子是胖的
弥勒的肚子，憨态可掬

镜头里，猛然闯入的是一个大声吆喝的男人
说整座桥整座城都是他的地盘
那是一头已经疯了的狮子

而我的狮子是歪头的
似乎在虚空里
被一只巨灵大脚狠狠地踩着

可除了在照片里
我竟丝毫没感觉自己的头
是歪着的，就像我
已经习惯了自己没有了咆哮

陈亮，1975 年生，山东胶州人。系中国作家协会会员、青岛市作家协会副主席。在近百家文学报刊发表诗歌作品。曾获 2014 年度"华文青年诗人奖"、首届"李叔同诗歌奖"等。著有诗集《乡间书》《陈亮诗选 2008—2017》等。2017 年春开始北漂。北漂感言：北漂打开了我的另外一扇窗子。

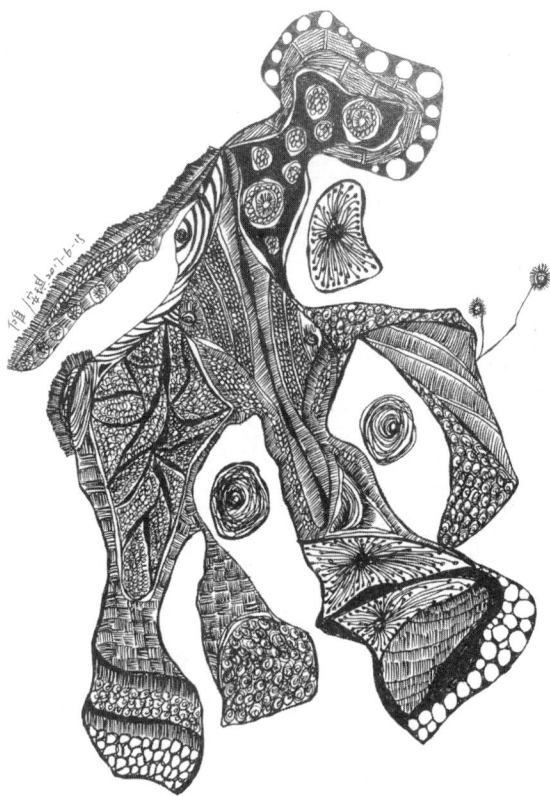

## 时代在我的身体里复习了历史（5首）

王金明

### 今夜

脚手架持续分蘖，土层深处
地基发芽，焊枪针灸城市的痉挛
在暗夜，立交桥像恐龙的骨架
从远古探回今夕，寻找盛世
蚂蚁搬家从不知疲倦
不要忽略最微小的悲悯
你安窗户的时候
神透视过你的肺腑

你像一粒稻米，奔向工棚的谷仓
仿佛完成了一生的成长
挤在一起的庄稼，互相依靠
互相扎痛，互相低垂

吊索拉动现实的高度，接近
星辰之际，需要用最硬的命垫住
你上夜班的兄弟，有汗水的包浆
和青石的拱立

一封家书，在微信里龟裂
眼中的雨季，打湿了后半夜的梦呓
今夜万物安详
弯月如镰，轻轻收割人间的庄稼

### 公司创业者

落魄的团队老大，有时也像顽匪
用业绩的枪，顶着弟兄们后腰
他相信，大部分创造，都源于
对自己命运无望的人

吸二手烟的代码睡地铺，啃老家咸菜
泡方便面泡路灯的明暗
犹如一个王，君临自己的夜色领土
想象微信零钱，爆发式增长

屏幕如牢狱的窗口，数字和表格的铁栏
狙击欲望和睡眠，创意一再遭遇户籍的瓶颈
我们彻夜编程，编造成功的二次元
用不可重返的青春与黎明结算

也许，我正在参与一生的零存整取
孤独者发明社交，我们发明屡战屡败的经历
在机会多如牛毛的时代，我只需
把生命快递到，下一个熙攘的生物链

## 城中记

钢铁的车厢每天反刍着人群
人世的味道晃荡着时光隧道
玻璃幕墙露出事物内部的脸
熟视无睹又面目全非
所谓高峰就是集体出工收工
这最盛大的传统解说着时代
多少祖传的农人移居到楼群中
像落叶让灵魂成群结队又互不相识
倘若心境澄明，故乡返青
请你纺织三月，把我生命的丝线
一根一根编成朴素的绸缎
请你铺天盖地安眠我，前世和来生都别放过
我会像一只工蜂酿造你无尽的春光
把一串痴心不改的生涯，滴成蜜

## 北漂第一年

命运揉着时间的面团，生活不断改变形状
欢乐变形，痛苦拉长，也可能相反
像河流回到上游，第一个冬天无比清晰
西山没有雪线，记忆在老城墙上打坐
胡同孤单的灰色，被卤煮的蒸汽粉刷

大街干净，鸽群的影子一次次走过
后海的冰面上，滑过腊梅的笑声
一个人的目光里有琉璃瓦的质感和沧桑
我渴望时间加速，把新的契机存入未来
如你所知，生命是一系列偶然的叠加
是声音的断裂和光芒的轮回，是疾病和衰老
在一个早晨突然拥抱青春，残雪废弛
足迹杂乱，泥泞寻找新的经历
春天参加面试，夏天捕捉爱情
秋天剧情反转，小人物跌入隆冬
新的雪迟迟不来，下班的故宫关闭了历史
在东单地铁口，我裹了裹失望的寒衣
与一个整年分手，也许时光不该如此宝贵
地下是没有四季的道路，睡着了也可以被带到下一站

**时代在我的身体里复习了历史**

亲爱的，我的想法正在慢慢抵达你
犹如月光返乡，潮水追悔
白色的青纱帐，笼罩梦想的婚床
开始的部分已经腐朽
结束的部分正在起疑
但是事情依然复杂，情绪煮沸
也不能说明温度，我与迁徙的候鸟
背道而驰，我偶尔挣脱自己

飓风刮过楼宇的森林，门窗闭目
摇摆的声音呼喊离散的谁，无人应答
那个写字间的改革，刚好经历了我的命
一个时代在我身体里复习历史
训练了摧毁与重生，文明
从五千年前就开始精心抓周
时间不断地燃烧和熄灭
我因此而春意盎然，又死里逃生
我从没有满意，也从没有作恶

亲爱的，此刻雨季未至，尘埃干燥
我的生命像一件疲惫的投鼠忌器
昼夜已开始交易，达成或妥协黑白的边界

阳光敲击冰层，传来你可能心痛一生的碎裂呻吟
我与一场风雪，只错过了一个借口
与一场爱，错过了心跳


王金明，现居北京。1958 年 1 月出生，2006 年到北京生活至今。 曾在《星星》《山东文学》《天津诗人》《上海诗人》《散文》《散文诗世界》《新华文摘》（转载）等报刊发表过文学作品。北漂感言：对于个人而言，北漂就是一种新的生活方式，甘苦复杂。一座伟大的都市，一段疾速的城市化进程都在被你经历，阳光浩瀚，楼群广袤，而大潮之下，人生的苦痛，精神的困境，细碎的浪花乃至泡沫与别处并无本质区别。我更关注那些包括我在内的卑微的灵魂，卑微的时刻，卑微的念想。这些与城市巨大的体量构成了反差，但也是城市的地基，是生活内部的现场。北漂生涯是城市的一种深呼吸，我们在欢乐和失望中进进出出，有时或可抵达生命体验的深处，一切都值得珍惜。

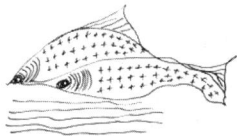

东江口
溪媛 2018.7.20

# 夜宿大悲岩（2首）

冯昭

### 八大处的雪

二李说：
是片叶，愿意在这里落下
是块雪，愿意在这里化了
而山坡上侧生的小树长不成材

陈稳说：
存放在这里的木料
每一根都价值百万
却把倒垃圾当成日常的功课

来自甘肃的李光耀
扛着铁锹行走在山路上
那份悠闲，仿佛三叔
卖完苹果回到自家门前

我们都是根性残缺的孩子
羁系于山门那棵千年老树

### 夜宿大悲岩

抱一捆干柴，把炕火引燃
在这个无雪的冬至
心是四叶草，把命脉收敛

若火苗徐徐升腾
你将从噼啪作响的撕裂中
察觉更生的快感

来，我们沏一壶茶汤
看，露水凝结在窗棂
听，明月敲击着山峰

当钟声回荡空谷
当众神已然安眠
仿佛游子归乡，群山怀抱中

熏热的土炕是心之家园


冯昭，1982年出生，河北宁晋人，2003年到北京。曾任《中国国土资源报》《中国联合商报》《全球商业经典》责编、记者、评论员和版组负责人。16岁开始发表作品，已在国家级出版和传媒机构发表观察评论、专家访谈、深度报道、文学作品、电视撰稿百万言。北漂感言：白云苍狗，世事如棋，有诗人在，天地间就不会缺少一抹浩然正气。

锦/安琪
2017-3-15

# 史记（4首）

### 地中海

运气到地中海，
波涛汹涌，师傅的船，
覆没。
我并没爱上真理。

### 史记

灯亮了，戳入暗处，
夜请我们挠痒。
一寸一寸自然——那里结构严谨，
如汉墓。口齿不清，宇航员告诉学生：
 "到了月亮高度，
趴着的人比飞燕轻盈。"
你有机会翻身做主，
此刻峭壁被抛进寂静（古代的），
盛装于井底的，
由蛙看护的灯油。

浅显之时即是告别之年。
亮了，这白色点心，
往后，灯是最暗的食物。

### 万物

签完名，它们就成为另外物种，
泉水在一个孩子的河底爱我。

### 南方丑角

我会做他们知道的海誓山盟，

给河水涂层银粉，
赢了，平日里低人一等的格子，
突然开出红热玫瑰！

土坡上绵羊放弃素食主义，
停止阅读，视野开阔，
吃掉整整两头山羊，
赞美变化的草叶拥抱绿球，

滚进酒神浓郁的腹地，
看一眼饮水杯，就有度数——
不需要兴奋剂，兴奋，
听到礼貌用语，

睡时服药（棕色镇静剂），
经过旁观者种下的染料，
泉水——给河水涂层银粉，
拿到手上，我掂掂南方，

一钱不值的风气缺斤短两，
吹拂桃园与橘园，
于是有人成仙，于是有人为奴，
身体，但，至今没有卖出，

要！都是灵魂，收购沉重，
或单色（铅笔盒里躺着眩晕），
每份年谱或许有一年快乐，
初来乍到，马戏团尚未——

那时，解雇会口算的狗：
"宇宙的黑板上"冒着热汽，
像恋爱中的男人快速否定，
他竟敢否定不会说谎的荒谬。


车前子，原名顾盼，男，1963 年生于江苏苏州，1997 年来到北京。自由撰稿人。北漂感言：
继续漂，永不泊。

## 要有多坚强才敢念念不忘
——祭卧夫

水云烟

我提头走路，狼在山中
他干掉了月亮和诗歌，干掉了自己
我提酒招魂，魂在诗里

有哪个诗人敢这么死
别以为饿死的都是被饿死的
啸哭与对抗中你咀嚼自己
你独自一人恶战，不与人世相见
在空酒瓶里炼狱、与故友在《诗长城》里练推手
恶战后的静默里与月亮一同圆满
夜，可以武装你自己也可以伪装一切，还可以
以最决绝的方式，也是最缓慢的方式，饿死
而你卧倒的姿势，就像架起的一挺重机枪
不但，干掉诗，干掉自己
还干开花了这个世界不够爱你的心

四月就要提着酒，不用招魂，招自己的魂
我乃胭脂饲养，这一生都要妖娆过市
粉黛挥鞭盗仙草的时候
你正夜游怀柔，看风水，写异端志怪，画问号和句号
我不相信你像没有爱的人一样
死于诗歌里冒名顶替的爱情，哼，太小瞧了
我爱过不止一百零八个男人，从秦始皇、楚霸王
到成吉思汗，还有你
追豹子、杀名马，敢作敢当敢爱敢恨

雨，还是古代的好，骨子里我偏爱油纸伞下的情调
性子里爱豹子、恨英雄无迹
可我总是把爱，煮得有点咸，佐料太浓，恰恰就淡了
狼狈鬼狐妖在一起，把你，就喝成了哥们儿
两肋还插着刀
一个骑着老虎的豹妃，一个披着狼皮的羊
一个不驯，一个桀骜

各握一把利刃，穿过心，两面都带着血
隔世离空，你这个叫狼的人，依然活在桃花源里仗剑
锦衣中裹着三部典籍：京漂记、诗长卷、理想国
贴身素袍里左襟绣着绝句："要你猜猜我有多爱你"
右襟一句："要你猜猜我有多恨你"
就像在书页边等一句话，等得纸都黄了
你无情的深情，谁也不配

我是被遗落人世的油泼小鬼
相伴的日子过得亲如兄妹
所有的心里话都说得面目全非
现在倒好，你总是出现
每到夜晚，就找我来叙旧
你让我允许你继续悲伤，你也看着我歇在刀锋上
我用蝴蝶那么小的气力，说着
谁也听不清的话。撕着心，裂着肺
我只能蹲下来，缓慢地抱紧自己
一遍遍对你说
卧夫
请回，请回吧


水云烟，本名于丹。辽宁大连人。诗人、演员。现居宋庄。

## 诗歌民工从秦皇岛返回京城（4首）

张小云

### 诗歌民工从秦皇岛返回京城

张后在出站口北京特产店外
等到我们。安琪建议合影
瑟瑟自嘲诗歌民工有啥好拍的
我赞同留影：背景得有北京站建筑
张后要求更高，须对着北京站三个字

拍照时，瑟瑟喃喃飞语
外地人就是好。我不知他是
夸那位帮我们拍照的女孩
还是夸我们自己
拍完我总感到很欠缺
摸了一下身后大声喊道
我的蛇皮袋呢

### 圆明园的植物群落

将园西三个村子
迁出三年后
我们进去调查惊叹
蛇鼠皆全了

树啦草啦
还有各类灌木更神
北京应有的植物品种
已成群落

记得当时老师长叹
要是没有那么多婆婆
我们很快又将成为
名副其实的名校

## 汉石桥

到湿地公园看到好几座单拱石桥
桥上嵌额桥边立碑都称汉石桥
问村民：哪一座是真古桥

买小礼品的老人回答
活这么老，把田围成湿地前
我就没见过桥
更哪知那汉石桥怎么来
开电动三轮载客的焦大爷补充
我们村的名字就叫汉石桥

接着问村民
那汉石桥村又怎么来的

摆地摊卖野菜柴鸡蛋的大娘抢答
没人知道，也没传说
我们汉石桥村好几个姓呢

## 半夜经过叶青大厦

便又开始想这栋大厦
为什么以叶青命名

便也想起最早跟两位来京的老乡
就是在这里的一楼吃了一顿湘菜
那时我们仨整顿饭里都在嘀咕
这栋楼以叶青来命名是什么依据呢

便还想起那时讨论名称由来的细节
女老乡猜是歌仔戏王子叶青来盖的
男老乡说既带个叶字可能是林业口的
服务经理说楼里许多世界五百强
但他暂时没见过带叶青字样的公司
他说他来三年了怎么没想过这个问题

今夜，坐在副驾的阿海
要帮我网搜被我制止

我说，继续留点念想吧

张小云，厦门人，1999年来京。作家。作品收入《中国现代主义诗群大观1986—1988》《中间代诗全集》《新世纪诗典》等。著有诗集《我去过冬天》《够不着》《现代汉语读本》《北京类型》等。北漂感言：来北京二十年，对她充满感情。这感情来自各种感觉，来自时间的累积。当然，累积的源头是在北京遭遇到的各种各样的人——不管是老北京，还是籍贯外地但生长在北京的北京人，或是不断移动的北漂们。

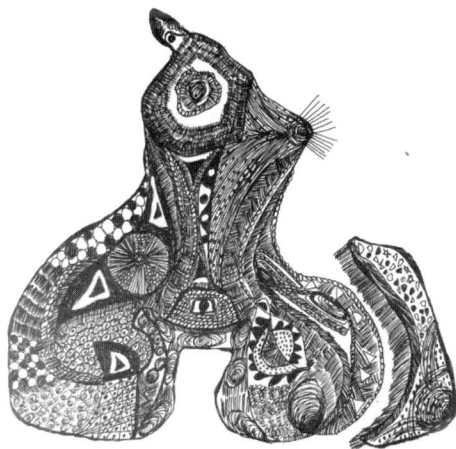

神兽
宏照 2017-3-18

# 到燕郊西来做我的爱人（4首）

姜博瀚

## 北京"七环"

冬天的风削着脸
我捎带着水壶
向燕郊西路北的林间空地走去
大桥架好，机器铺着柏油
三个工地上的工人的背影
掀起钢筋笼倒了又扶起
手都冻僵了，我站在铁丝网
一侧，看风如女人的手指抚摸
（二十年前，我也曾在冬天的大桥上扶起钢筋笼）
通过芦苇摇摆的穗子
风继续吹，煤油擦黑的
脸。绒线帽子，卷着的头发
水壶也失去了温度
河北八百五十公里——北京"七环"路
越来越远，树林消失在眼前
我漫步在阴冷暗无天光的
小径，我栖居在城市与乡村一角
遗忘、寻找，回复记忆的
冬天，正在闭合
到燕郊西来做我的爱人

## 潮白河

潮白河
足有三年没有流淌
走在岸边看着河水
没有一丁点声响
河上架起高高的
桥梁，河流截断
两座斜塔竖在水中央
挖掘机轰轰隆隆地响

鱼儿藏到芦苇荡，提心吊胆
中午一点过后的晴天里
从北京跑过来的城里人
把车停在河对岸，桃花林
是一群垂钓者包抄着河面
他们在大桥底下
支起烤炉，浓烟滚滚
潮白河两岸的原居民
通州和燕郊的老人
提着马扎，过河
他们用同一种语言
撤车，出炮
走马，别腿，将军
爆米花的老夫妇
躲过城管，在潮白河的
清澈里爆着金黄色的
玉米花
河风吹过的香味一闪闪
在运石渣卡车驶过的
尘土里飞扬
河岸破坏了相貌
一团团青苔浮在水面
路灯、栏杆、隔音板
大桥竣工，板房倾塌，工人离岗
青蛙、鱼儿和蜻蜓
围坐在晚餐过后的圆桌会议
——头顶上的大桥
我们
你们
从燕郊跨过北京
从北京跨过潮白河
人来车往，一蓝幽梦
从桥上飞过
到燕郊西来做我的爱人


**在燕郊寻找一股乡土气**


自从春雨淅淅沥沥落在京秦高速
蛙，从潮白河跳过左堤路

蹬崴了腿叫声响亮。过大桥
去北京——近了，又近了
背书包放学归来的孩童
在大桥底下，白色的
羽球击打空中，柳絮漂浮池塘
十一岁少年，四肢发达
一条白狗抖落身上的雨滴
白晃晃的，凝然不动
一股狗腥气——从菜畦的
那头飘然而至，祖母的语言
我在一个陌生的城镇——燕郊
寻找一股乡土气
自从春雨稀稀拉拉下了一天一夜
放眼潮白河的苍翠、绿意
富于生命的香草莓，从宋庄小镇
跑来的小贩在燕郊集市上红色满钵
一条白狗穿行在人群中央
我在遗忘城市的另一头——北京
伫立不动。菠菜，沾着泥巴
肥硕的叶子，仿佛天上的云朵
肥料，雨水，风和阳光
日渐催开花蕾——娇艳的月季
黄色的苞。飞虫蠕动紫金草
常常，有光的地方，潮白河大桥的
影子无比的修长、壮观
凌晨两点清醒的大脑
城市夜色的灯光忧伤的明亮
在燕郊和北京之间
徘徊不定
到燕郊西来做我的爱人

## 到燕郊西来做我的爱人

一位老人穿越栏杆，他
从燕郊西
踏上尚未开通的京秦高速
高速公路，吊车司机左右摇摆
竖拇指的信号朝下作业
日落前隔离板的噪音

绿色的屏障，高高的楼房
两条小白狗竖立着耳朵
四周的轰鸣，提心吊胆，紧随其后
它们看着围墙就把腿跳起来
搭上去，瞅一瞅
如此快的施工速度
风里没有狗的气味
遛狗的人，背搭着手，唱着戏曲
夕阳，是在一只狗的带动下
练就了他老年的腿
狗，跟在主人的后面
颠颠地跑——尽管你放弃了午休，仍旧
不离不弃，感恩着主人，感恩着狗粮
要是狗呢，它瘸拉着腿，长相丑陋
你会遛一条　老态龙钟　行动不便
没有耳朵的——狗
至善至美的纯洁少女
到燕郊西来做我的爱人


　　姜博瀚，原名姜宝龙，山东胶州洋河人。现居北京。2004 年毕业于北京电影学院文学系，获学士学位。中国作家协会会员、中国电影家协会会员、中国电影文学学会会员、中国广播电影电视演员协会会员。作品散见于《上海文学》《中国作家》《天涯》《长江文艺》等刊物。著有长篇小说《顺着迷人的香气长大》，中短篇小说集《我和我父亲的过去与现在》，电影作品集《电影是一种乡愁》。北漂感言：到燕郊西来做我的爱人。

# 之后（2首）

## 之后

之后，种上一亩地，挖出一口塘
之后，风清，云淡，花坛养一圈芍药
芍药花开，我靠一棵树，看漂泊的云
粗茶，淡饭，住有屋檐，天井的房

之后，娶一个女人，善良的女人
灯下，我们说说将来，美好的将来
之前，我一说将来就嘤嘤地哭
眼泪，淋湿我的一件将来的衣

之后，有一个儿子，健康的儿子
月下，我们谈谈李白，杜甫，他背唐诗
之前，月亮映见我，喝酒，推手推车
扛一件流浪的背包赶绿皮火车

之前，我梦见你，你的一件新嫁衣
雪白，雪白，回头，眼泪汪汪看我
之后，苦难的人生是分岔的两条
分岔的归宿，我选平淡的一条

## 海盐

丰满的海，我看见你，慢慢清瘦
粼粼的海，我看见你，戴苦命的枷锁
牢房，是淤泥的海滩，太阳炎炎
太阳，剔出，海粼粼的灵魂

纯白的海盐，纯白的像悲伤的雪
粼粼的海，悲伤的，就剩雪的海盐
纯白，纯白的雪，海盐的雪
它和喜马拉雅山的雪一样白

它，和我愤怒的眼白一样白
它，和我皑皑白雪的脑袋一样白
它，苦的，和我哭泣的眼泪一样

海盐的雪，它撒我悲伤的眼中
粼粼的海，我看见你，把海盐中，最白
最苦的一颗，挂在我晒黑的脸上


士农工商，原名肖志鸿，2010 年至 2015 年在京。中国诗歌流派网原创诗歌编辑。作品
散见于各类报刊论坛。北漂感言：北漂的海，财富和眼泪一样苦咸。

东28区白
安琪 2018.7.28

# 99.9平方（4首）

潇潇

## 一滴入魂

等你风尘仆仆赶来
用心准备的
菜肴摆上桌子
红豆薏米汤为你洗尘

拿手的烹鱼和青菜
是否对你胃口
佳酿下去
如流水的古琴
围绕我们对饮

清凉、透明的诱惑
一杯又一杯，发出米香
我们品着，说着眼前
和几十年后的事情

说着世俗的门槛
说着从命运中抬起头颅
说着战争的边缘
圣徒落难而死
人心为何物

一个被倾诉捏痛的夜晚
两颗漂浮悲悯的心
爱到深处，一滴入魂
涌起的冲动
像荒芜一样无边

## 移交

深秋，露出满嘴假牙

134

像一个黄昏的老人
在镜中假眠

他暗地里
把一连串的错误与后悔
移交给冬天

把迟钝的耳朵和过敏的鼻子
移交给医学
把缺心少肺的时代
移交给诗歌

把过去的阴影和磨难
移交给伤痕
把破碎的生活
移交给我

记忆，一些思想的皮屑
落了下来
这钻石中深藏的影子
像光阴漏尽的小虫

密密麻麻的，死亡
是一堂必修课
早晚会来敲门

深秋，这铁了心的老人
从镜中醒来，握着
死的把柄
将收割谁的皮肤和头颅

## 99.9 平方

我的爱正好 99.9 平方
可以安放一张会隐身术的床
和一间白纸黑字的书房

开放的客厅
私通荡漾的大海

几朵耍性子的云在天花上悲伤

我的爱小于一个妻子
是爱的圆周率的 N 次方
是肉肉，是心肝偶尔的小刺痛

你责怪、批评的语调
是宽阔、和善而性感的
让我有些耍赖，着迷

有一天
如果你爱不动了
那一定是我的 99.9 平方
越来越小

不是你的错

## 这个世界的残缺

我们抱怨、愤懑、诅咒
这个世界的残缺
太多，太多了
有什么用

我们与魔鬼做交易
对这个世界的残缺
一次又一次，以牙还牙
有什么用

每一个人都像一个无辜者
站在受磨难的那一边
挑剔别人失去的灵魂
有什么用

带血的历史，颤抖的天空
为那些深深扎痛
大地的墓碑忏悔
有什么用

我们颐指气使
推脱这个世界的苦难
都是别人的错
有什么用

这个世界的残缺
其实是我们每一个人身上
坏毛病加起来的总和

潇潇，诗人、画家。1991年到北京。出版诗集《踮起脚尖的时间》《潇潇的诗》（在中国、古巴同时出版）等。作品被译成德、英、日、法、韩、波斯、阿拉伯、孟加拉等语言。长诗《另一个世界的悲歌》被评为20世纪90年代女性文学代表作之一，2018年5月被翻译成英文在英国剑桥《长诗杂志》（*Long Pome Magazine*）头条全文发表。曾获多项国内外诗歌大奖。2016年获罗马尼亚阿尔盖齐国际文学奖，是第一个获得此奖的亚洲人，并被授予罗马尼亚荣誉市民。北漂感言：北漂意味着一切重新开始……

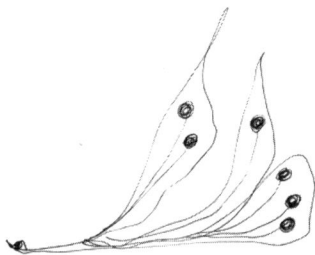

# 喜鹊飞到 22 楼（3 首）

王秀云

## 喜鹊飞到 22 楼

这一年特别安静，大莲花开了五朵
这一年无人酗酒，母亲多吃了一碗饺子
这一年我们还谈爱和不爱，好像芳华仍在，腰围依然一尺七

这一年，我站在 22 楼，望着辽阔的远方
五片水面波光粼粼
三条道路浩浩荡荡
许多树木和花草在低处扎根

这一年，云彩比邻，阳光照身
昨天一只喜鹊从窗前飞过
今天又一只，我看见他的羽毛像此刻的天空一样
平展华丽

能飞到 22 楼的喜鹊，必是身强力壮的喜鹊
能飞到 22 楼的喜鹊，必是能高飞的喜鹊
能飞到我窗口的喜鹊，我相信
一定是特意来告诉我好消息的喜鹊
唵嘛呢叭咪吽

## 车厢

原点的枝条
伸向全球
高铁的走向来自内心最细小的
那颗种子

终点不是目的地
起点也并非一定通向爱情
多子多福的兄弟已经上路
那些依然行走的愿望啊

穿过了几百里厚重的雾霾

有道云笔记在清点过去
树叶正在返青
不远处暗淡已久的天空
即将晴朗

## 和一棵山楂树好好告别

中元节，空气中有父亲的呼吸
翠屏山上的山楂树，果子已经红了

给山楂树拍照，留下他晨光中的容貌
给凌霄花拍照，他们蜂拥而来，仿佛
不知道秋天已经来临
给紫藤，给山桃，给一簇菊花都调出最好的角度
让他们在我记忆里尽情美丽，仿佛
没有凋零，和别离

王秀云，20世纪60年代生人，中国作家协会会员。著有长篇小说《出局》《飞奔的口红》等。2008年来京，在《北京文学》担任初审编辑至今。北漂感言：北京，你没有理由离开，也没有理由留下。

## 睁一只眼闭一只眼（3首）

韦宏山

### 向上

风向上
不言说的石头向上
一滴清露
不运动
含着来生的光

夜向上
不言说的黑暗向上
一只纯洁之手
没力量
紧紧抓住死亡

### 在我还没到来前

在我还没到来前
这里下雪了
下了足足三天

雪的洁白
累积起来
具有整整三天
白色的重量

洁白是不是很好
我不知道
无知是不是也很洁白呢
我不知道

可是，洁白
已经让这个城市
变得凹下去了一些

140

在我还没到达之前

**睁一只眼闭一只眼**

我的一边眼睛
红起来
它真的是越来越红呀

我不得不
关闭它对世界的观看
但是
我的另外一边眼睛
看到的事物
依然如旧

就像它刚刚看到了一个消息
他们将在 2 月 1 日
关闭通往世界的网路

现在是 2 月 5 日
我忽然想到
原来我的一边眼睛红起来
不是没有原因的

从今以后
我看这个世界
将会是
睁一只眼闭一只眼了
我真的是没有幽默

韦宏山，曾用笔名胡子、山语，20 世纪 60 年代生人，自 2014 年底游居北京。当代视觉艺术家，诗人，策展人。早年有诗歌发表于《星星》《诗歌报》《民族文学》《广西文学》等报刊。其艺术创作涉及抽象艺术、新影像、雕塑和行为艺术等。曾游学于欧洲多年，在国内外举办过多次个展，参加过多次联展，作品并被国内外收藏家收藏。

# 七夕（3首）

王邦定

## 七夕

你在北方挣钱，养家，糊口
妻在南方带儿上学，赡养老人

隔着长江，还有一条黄河

你在北方的桥边，踮起脚尖
望向南方
2000 公里之外的家呀
妻在夜里数着 2000 只羊

## 父亲

父亲 75 岁了，一人留守，起早摸黑
做的是年轻人嘴里时尚的工作
扛水泥，搬砖
闲时种些蔬菜粮食

小时候的晚上，父亲会拿出他的二胡
拉上一段
乡亲和星星都沉醉在月光里

高中时父亲的公司倒了，娘也病了
只有娘细碎的音符陪伴他
再过了 22 年，娘去了没病痛的天堂

行走在沙漠里的那座大山，父亲
轻拨那眼月牙泉睫毛上的几根弦
琴声飞扬，泉水涌动
感知云端的娘，撒下了雨水

## 过年

火车声声
那曾是母亲站在村口的呼唤
那也是孩儿口中的一句句
"爸，何时回"

三年了，没回家乡
兜里的钱冷落了回家的念想
望向江南，牵挂的方向
两手空空，一片迷茫

寒冷的冬
月亮陪我想家乡
年迈的长辈和年幼的孩儿
我拿什么爱你

光秃秃的树丫
直直地把我思念挑起
在那最高处
在泪眼里


王邦定，男，1975年9月23日出生在浙江温州一个四面临水的大门岛上。中学时，开始读诗，后来喜欢席慕蓉、海子的诗，自己也试着开始写诗。一个为生活奔波的游子，现居北京从商。

# 没有人比我更能忍受孤独（4首）

沈亦然

## 制造的逻辑

我们留下了血泪斑斑的历史
也在等待
充满血泪的未来
因为
我们拥有血泪

## 天才论，是一场新瘟疫

已经有许许多多的人接二连三来到我面前
跟我说
他（她）
就是个天才
说话的语气极其肯定
又有几分诡异
我只能笑一笑
送走他（她）们
拉开玻璃纱窗
透完气后
立马关上门窗
我想将这场新的瘟疫
拒之门外

## 今天，我们都不开心……

我起身
准备离开诗人阿钰家
诗人老于这时走了进来
他一脸不开心
坐下来后
他确实说他今天非常不开心
我正准备离开

因为老于不开心的目光和满面愁容
我又重新坐了下来
我说：
"说吧！把你的不开心说出来
让我们大家开心开心！"

**没有人比我更能忍受孤独**

无法描述此时的心情
电风扇转了一圈又一圈
我与反复无常的爱情
也是兜了一圈又一圈
回到原点
如同生死轮回
必然的宿命
如此了然一切
固然没有人比我更能忍受孤独了
鸦雀无声的夏夜
坐起
想去喝一杯酒
想了想
还是
又躺了下来

沈亦然，1979 年生，安徽马鞍山人。诗人、作家、画家。曾做过医生，辞职后分别在《南方都市报》和《新京报》工作。2003 年开始小说、诗歌创作，作品多次发表于《芙蓉》《文学界》《红豆》等文学期刊。 2006 年 6 月 29 日开始北漂。

# 车站（2 首）

苏丰雷

## 车站

我才是问题，所以才选择不断告别
去寻找，流徙的道路也是开凿运河。
流过荒阔的乡村和陡峭的城市，
逃离来时的车站，绕开它的对面，
流向更远更深，我渴望陌生的停驻，
可以收割一片片真实的风景。
我知道，有一种问题别人无法指引，
一些结，只有自身经历漂流才能松解。
道路、墙壁、面孔，到处陈旧，
这一座建筑或另一座我出出进进，
集装箱的公共汽车总是轰向腐朽的大门。
这是一种状况：没有回家的车站。

远了，不甘心这么回去，或明确了这条路，
我走向危险交叉的街市、错综的立交桥，
蹒跚在城市灰旧的底部，拖曳着沉重的行李，
我来到又一座车站，天空到地面都破损，
路两边的人群是密集的五百罗汉，
叠床架屋般，又蒙上路灯的黄尘。
我融入其中，注视这些粗犷无辜的男女，
我觉得他们迎对着我内心的棱镜。
是在寻找站牌，寻找回家的车辆？
没有直达的车，我的预感早已应验，
还是考虑中途在哪里转换吧，
我比这些蒙尘的人还要困难重重。
尽管我想携他们一起回家，这些男人和女人，
但我知道，我带不回去，首先他们不会转向我，
因为我的声调，更因为这样的声音被隔绝。
我已知道，我只是意识到一个严重的问题。

夜已深，我需要想清楚必须在哪里停靠。

我将在中途下车，去往同时代人之家，
那些灵魂的学校，我将在那里休憩和劳作，
消除我的浮躁、疲劳、幻想，雕刻更结实的我。
我还知道，在那里我将经历漫长的等待，
那车辆才会出现，那车站才为我而存在，
漫长到我将会出现三条腿，甚至没有腿。
我的心拥有得很少，她一呼喊我就听见了，
她说，走吧，我就知道，没有其他的路，
所以，我愿意流徙不定，在过程中贫穷和富有。
我心中有一枚湛蓝的湖泊，她在那里护佑着我，
只有第一次把她打磨成杰作，第二次才有可能，
所以，第一次或第一个才是我的首要任务，
遭遇我的万物，因得到另一种生命而向我致意，
天幕上的星群，会有一颗守护我归回林中之家。

## 我握住记忆

回到我七岁，外婆在那时去世，
后来我一直住到初二的房间，
从床铺与板壁之间狭窄的空隙
从这魅影的视角，透过白纱蚊帐
探望整个房间……记忆把这已
坍塌的房间装修出若干种熟悉的风格，
当理智说，这并不完全是我的房间，
记忆便耐心切换出另一套画风……
当我握住那件夏季被单的一角，
外婆用旧衣改制的深褐色薄被单，
它被叮咛要搭在夏日光溜溜睡姿的
环形山上，为了不着凉感冒。
我握住它，穿过白纱蚊帐握住
它粗糙、冰凉、纤细、温暖……
外婆从时间之外走来（仿佛并未远行），
坐在蚊帐边的竹椅上，轻摇蒲扇，
给儿时的我拂来凉风，我
贪婪凝望着她再次浮现的脸。
我们隔着一道记忆的壕沟，
我想我能飞跃，在剩下的历程里，
就像小时候跃过那道沟一样，
获得邻村那些孩子的叹服……

外婆的脸渐变，从去世前七十多岁
疾速往年轻流淌，又从年轻
匆促返回至去世前的七十多岁，
像初夏的哈气在眼镜片上，
那么匆促，
但我铭记那握住的刹那，
那是一个真切并待于探知的世界。

苏丰雷，原名苏琦，1984 年 3 月生于安徽青阳。2014 年与友人共同发起"北京青年诗会"。2015 年参与上苑艺术馆"国际创作计划"。著有诗集《深夜的回信》，文学随笔集《城下笔记》。现居北京。北漂感言：肉身漂泊为了灵魂安居。

春天的芭蕾
安琪 2017-4-3

# 出征（3首）

赵琼

## 出征

那天，队伍就要从
村里开走
跪罢了爹娘和老屋
他没回头，也没张口
一把战刀，被他拎着
每走一步
都要在身后
一下一下地挥舞

二爷说，三爷那是在
自断后路

## 兄弟

作为一个男人
我从来就没有怕过什么
暗刀和明枪

如果不是那一次回头
我绝对不会这么痛苦

虽然，那一刀
只是刺进了我的肩膀
却仿佛
一下子穿透了
我的心脏……

我从来也没有流出过的眼泪
就在那一刻
全部以痛的方式
徜徉在我所有的年轮和枝杈之上

在风与雨的启示下
让我回想：自己的一双手
是在怎样的一种状态下
会攥成了拳头
会用怎样的一种姿势
将脚面，一拧一拧地
旋入一抔黄土……

如果，下刀的，不是
在人前人后，都称我为兄弟那个人。

## 往事一件

往事一件
让我憋了整整三十年
在东山深处的一个坑道里
有一块没有被我们砸碎的煤
砸穿了他俩的身体
他俩的鲜血
将还没有进入炉膛的煤块
烧得通红……

是谁的一只手，让我和煤
擦肩而过
我的头发和知觉
却被叫作瞬间的火苗
全部烧焦

……

三十年，过去了
梦里梦外的闲暇
总会让我，就着一盏绿茶
把那以秒计算的时段
细细地咀嚼

至今，仍见不得
黑色的块状之物，以及那些熊熊的
炉火

让我有意无意的回忆
变成一块，奔涌着的红色

还是那一株
在寒风里摇曳着的腊梅
让我睁开了双眼
与两只虔诚的喜鹊一起
让一个蜷在白纸深处的哑巴
终于，张嘴
说出了三十年前的我
也说出了
三十年前的他俩——
与我在煤矿里一起打过工的乡邻……


赵琼，男，1966年生于晋南，现居北京。作品散见于《诗刊》《星星》《绿风》《解放军文艺》等刊物。著有诗集五部，部分诗作被收入多种选本。北漂感言：我是一枚故乡养育成的果，被摆上北京的街头，因为，我的故乡，需要，养活。

衣鱼四号
安琪 2017-3-13

# 拒绝（4首）

## 拒绝

拒绝天堂也拒绝地狱
我拒绝领地和冠冕
谢绝旌旗、擂鼓和车马
我拒绝歌唱
拒绝向月亮俯首称臣
拒绝要手捧钵碗乞讨星光
只此一生
要么追寻断线的白云
要么孤老无岸的青山

## 苟且

假如生命是一场苟且
对不起，那我拒绝苟且
我无法向日月低头
宁愿截白云踞青山
骑红马扯蓝旗

如果没有阳光，
我可以盗火
即便注定黑夜
死，我也要戳破星光

但，你要我跪叩苍穹
谢谢。那要么等我死后

## 凌晨的华表

黑暗里，渐次灯火
照现人流　车流也急促

霾伏下广场　刺骨风中
我用右脚颤抖地在地上画圈

画子胥和关龙逢的眼
画比干的心
画着于谦头颅李广颈
　　　　岳飞肝胆　蒙恬的唇
画下介子推股　崇焕肉　晁错腰
　　　　铁铉鼻　方孝孺的骨
　　　　苌弘血和屈子魂

北风呼啸
南下巨鹿朝歌　丰沛沼泽
由封丘吹向钟离
压下浔阳楼的夜幕
摇曳岳麓山的红枫

而此刻　我正环顾
严密古老帝国的城墙
尸体在光影下穿梭来往
云层从一座山压向另一座山

**悲伤**

在人间，有一万种悲伤
如星辰聚成繁花
从今生蒂落往世
那里有我的祖国、家园
亲人和圣贤

在人间，有一万种喜悦
由笑容里开出春光
在昨夜绽放明日
这里只有生，没有死
只有地久，没有天荒


　　祭司，原名陈斯毅，笔名祭司、天涯。1985 年生于福建霞浦沙江水潮村。十年前沿着唐宋诗人的足迹重走中国诗歌之路，旅行了中国三十一省市区的八百五十三座城市总计百万公里，沿途写下六千多首诗歌。2014 年开始北漂至今。曾在《霍去病》和《娘道》剧组跑过龙套。也曾担任过江苏卫视《非诚勿扰》、天津卫视《非你莫属》等多个电视节目的嘉宾。

# 我欠北京一个北漂

雷从俊

访谈中　诗人彭敏说：
北京欠每个北漂一套房子
欠我……一百套

我知道，一百套房子
也装不下男人一滴眼泪

我抚摸着当年居无定所的青春
又看到魏公村两元一张的大饼里
葱花的味道　葱
以花的名义招摇过市
多像我打着各种富丽的幌子
要与这座城市攀亲

而今看到自己当年的同类
心里还是一阵亲热
而时常内疚的是
我欠北京一个北漂


雷从俊，1975年10月出生，河南淮阳人，著有诗集两部，发表诗歌和歌词若干，现居北京。
北漂感言：在流浪与放逐中，青春落草为寇，命运落地生根。

# 草原上的尊严（3首）

李成恩

## 独自吃草

飞机落地
巴塘草原
寂寞机场
适合我
一个视寂寞为仙境的人

我无数次想象
来巴塘
做一条牦牛
低头吃草

我想象不出我还能吃什么
我吃过生活的垃圾
那块生锈的炮弹
咬掉我的一颗门牙

所以我咬牙切齿了好多年

我也吃过甜饼
一种圆圈圈
像是骗人的

我口里残留的农药越积越多

巴塘草原
我来做一条牦牛
加入寒冷中
我学会吃草

我学会在冰雪中
呆立一个下午

而不仅仅穿过冰雪
我学会走向废墟
而不是坐在废墟上
哭泣

我学会吐掉
口里那只
世界强塞给我的
绿皮青蛙

## 在草原我想起你们

在草原我想起你们
我亲爱的朋友与敌人

面对绿色的草原
我高声赞美我的朋友
我要告诉你们
你们是世上
最干净的青草

做一棵青草
做青藏高原腹地的一棵青草
比做喧嚣都市里的有钱人
更加挺立
关键是
更像个人

牦牛奔腾
我的敌人
尾随我身后
我的敌人
请你躲开一点
我担心你一抬头
会被牦牛踩死

## 羊

玉树

遗址
玉树的子民
抱着羊羔

羊羔的眼睛里
白云朵朵
天地万物
尽收眼底

我每走一步
都气喘吁吁
我是一只
温顺的羊

我轻声叫唤
——老阿妈
你去了哪里？

昨天你还抱着我
藏袍
如小火炉
昨天我还望见
你的炊烟
飘向天边

此刻
你坐在天上
看我
叫唤


李成恩，1983 年 1 月出生。祖籍安徽，2000 年来京。诗人、作家、纪录片导演。中国作家协会会员。著有诗集《汴河，汴河》《春风中有良知》《高楼镇》《池塘》《狐狸偷意象》《酥油灯》《护念》，随笔集《文明的孩子》《写作是我灵魂的照相馆》，以及《李成恩文集》等十部。北漂感言：北漂意味着不能懒惰，应该勤奋，只要坚持自然会有收获。要有平常心态，随遇而安，把异乡当故乡，尽量淡化物质生活，享受精神的盛宴，人生无处不盛宴。

# 稳定的父亲（2 首）

阎松

## 稳定的父亲

在 815 路公交车上
我看到一个稳定的父亲
提着行李，从车头
一步一步走向车尾
每一步都把颠起来的车身
硬生生踩回去
就像一个装在船舱里的
陀螺平衡器

一个稳定的父亲
如同窗外那栋老楼
毫无美感，却也没有
任何拆掉的理由
他熟练地控制着平衡
以及被头上的汗水惹起的
不必要的小情绪
稳定又圆滑
仿佛路边的挡车石球

他左边是年幼的儿子
右边是已经苍老的母亲
像两个天平的托盘
而他是那个支架
他是稳定的
也希望未来能一直稳定
但前面就是高速公路
这辆车还会更加颠簸
他攥紧了手

父亲

户口本的第一页
户主：阎 × 兴
户别：非农业家庭户
住址：（很久以前的，早已搬家）
性别：男
民族：汉
出生地：河北内邱县
籍贯：河北内邱县
出生日期：1953 年 4 月 1 日
身高：178
血型：B
服务处所：山西大学
盖有太原市公安局户口专用章
从这一页看不出他是我父亲
只有在第三页我的页上写着
户主或与户主关系：子
（后来这一页也迁走了）
这便是父亲的全部证明
它贫瘠、僵硬，如同一首诗
一首从夹缝中长出来的诗
尽管每隔几年还要被审核一次


阎松，男，1985 年生。2007 年来北京，至今已十一年。现在北京从事影视工作。北漂感言：准确地说我并不在北京居住，而是在与北京一河之隔的河北燕郊——这个居住着最多北漂的地方。这里百分之九十都是外地人，大家操着不同的口音，来自不同的地方。很难说这里到底"属于"哪儿。它就像大海中的一座小岛，挤满了迁徙途中疲惫的生物。人们都在这里甩掉了过去，成为自己眼中的陌生人和别人眼中神秘的过客。有时候我想，这份陌生与未知，或许正是我们内心深处一直寻找的某种东西。

# 和时间聊天（2首）

李川李不川

## 把一生的良言留给春天

大地睁开自己的耳朵
鸟翅永远为自由突围着天空的边际
要把一生的良言留给春天
与一棵小树话别
戴着小雨
父母在田地里等着万物复苏

铁轨如哭泣的双手
却抓不住一列开始远行的高铁
生命在过往中磨开自己

## 和时间聊天

时间，你过得真快
你能否慢下来
再坐过来，看着我细腻的笔触
我们慢慢过日子
让茶叶在壶里多睡一会儿
让狗多撒几个欢子
懒猫会梦到自己的新娘
鸡会多下一个蛋

一日当一月过，一秒当一分过
看着你爬过我的身体
爬过词语的陷阱
爬过镜子里的沟壑
直到我们老成一座血肉相连的小山丘
晚风吹着，灵魂变成野草

李川李不川，原名李川，1989 年 9 月出生，甘肃庆城人，2013 年 11 月开始北漂，现居北京宋庄。诗人，青年画家，作家。有作品在《中国青年》《青年作家》《幸存者诗刊》《飞天》《北京晚报》等报刊发表。曾为十多本书籍创作插画。2014 年和 2016 年先后在北京举办个人画展，参加全国各地艺术展十多次。著有长篇小说《找鸡》，出版诗集《一切都很善良》。北漂感言：北漂是一只自由的艺术之鸟归还祖国的上空，接受风雨，电闪雷鸣及昼夜温差，寻找真理的模样！

# 北京的七点零八分（2首）

曾龙

## 法源寺

它不属于任何一个朝拜者，
也不用借任何一段历史，
它只是法源寺，
洒满一群飞鸟，
仰望是白与红的静止。

最后绚烂的黄昏在澎湃的云朵中缺氧，
扑打着落日的向往，
可是最后远了，
它把黑夜还给了这片无际的想象，
又向往更远的向往。

暂停在不完整的山岭，
让寂静还给风铃，
尽管它来到会是狂风暴雨的奏鸣，
那温柔的，
也好像是一场宿命。

## 北京的七点零八分

时间走过了七点零八分，
沉默的要忘了该去沉默的人，
到点了灵魂，
别忘了关上火车的灯。

灯光里暧昧闪烁的昏，
它说借半秒余温，
照亮一个讲故事的人，
还有意外远方惊扰的钟声，

只是在遇见与错过里不分，

那个错把哭当作笑的人，
满上一杯烈酒，
倒进黄昏煮开青山的湿润。

借一叶孤舟问，
长河的争流，
落日的孤鸟，
停在七点零八分。

曾龙，生于1997年6月12日，2015年开始北漂。湖南省作家协会会员。做过跆拳道教练，电商主播，导游等。北漂感言：我认为北漂就是一个人靠着自己的能力在北京这个公平和充满可能性的地方，在打拼中获得属于自己的一份回报，一份肯定和一份有尊严感的生活方式。

# 寻人启事（2首）

黄华

## 寻人启事

我将一张张照片
贴在街头巷尾
发出一份寻人启事
伴随焦急的期盼

我将希望放置在黑暗中
等待被开启的瞬间
一个轻轻的微笑
坚冰便会融化

没有奢求，不求原谅
我只想告诉你
前方的旅途坎坷
漫长

我走的缓慢辛苦
沉重的皮靴沾满泥雪
肩上的皮包歪歪斜斜
依旧的行囊瘪瘪

盼望却无法奢求相见
我被饥饿疲倦环绕
枯枝被狂风摧折
如树干相邻却失之相交

## 瞬间

人生不是几年
几月，几天，
也不是几小时，
而是几个瞬间

第一个瞬间
记不清
谁把我捧起，放在胸前
母亲说那是六月的一个晌午

第二个瞬间
登上北去的列车
结束二十年的读书生活
开始养活自己

第三个瞬间
抬头看见赭色屋顶，蓝色天空
意识到身在异国
工作已经二十年

离开那座城
才发现很爱它
置身其中
却抱怨它种种不好

回忆往事
才记起当时许下的愿望
不曾实现的梦想
只能交给最后的瞬间


黄华，女，1974 年 6 月出生，河南鲁山人，现居北京。就职于北京某高校。北漂感言：
我认为所谓北漂是一种自我身份的界定，是心灵的归属，而不是由户籍、工作地等现实空间
所决定的。

# 稻谷深沉（4首）

鲁克

## 母亲的打谷场

它不够大，勉强够一头毛驴和一只碌碡
转过圈来。阳光铺在地上，有些晃眼
那些麦子就要从大田里，向这里集结

一年里，也只用那么次把两次
但母亲的打谷场始终平得出奇。母亲总是
把细小的石子捡出来，扔到场外——

站在打谷场上，我感到了时间的空旷
仰起头看看天，还没转圈我就晕了
其实此生我还不如一头驴子或一只碌碡
能够以母亲为圆心，那么忠诚地围着故土转

当我退到场边，仿佛一个局外人，仿佛一粒石子儿
被母亲捡起并扔出来。一年又一年，离打谷场越来越远
离母亲越来越远，我始终没能成为她收获的一部分

## 稻谷深沉

稻谷深沉，像一个个人，举着头颅——

昨夜，大地又下沉了三米，你感觉到了吗？
秋风是从地缝里钻上来的
秋风扶着稻谷，丈量，成熟的尺寸
秋风抚摸着稻谷的头，秋风嘴角上翘，仿佛
很满意的样子

请不要在稻谷面前谈收割
一如不要在狗面前杀狗，牛面前杀牛
稻谷如果有膝盖，它们也会跪下来
你看一片稻谷，仿佛一群待杀的狗，在秋风里

瑟瑟发抖，发出
呜呜的声音：露水是它们的眼泪
秋天从稻田里走过，你感没感觉到
有一群手，绝望地
拽你的衣襟？

我们都是稻谷——你看广场上
一穗又一穗稻谷
一群又一群稻谷走来走去——举着各自的命
和面孔

## 抱杨树叶的父亲

父亲抱着满满一抱杨树叶，从大门里
挤进来
他的下巴耷在杨树叶上，像第三只手
我想帮帮他，又无从下手
　"甭关门，还有一抱。"
父亲把杨树叶抱进锅屋，在角落里，哎哟一声
撒手
仿佛被压缩的时光，一瞬间，散开来
我看清了父亲历历可数的白发

背对着土门，父亲侧着身，用脚驱了驱杨树叶
那些干枯的灰暗的死亡的叶子，一瞬间
仿佛都活过来，发出
哗啦哗啦的声响
父亲拍拍手，转身，微笑了一下
　"走，还有一抱！"

整个村庄都烧煤气了，除了父亲，谁还在深秋
捡拾杨树叶？
　"那么多树叶，不烧糟蹋了！"
退休的父亲，比农民还像个农民
他拾麦穗，搂花生，捡玉米，当然
还捡树叶
省下的钱，不寄给孙子，就寄给孙女

我大开着院门，走在父亲前面，我说俺大

这一抱
我来！
父亲笑得嘴角一揪一揪：
　"你不会抱！你不行！"

学着父亲的样子，先是搂，拢，聚，然后是
跪——
不曾给父亲下跪，不曾给天地下跪
当我给一堆枯叶跪下
我膝头一震，心头一震——
当我笨拙地抱起那一堆树叶
走向夕阳暖照的小院
父亲跟在我后面，笑得慈祥，笑出了声：
　"你看，你看……"
父亲啊，你只看到掉了一路的树叶，你看不到
我掉了一路的泪水……

**给父亲洗澡**

我说俺大，洗个澡吧，我教你
父亲点点头，笑了笑，又咂巴下嘴
嘟囔一句：我洗澡还用你教吗？

我为我的失言感到羞愧。是的父亲
面对你苍老的微笑，我要选择什么词
才能恰当表达这段生命的距离？

我是一株不安分的稻子，几经漂泊
终于在城里扎根。面对从没用过的浴缸
脱光了的父亲腼腆、羞涩而小心翼翼

我说俺大，先洗洗头吧，父亲喔了一声
乖得像个孩子。平生第一次用洗发水
低着头的父亲颇多疑问。他说洋碱太柴

胰子太贵，"俺一般都用洗衣粉"
父亲啊！摩挲着你稀疏的白发
要咬上几次牙，我才能阻止那些战栗的泪水？

第一次给你搓背，我就搓到了你的骨头
干瘪的父亲啊，我要怎样的轻柔
才能不让自己的灵魂，痛出声来……


　　鲁克，本名鲁文咏，祖籍山东临沂，1969 年生于江苏东海。著名诗人，小说家，剧作家。曾服兵役，退役后顶父亲班进银行工作，三十岁为圆文学梦毅然辞去稳定的工作，北漂二十年。历任《扬子江诗刊》《人民文学》编辑、记者，曾参加诗刊社第二十四届青春诗会。著有诗集《稻谷深沉》等。主张暖性写作，誓为苍生立言。北漂感言：北漂二十年，九死一生，回头看看，很佩服自己的勇气。我每天都在奔跑，不能停下来，自己选择的路，无论如何都要走下去，好在，最艰难的阶段已经过去了，路在前方，越走越宽。

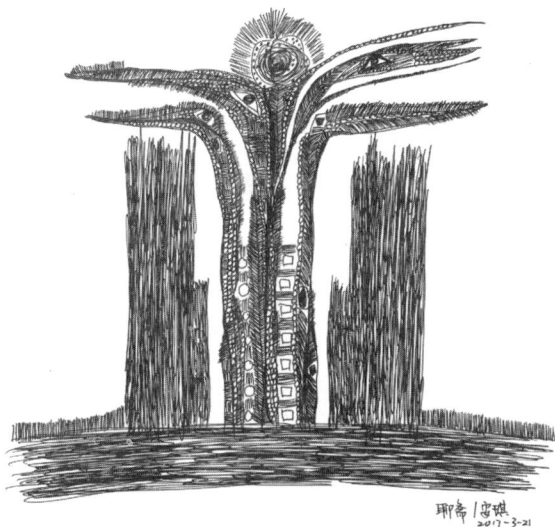

# 敢不敢做好人（2首）

## 敢不敢做好人

几年前的春节
一家人回陕西咸阳过年
坐公交车时
儿子突然发现
我座位下有个钱包
车上人多拥挤
我们捡起问谁的都说不知道

司机在前边
我们大声喊司机也无人回应
当着大众的面
我打开了钱包
里边有三四张银行卡
主要还有身份证
另有一张买九阳豆浆机的条子

没有任何现金
想寻找名片或线索找到失主
发现九阳豆浆机条有客户电话
身边有位大妈提醒
不要打小心被讹诈
接着到站下了车
我给当警察的弟弟打了电话

我说姐捡了个钱包
里边有银行卡身份证没有现金
我想还给失主
有个电话怕对方说
有贵重物品或现金怎么办
弟弟也是正义豪爽之人
马上说你打吧

有事了我过来
就这样我打通了电话
对方很惊喜
说她正好花光了所有的钱
平时出门不带现金
我们寒风中感觉好温暖
瞬间没了负担

约小区附近超市门口见面
儿子和他爸在附近等我
一位和我同岁的女人出现
看过她身份证
她拿钱包检查说不缺什么
要感谢我说请吃饭
我说不用

天很冷赶紧回到家
过了十几天
这位失主找我
说要感谢我请吃饭
我说不用
后来我们成了好朋友
逢年过节都有联系

人生的相遇都是缘分
有些人是见过一面　她的气场
让你感觉可成好朋友
常在身边的人
不一定能走入你的内心
缘来缘去缘如水
都在一瞬间

这个故事多年藏在我心底
曾用文字记录过这段过往
又不知放在了哪里
今天我将它再次用文字轻轻表达
记录曾经走过的路
还有那个敢不敢做好人的瞬间
儿子和我共同见证了这个故事

**女人是用来疼爱和保护的**

事情发生在一年前
我从天桥路过
突然听见哭声
循声望去
一个男人
在打女人
我不知哪里来的勇气
大声呵斥呼喊
不许打女人
我的声音落地
那个男人停止了动作
我从天桥上快速下来
他们都变得沉默
我看到好像一对大学生
女孩看着有些委屈
也有几分害羞
她看着我
眼神是带有感激的
男孩子
恶狠狠地看了我一眼
转过身去
我没有打扰他们
从身边从容走过
但我心疼那个女孩
身为男孩
不管发生了什么
不该用武力
每个孩子
都是父母的心肝宝贝
合不来可以分开
何必要彼此伤害
不去追究理由
应该珍惜缘分
当时回到家里
想起自己的举动
像侠客一样路见不平
拔刀相助

却不知后果会是什么
谢天谢地
那声呼喊
最少阻止了
男孩子的暴力行为
让我可以舒心一笑
又同时担心回到家的他们
是否还会继续比武
妈妈曾经说过
女人是用来疼爱和保护的
今天我把过去的故事
用妈妈说过的话当标题
抒发内心的感慨
也希望天下有情人
能够终成眷属

祝雪侠，女，笔名祝雪，祝滢，陕西咸阳市武功县人。中国作家协会会员，第七届全国青创会代表，鲁迅文学院第十九届高研班学员。历任国际华文作家网总编、中国作家新创作论坛秘书长、《作家报》副总编。现为中国作家协会中国诗歌网事业发展部总监。先后在《中国作家》《文艺报》《诗刊》等报刊发表诗歌、散文、评论、报告文学等近一百万字。2016年3月参加江苏卫视《一站到底》节目录制。已出版诗集《雪舞花飞》、诗歌合集《文心中国》、文艺评论集《祝雪侠评论集》、主编文学作品集《楚韵南漳》。北漂感言：北漂中不管遇到酸甜还是苦辣，诗歌可以净化心灵，这么多文朋诗友就是春天的风景。

# 人生无量之坛（3首）

天浪

## 生如羔羊，死没浮尘

一代人一生的努力
只为了下一代能更好地努力
被人忽视，甚或遭人践踏
自己也苟且偷生
生趣无几，自我忽略
到头竟不知何人暴虐，何人欺凌
竟不知怨怼何方
——生如羔羊，死没浮尘

## 诗之别离

相信我，你的下月不知在何方
房在何方，米在何方，工作在何方
相信我，就请你常在诗歌的泉流中沐浴
哦，沐浴的赤子，漂泊的诗人
你每写一首诗，就像一次深情的告别
每一首诗歌，都像一场饯别的筵席
像一幅故人送别的国画，你骑着黑毛驴
深情地道别，向世事万物
如向那沐浴的阳光，阳光下的风
风中的少年，长成即速嫁的姑娘
向日夜东流的江水
不时断流或瘦减的河湖井泉
向年年荒旱、渐被吞噬的土地
土地上弯腰的父老乡亲

你每写一首诗，就像一次深情的告别
每一首诗歌，都像一场饯别的筵席
家乡只是你的留恋，城市只是你的驻地
房屋只是你的住所，工作只是你的驿站
电脑网络，与锄头铁锤一道，只是你的工具

你行色匆匆，来去不定
你是大地的过客，大地也是你的过客
你是世事的过客，世事也是你的过客——
主客相逢，一瓢泉水，一杯浊酒
一场诗意与醉意的相逢
心仪已久，或似曾相识
是爱恨欢痛，或悲喜恩怨
在仓促的别离过后
空余凝眼与回眸

你向往自由与平等
深爱，悲悯着这个世间
像旧时的侠客，古道上的游子
也像今日的驴友，辗转的民工
陌生转相识，相逢又离别
见面即是缘，相逢更是缘
你我同生今世
而自凝望的眼，前行的腿
汇流心胸，尔后开张
此便是缘——
既是相逢缘深，又何伤别离

哦，善感的诗歌，深情的告别！
请原谅我迎新送旧，行色匆匆
原谅我的多情与忧伤，还有薄情——
辗转路上
我期盼着人间的民主与富强，还有安宁
祝福着见面未见面、相识不相识的朋友们！
祝你们每一位都过上幸福、美好的生活！

哦，饯别的诗歌，丰盛的筵席！
朋友，请接受我带来的甜美与幸福
也请面对我带来的困苦与失望
带来的伤痛与悲凉——
这不过是风传的媒，蝶带的粉
我已滤过了狂热的激情
已塞堵了窒息的绝望——
痛苦便无所畏，悲凉还当自暖

哦，诗之别离，深情的告别！
我以留恋的眼神凝望世界每一个角落
又以离家少年的心情与它们一一告别
今宵别离后，不要问何日再相逢
长时周游后，或许我已白发染霜
抑或我依然两手空空
但眼前，我们彼此
道一声珍重，珍重！——
念一声祝福，祝福！——
青春又何怨，岁月又何憾——
静静回归于故园的怀抱
你又将怎样深情地怀念
曾经一次次诗意的别离……

**人生无量之坛**

你我身体，一宽容之坛
两足行走大地，两手抓放人间
容下粮食水酒，容下酱醋油盐
容下蔬果花草，容下虫鱼鸟兽
容下恩怨情仇，容下苦辣酸甜

你我人生，一无量之坛
百年陈放，没有封边
一生容下多少欢颜？
一生容下多少爱恋？
一生容下多少忧伤？
一生容下多少悲酸？
一生容下多少血汗劳苦？
一生容下多少愚昧荒残？
一生容下多少欺压奴役？
一生容下多少红尘纷乱？

当坛口越来越小越来越尖
那不是拥有，而是自损自满
当坛间流水越来越弱缓时
那不是浓缩，而是衰残
百年尘封，不是结晶，而是风干——
人生一无量之坛

天浪，本名陈小春，诗人、作家、编导，2003年8月来京。北漂感言：就诗歌创作而言，诗人的学识与阅历，思想和情感，内容和笔力，都非常重要。一个诗人北漂过，大多数情况下应该是，在学识上会有所提升，在阅历上会有所丰富，在思想和情感上会更加丰盈，在写作内容上更加广而深，在笔力上有更多磨练的机会。

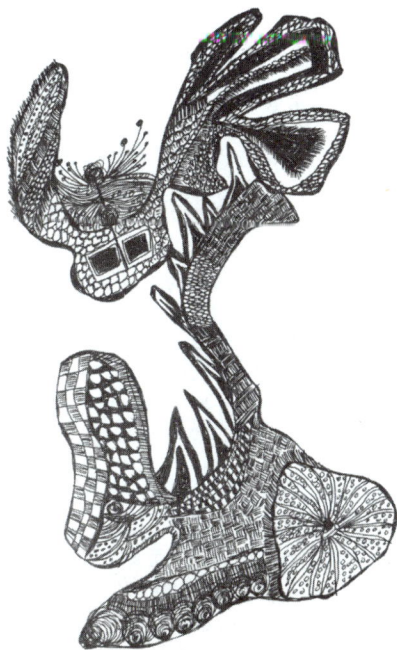

跳舞的狗狗叫白熊
安琪 2017-3-17. 北京

# 鸽子花

武眉凌

在南方的山谷里
五月的枝头会绽放一种白色的花朵
不知是一个怎样的童话
让鸽子变成了花朵
从此她再不能飞翔
但每一阵风过
她都展开翅膀
没有人知道
鸽子花心里的渴望

武眉凌，记者、作家、诗人，被业内称为"把新闻做成艺术第一人""当代女徐霞客"。北京眉凌文化传媒有限公司董事长、山东沂蒙书院创始人。

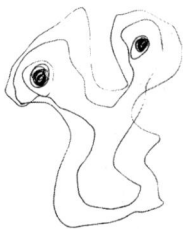

# 万亩荷花开在韩家荡（3首）

爱斐儿

## 从一朵荷花回到荷花里

这个夏天，一声奔雷潜入海底。
于是，一条响水之河行进在苏北大地。
此时，骄阳似火，蝉声响亮。
阴霾尽散的韩家荡，天边现鱼鳞云。
俄而，有青雾升起，
万朵荷香突然从天边汹涌而来，
怦然带来一场浩大的寂静。
只见荷海凝碧，荷花盛日、盛、月、盛雪。
一些光与影已结成莲蓬，
如"绕莲"的木鱼敲响四野梵音。
污泥浊水下面，莲藕结跏而坐。
默默按下心头飞度的乱云，
在一场古老的虚无里铸火为雪。
如端坐菩提树下的参悟者，
以盛开之荷花示我：
一个人清净的彼岸，
其实就在最深的红尘。

## 此处是莲花国净土

看一眼荷花
再看看岸边的自己
太多个过去，已消失在
无始无终的时间里
千帆远去，沉沙漏尽
无数黄昏在身后冷下来
今天是即将冷却下来的某一个
一些诗酒和剑气
还在胸中嘎然作响，每一声
都沾染着清风与孤月
这些年，天界有仙客

彼岸有世尊，中间隔着
尘世烟火和这万顷荷花
而每一朵莲台，都端坐着
一位度人间苦厄的菩萨
看到此景的人，笑容由此展开
并从一朵荷花中
认出了悲欣交集的自己
如是我问：
"此处可是莲花国净土？"

## 万亩荷花开在韩家荡

今天，我从一朵荷花里
回到了这万亩荷塘
每一朵都拥有绝尘之姿
她们用汹涌的香气
代替了污泥浊水。此刻
蜻蜓飞过草尖和晴空
回到她们中间。一阵风过
草香弥漫，荷香弥漫
想一想那些种荷的人
多像孤独的朝圣者
双脚被污泥锁着，仅仅依凭
圣者的指引，才能看到远方的渡口
最终找到那条通往彼岸的道路
从此以后，每一朵荷花开时
蒙尘的心　就被拂拭一下
其实，一物何有
比如荷下的泥塘原是庄稼地
庄稼地的前身则是一片滩涂
滩涂的过去原是沧海
那沧海之前，又是一片桑田
那桑田之前都是空啊

爱斐儿，本名王慧琴，曾用笔名王小雪，中国作家协会会员。从医多年，2009 年至今定居北京。出版散文诗集《非处方用药》《废墟上的抒情》《倒影》。曾获 "中国首届屈原诗歌奖银奖" "诗选刊年度优秀诗人奖" 等多种奖项。北漂感言：心安处即故乡。

# 67 弄（2 首）

桑吉格格

## 67 弄

从早晨出发
心里就念着 67 弄
高速路牌，忽而熟悉
忽而陌生
我的思绪也是忽而近
忽而远
远向万米之外的云端
云无声无息，拢着老爷子
渐沉的鼾声
传染得我们也忘了记路牌

回老宅子不用记路牌
67 弄旁边的早市拆了
鼓楼的钟声仍然不紧不慢
67 弄旁边的老城墙拆了
秋霞浦的青石板路
仍然不紧不慢
67 弄的老宅子已换了户主
回不去的回不去了
循着痕　离歌交响
记忆交割

67 弄啊
如悠悠辽阔的云
如暖在心里的
根，仍在

## 飞不走的蝴蝶

常常
在梦里

总有一只飞不走的蝴蝶
那是你吗
二姐

你织的梅花
在冬天的枝头绽放
织着，织着
春天就回来了

你绣的鲤鱼
在春天的溪谷里游
游着，游着
又到了我们坐在树下
听着蝉鸣的季节

巧手的姐啊
你把对妹子的疼爱
编进那些童年的发辫
再系好一对粉色的蝴蝶结
就这样，月连着月
一年又一年

渐渐地，我长高了
那只蝴蝶
一直栖在枝头
它不飞走，与蜻蜓一起
驻进我的童年

就这样，月连着月
一年又一年
我长大了，走远了

走得远了
只能把家乡的月亮
揣在怀里
只能把月光
连同你给我编的蝴蝶
一起收好，藏在心里

多少回呵
在我孤单的时候
在我想家的时候
在我受了委屈的时候
是你，我的巧手的二姐
让这只飞不走的蝴蝶
一直栖在湖边
平静的水面，暗涌波澜
我与你
在梦中相见

二姐
你知道，我心里有多悔
从那个被急促电话铃声
撕碎的早晨
从握着你没织完的
那件毛衣
问遍所有的巧手
无人能织
你留下的最后一件作品
天工，无解

不能原谅自己，离家太远
你瘦了，我不知道
你病了，我不知道
生命的烛火
在那个冰冷的黑夜，停了
我，你的亲妹子
还是没能在第一时间知道

抱着你冰冷的身体
我想　喊醒你
想把你　喊回来
想把你　暖回来
就像小时候接我放学
雨伞下，你把我搂在怀里
可是，二姐啊
你一句话没留下
就这样，走了

撕裂的伤口
就像霜降之后坠落的枫叶
红得耀眼，我把它们
铺向接你回家的路上
在风中
一遍又一遍地凝望
凝望那只驻进梦里的
蝴蝶


桑吉格格，1969 年生人，1995 年来到北京。从事过文案策划，财务，技术培训，标准化管理等工作。全国公安作家协会会员、中国诗歌学会会员、中华诗词学会会员、北京市海淀区作家协会会员。作品见于《人民公安报》《啄木鸟》《中华诗词》《诗刊》等。北漂感言：秋香吹落霜虽冷，燃过重阳九重山。

京子
汝祺 2018.8.3

# 人物志：诗人老贺

李飞骏

胡子拉碴的老男人
终于，出了一本处女诗集
张罗了 1000 多场活动
破天荒为自己搞了一次诗集发布会
处女一天就熬成了婆
成为老诗人
用硬邦邦的诗
再次确认了诗人老贺

玩过酒吧，开过文化沙龙
你最珍惜的
还是诗人身份
十年驻扎方家胡同 46 号
坚守着钉子般的根据地
粗糙的外表下
谁也猜不到
你有一火车少男少女的诗歌梦
你是个沉默的狙击手
怀着棉花糖的心
躲在意象背后练就十环的枪法
你只在乎女友的心跳
并不在乎麻雀的惊叫

谁都知道
你是个有原则的人
兄弟情　艺术原则　商业底线
你从不含糊
面对坚硬的现实和脆弱的生活
你不得不做个爷们

你在电影中历经了无数的人生
人生如戏
每个人都被逼成了戏子

而诗人是被最本色的演员

诗人喝多了
酒逢知己也醉成泥
电影中的佐罗　超人　蜘蛛侠
都是人家的故事
你不过是古道热肠的邻家大哥
我们拯救不了世界
可以拯救几个兄弟
让诗人的梦
有封面，有序言，也有封底

九十九场大酒的间隙中
白马　黑马　驴子　骡子都飞驰而过
打口哨的少年一晃成了年近半百的老人
明知道这一切不过是梦幻泡影
何必又非较真 1+1=2
理想的垃圾袋
事业的呕吐物
人生的阴晴圆缺
生活的鸡毛蒜皮
还有那久治不愈的痛风
减肥失败的肉膘，如伴侣
嗨
你不得不照单全收


李飞骏，生于 1967 年，山东济宁人氏，现居北京。诗人。曾参加诗刊社第二十三届青春诗会。北漂感言：北漂，或许于常人是无奈，但对诗人或许是不坏的状态。当代诗人本来就是失去故乡，漂在祖国，一生无法还乡的群体。

# 琉璃厂（2首）

张成德

## 西单

这里是西北角不凋玫瑰
外乡人喷泉汹涌她典雅芳菲
是夜，西单是一袭飘人礼裙，黑管
推销着她昂贵千岁
谁，认定她是最完美胃口
流行鞋遍烧一只高脚杯
她是倒置鞋跟组合出的"鸡尾"
谝烧一周红色芭蕾
她是韩剧睫毛苏醒眼；掀动"麦当劳"
慕尼黑美味遍颂姐妹

## 琉璃厂

从虾的弯曲度测量，这街的水
流到眼前鞋面时，正是"脚气人"整日伫立位置

从此漫步的人们，天生胆小躲在一个画的轴心里
他们天然的痒痛是目光生长的青苔，背部经不得太多清洗
一旦时光成为沦陷地，人来
她们只记得纸的胡须，不识得字的昏迷
什么是最好的美丽？一只蜘蛛精心着最完整布局
除了网，人们还能看到什么
一双堂内窜出的飞燕，它最好的剪子
不是铁的
该是那个朝代的肉体

那么多人的呼吸牵制了
这满是墨汁倾斜不止的
云朵活跃着的金鱼
这智力散页地址，她有鳞、有伤口，站着那么多仙女、妖女、幌子
一律竹竿挑着挣扎的不屈

他们被蟋蟀塞进夜晚短笛
排列着英雄的秩序，月光为他们选好了最佳齿轮出生地，不是虫子盘踞、蛙咬
——博物馆零食消化胃口里

张成德，男，1963 年出生，书画评论人、鉴赏家。现任北京过云楼艺术中心艺术总监。
著有《中国连环画名家大追踪》《述说》《世纪末城市最后一夜》。在《中国作家》《上海
文学》《作家》《山花》《十月》《诗刊》等国内外文学杂志，发表作品百余首。

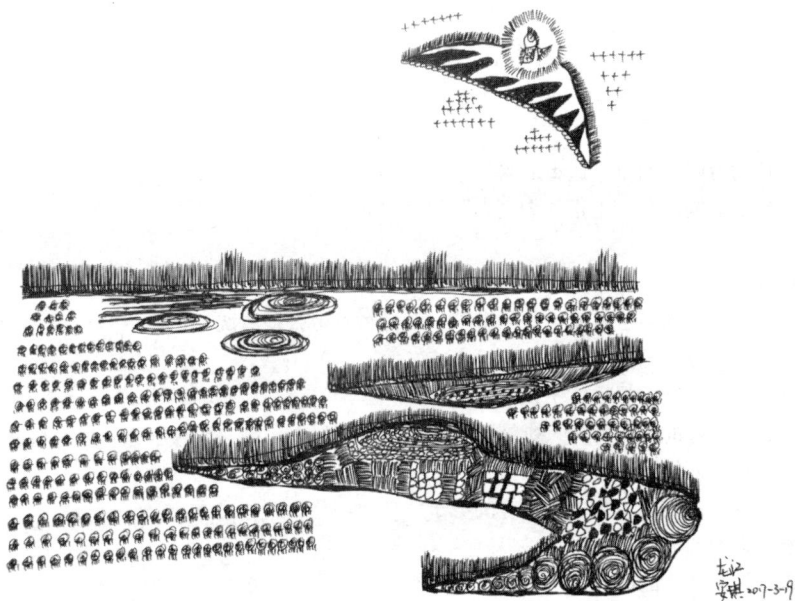

# 老人成为家里的游子

张绍民

1
老人在家里成为游子。
七老八十的老人们，
成了家的远方，都在家里成了浮萍，
儿女成了远，在异乡一方。
孙子孙女成了远方的动词，
亲人都成了远方的饭碗。
剩下老人的皱纹，堆积在空巢，
烹调为一碗面条，坚硬的面条，
吃出孤独的味道。

2
老人在家里成为游子，
自己的家也扎不下老人人生的根。
老人的心跟随儿女家人打工谋生外出，
到了四面八方陌生的世界。
老人的心在自己身上弱化不少，
那些谋生的动词直接掏心，
直接把老人的心掏空很多。
用什么来填满老人独居或者留、守、空巢的内心空间？
只要光进来就能充满爱，
只有光能够让一个人的晚年获得丰盛。

3
老人在家成为自己人生的游子，
自己在自己家里拔出自己的根看了又看，
的确在家里忐忑落叶。
老人率领家里的锅碗瓢盆桌椅板凳，
成为一个孤独军队的统帅，
老人任何一点小小的响动，
都会惊讶了空空荡荡家里的沉默的回声。

4
老人在自己家里成为游子，
收不回自己的心，
也放牧不了自己的内心世界。
不仅要放牧自己剩下的日子，
更要放牧自己的灵魂。
有的老人用光做灵魂那么晚年就会很明亮，
而且老人会让光吃掉自己的孤独，
老人看到自己内心的光吃掉孤独吃得很开心，
老人自己作为观众也看得很快乐。


5
老人在自己家里成为游子，
自己做自己的客人，
自己在自己家里做客，
儿女家人不在身边，
就要自己招待自己。
人生的盛宴都要招待自己的存在，
与自己牵手成为自己的朋友。
在自己的人生里做客，
在自己的日子里做客，
把日子作为好吃的微笑。
老人在自己家里成为游子，
把家作为自己的客人招待，
照顾好自己的家，
强化自己的存在信念。


6
任何人都是自己的游子，
老人在自己家里成为游子。
有光作为内心主宰的年迈者，
还有更多的光成为晚年的朋友。
有了光成群结队的爱就不会有晚年的恐惧。
吃光的老人不会吃更多的寂寞，
因为光的味道极好。
演奏光的老人就会演奏自己的晚年作为精彩的旋律。
有光的老人发现生命无论何时何地，
都充满了爱的全程照看。

7

老人在自己家里成为游子，
这样的时代追赶的东西太多，
时代就不再追赶老年，
时代之鞭赶不动老人的脚印。
老人看到时代之鞭鞭打自己的儿女家人心痛，
但无能为力代替儿女家人接受这鞭打的伤痛。
时代之鞭作为外出的火车伤痕，
儿女的伤痕如此漫长而坚硬生锈。

8

多少老人在自己家没有根，
老人在家里成为游子，
成为自己孤独的看守者，
自己吃自己的孤独，
更多的孤独从年迈的身上溢出来，
孤独的泪水都干涸着皱纹。
皱纹的沙漠流淌在寂静的时间。

9

留守老人不仅有寂寞的皱纹作为粮食，
还有闪电慢下来的银丝面，
时间小路瘦成的光线，
一口口喂养可爱的老人就像喂养再　次的儿童。

10

年迈的老人在家里自己做饭，
可能把盐放多了一点，可能把盐忘记。
忘记盐不要紧，
没有忘记的只有远方不在身边的儿女。
儿女当然要做父母晚年的光与盐。


张绍民，出生于 20 世纪 70 年代初，1997 年到北京至今。北漂感言：水的根笑声喜乐，一直奔跑，活泼。树的根接受了活水，接受了源泉，长成生命树，长在永恒的新天新地。

## 观察清华东路的窨井盖

周江华

窨井盖都有
两面性

一面任人践踏，任车轮碾压
任生活的重负，突如其来
磨掉突出的骨节，雨天
就把洗得褪色的路锥戴在头上
对路人显得彬彬有礼

一面嗅到体内腐烂的气息
叩问长长的黑暗，叩问
老鼠和蛇洞穿水流后的寂静
但无人应答

也见惯死亡
风雪交加的夜晚，死亡如影随形
袭击每一首草木之诗

它从不去询问
一棵香樟树的名字
毫无意义啊，所有的相遇
都是如此虚妄

周江华，笔名楚吴，1990 年 6 月出生，安徽安庆望江人，2017 年 2 月到北京工作。曾在《星星》《诗选刊》《中国诗歌》《草原》《南方都市报》等报刊上发表过诗歌，有诗作入选相关年度诗选。北漂感言：如果不走出自己的牢笼，不管是北漂还是回家乡，都无法走出困顿。在北京努力寻找到生命的意义。

# 时光苍茫且深邃（3首）

娜仁琪琪格

## 在秦直道，望历史苍茫

我离开了这里，我还在这里。
2000多年前的历史工程，世界上最早的高速公路
与我这弱小的女子有什么关系？
蒙恬监工，30万大军修筑的壮观，由咸阳通往北境阴山

那时我是打马而过的书生，还是飞马塬上远眺浩荡人群的
匈奴女子？以至我今生来此，有深陷的迷醉。
"我要回去了"这句话一出口　是梦醒的床榻
我的灵魂回到　今世的帝都偏东
叫果园的通州一隅

"我要回去了"。哪里是来，哪里又是去？
从哪里来，又到哪里去？人生如飘蓬
为的就是探寻、发现，再说出？
"我要回去了"，说出这话时，我站在嵝岘上，在一个峡谷的边缘
幽幽地说。我是说给谁？说给纵陷的沟壑，沟壑里茂密的植物
它们怎么都蒙在烟雾里？

是的，我有深陷的迷醉。在咸阳
关东绵延的北山，起起伏伏。这里的辽远、苍茫、静谧
寂寥，是多么好。软盈盈的黄花没有人能叫出它们的名字
蒲公英的花絮，正欲飞起，只等微风轻轻吹过
槐花正在赶往，腾跃绵延的山岭 。
而我们终究是要错过的。擦肩而过，事与愿违，不过在恍惚的
一瞬间——

塬、峁、嵝岘，在关中大地上驰骋
我从甘泉宫的通天台上下来，走向秦直道
正午，骄阳从头顶沐浴下来，走在空旷笔直的路上
仿佛就从西汉走到大秦，走过了苍茫，
一直就可以走入大秦的辉煌。

——边关辽远、四野苍苍。

南起京都咸阳军事要地云阳林光宫
北至九原郡，穿越 14 县，700 多公里的秦直道
世界独一无二，举世无双。
这遗存，站立着的、湮没的，都是丰碑——
我在深陷的沟壑前凝望
尘烟、风火、疾驰的马蹄，君王的仪仗
都在茂密蓬勃的植物里，纵深的沟谷间是埋没，也是收存

秦川大地的黄土是有直立性的，历史也是直立的
风吹动，静止的事情，就行动起来
那些开得黄艳的刺玫是多么美，它们把整个沟谷
都开遍、都香透、都迷醉
在秦直道的起始处，它们把明艳、坚毅开向天涯，举向高远

"我要回去了"，我说这话时，就站在这里
在林光宫，在野刺玫的香里，望向苍茫

**载酒堂，拜谒东坡先生**

我愿把这里叫载酒堂，而不是东坡书院
当然，我依然痴迷于，赤壁怀古中的豪放。
也迷恋，把酒问青天，举舞弄清影的浪漫。
就是刚才，我还在
"十年生死两茫茫，不思量，自难忘"中犹凄满怀
那思念的疼痛，美得多么凄迷。
哪一位怀揣诗书锦绣的女子，不愿为这样的男人死一次
死几次？

而在儋州，我更喜欢这个头顶斗笠，脚踏木屐的老人
他是多么可爱。在桄榔林中种桄榔，在山中采药
为相邻医病，与黎民百姓鱼水情深。他谈吐风雅，
也语出幽默风趣。幽默是他的智慧哲学，
他的政敌怎么会想到，贬谪他蛮荒之地的颠簸困顿生不如死
驱逐他出官舍无处居住的寒凉，陷他于黑暗的深渊
他却活得如此，生机盎然？！
政敌拥有了朝野，而他拥有了天高地远的
自在、疏放。一个鱼鸟皆亲近的人

早就获得了拥戴的民心。

一个可把桄榔叶编制成帽子，戴在头上悠然自得的人
一个发明了椰子冠，顶在头上百姓效仿
高居朝堂的士大夫也效仿的人
他旷达的胸怀，怎么不会为人所喜爱、所追崇？
他在载酒堂会客、讲学、编书、著作
在蛮荒的海南开疆破土——
传播中原文化
"九死南荒吾不恨，兹游奇绝冠平生"
这奇绝的人生！

隔着历史的烟云，900多年后我来到载酒堂
拜谒先生
我不可能是姜唐佐，更不会是符确
而一个弱小的女了，喜诗文、爱自然
却也崇尚伟岸，怀抱放达
深深施礼，膜拜傲然的风骨
不朽的灵魂——
千秋万代啊，这人世间，东坡只有一个

**拜谒忠州刺史白居易**

第一次抵达长江，是跨越忠州长江大桥
拜谒诗魔。这突然降至的相逢，
恍然如梦。诗王居住在古代，
居住在我仰视的云端，今天我去见的是忠州刺史
被贬的人，因此他拥有了一条长江的浩荡。

穿越万壑丛林，从石柱到忠县
一场梦到另一场梦，穿越长长的隧道
行进逶迤，《长恨歌》《琵琶行》涌上脑海
打捞粼光上的影像，咏叹岁月的歌谣。

而香山居士不端坐祠庙，在长江边漫步、眺望
吐字成千古绝句。在东坡种花，忠国事、劳民事
兼济天下，也独善其身。
小女子不才，却怀抱清远
深深一拜，再拜，仰慕挺拔飘逸的风骨

娜仁琪琪格，蒙古族。生于内蒙古，长于辽宁朝阳，现居北京。中国作家协会会员，国家一级作家，大型女性诗歌丛书《诗歌风赏》主编。参加诗刊社第二十二届青春诗会，著有诗集《在时光的鳞片上》《嵌入时光的褶皱》。诗集《在时光的鳞片上》入选 21 世纪文学之星丛书。获得冰心儿童文学奖、辽宁文学奖、《现代青年》2015 年度最佳诗人奖等奖项。

北漂感言：漂泊的途中有艰辛、疼痛、挣扎、隐忍，而这些是修炼路上的必然经历，唯有这样才增加了耐力与任性，使得自己有了肩负的能量。感谢生活的馈赠、感恩命运的安排，感恩北漂的经历给我提供出的庞大世界与广阔视野，成就了我现在的模样。

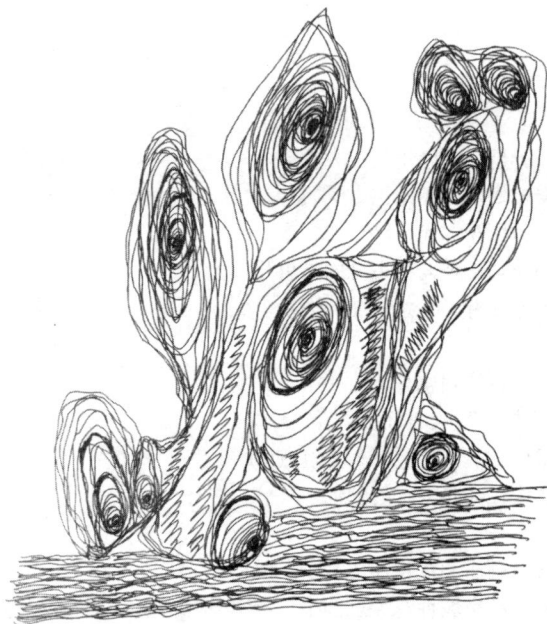

道
安琪 2017-3-22

# 走在北京（4首）

孙殿英

## 鹰

那次我遇到它时
它蹲在偏离人烟的一棵树上
把它的懦弱拿给我看
望着远处的村庄
它收紧翅膀
如果村庄走过来
它会换一棵更远的树

## 九个鸟巢一棵树

如果我也是一只鸟
那棵树上
至少还会添加一个鸟巢
偌大的平原
找棵树真不容易

## 一截木质电线杆

那一根根的黑排队远去了
带着隆隆的轰鸣
剩下的这一截儿钉在平原上
像被陷住的
谁的一只鞋子

## 走在北京

我知道我离某些事物的远
常常擦肩也看不清它的形容
走在自己的路上
我快，看到的是匆匆

我慢，就会看到自己的魂灵
我就这样走走看看
我就这样走走停停
走着走着
逐渐清晰出我自己
走着走着
我心里就有了我认识的北京


孙殿英，1968 年出生于山东高唐。1996 年开始漂在北京。昏见诗社成员。有诗作于《北京文学》《诗选刊》《绿风》《北京晚报》等刊物发表。

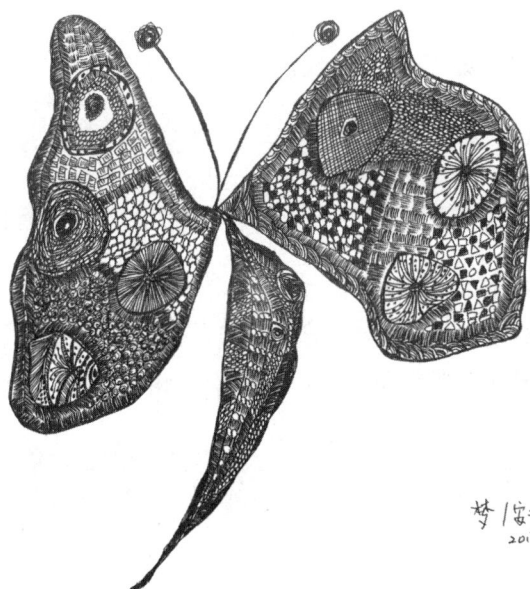

# 北京地铁中啜泣的女人（3 首）

曹谁

## 二环线上的她酣睡如鹄

如同露珠一样清纯的女子
如同夜莺一样忧郁的女子
我从前门坐着二环线看到
她仰着脖子在地铁二号线上酣睡如鹄
我想她真的是太累了
整座京城的两千万人每天在移动
三百四十五座地铁站是人生节点
从大前门到宣武门再到复兴门、阜成门
她只是翻翻身
从西直门到积水潭再到安定门、东直门
她只是转转头
从朝阳门到建国门再到崇文门、大前门
她依然酣睡如鹄
静静的槲寄生在生长
我们周游着古老的故国
一圈一圈旋转
梦还没有醒来
少年倏忽就变成白头

## 京城侍者

你经常光顾一家餐厅
每次都遇到一个侍者
你对她微笑发自故乡的芳香
她只对你点头不知道是何意
每次你都对着她微笑
为了让她得到人的平等姿态
让她也要存在于你的世界
后来你发现她的冷漠
人来人往的达官贵人太多了
她不可能存在于你的世界

你跟我讲起此事
我说她是铁打的京城侍者
你只是外省来的流水顾客
她们不是羞于进入你的上流世界
她们只是觉得你根本不属于京城
你说你理解了现代社会的冷漠
我说京城的冷漠还要再加一层

**北京地铁中啜泣的女人**

地铁中啜泣的女人
满脸变形的妆容
左手抓着手机
右手掩着嘴巴
跟遥远的地方呢喃
她在地铁中忘情地啜泣
嘶鸣的铁轨融合嘶哑的声音
闪眼的镭射照亮晶莹的眼泪
地铁上摩肩接踵的人只是匆匆走过
他们根本看不到这个啜泣的女人
京城的地铁如蜘蛛一般伸展
每一个地方你都无法抵达
京城的地铁
每一个地方你都无法停下
地铁中站着的女人
一直站在那里啜泣

曹谁，原名曹宏波，1983 年生于山西榆社。青年诗人、作家、编剧。著有诗集《冷抒情》《亚欧大陆地史诗》《通天塔之歌》等六部，长篇小说《巴别塔尖》《雪豹王子》等九部，写有电影剧本《子弹上膛》、电视剧本《孔雀王》和舞台剧本《雪豹王子》等百余部集。有作品翻译为英、日、韩、法、意、西等十余种文字。系中国作家协会会员，中国电影文学学会会员，《大诗刊》主编，《诗歌周刊》副主编。北漂时间：2015 年至今。北漂感言：我觉得北京不只是一座城市，而是中国各地汇集成的空中之城，好像旋转的巨大轮子，向内窥视着中国各地，向外观望着世界各国，在这里我们才能理解神州大地，才能最接近自己的梦。

# 从北京骑车到天津（3首）

阿琪阿钰

## 今夜我要与你同居
——悼伊蕾老师

在北欧，冰岛是一个冰冷的国家
这个常飘雪花的国度，是你生命最后的旅程
我们没有谈论过另一个世界的冰冷
那些赞美的诗歌。被藏在架上的经书里
莫斯科的眼泪
俄罗斯，中国，冰岛，中国
你爱着祖国的每一个人，他们是诗的眼泪
你的灵魂要穿越千山万水，你快回来
你的身体要穿过蓝天白云，你快回来
回到我们中间……哪怕是一盒
慈祥的骨头。你应该去温暖的南方
南方的山长满了你喜爱的野菊花
你为什么要去旅行？从北到南，从东到西
宋庄有玫瑰，有百合，还有很多
没有离开宋庄的善良的草
你走了很远，你爱着我，把我当孩子
你把所有的人都当孩子，爱着他们
我们，却来不及叫你一声母亲
你走得太快了。正如我悄悄地
情不自禁地来到你在宋庄的家门口发呆
我朝你屋子的窗户看了看，除了空气
好像一个熟悉的脚步声正向我走来
给我开门。阿琪阿钰，你来了……
在诗的中央，我流着泪设了一个简陋的灵堂
如同一个珍爱生命的人
过着极简的生活，像干净的鲜花
今夜我要与你同居，你靠在烛光旁，看着黑夜
你就这样靠在烛光旁，日夜未动，那么安详
我躺在烛光旁辗转难眠。百合开了
面对昏暗的烛光，我关掉了灯

让烛光更亮一些，我们终将在排队走向死亡
离你越来越近。在梦里遇见你。与你
周游世界，你要给我带路
像妈妈一样，给我讲故事

## 在潮白河采花

在潮白河，我想采一些白色和黄色的野花
长势不好的白色的花朵垂头丧气地看着我

我不能轻易地拧断它们的头颅
黄色的花一朵也没有，只有一群黄色的羊群
浑身沾满了稀泥的羊群走在绿色的草地上

有人钓着河里的鱼，有人用弹弓打树上的鸟
有人蹲在河边，对着对岸的河北发呆
有人用出殡的腔调唱着《好人一生平安》
有人头顶着佛，怀抱着神

## 从北京骑车到天津

从宋庄骑车到北仓殡仪馆，六十七个信号灯
从一九五一到二零一八，六十七年时光
从中国到冰岛再到中国，六十七个国家

每过一个信号灯，生命就减少一次
车轮转了一圈，时光就少了两半

伊蕾老师：在八月一日的天津
您坐在光里，我在光里奔跑
海风吹干了我的泪水


阿琪阿钰，本名张琪钰，1985 年生于贵州安龙。贵州省作家协会会员，中国诗歌学会会员。诗作散见于《诗选刊》《诗潮》《大涯》《青年作家》等。部分作品入选《2014 年中国诗歌排行榜》《2017 年中国诗歌精选》等。著有诗集《安魂曲》。

# 我还在坚持

大虫

尽管断断续续的
我的身体已发生
周期性的变化
但不碍事，断了一枝
感觉轻松得多，只是精神惶惑
一场风雪叫醒了夜间如厕之鸟
频率不断地在增加
可能是昨晚上喝多白加啤
不知怎么的，每一次都想
走错地方，尽管迷迷糊糊
但心里明白，我种的雪花
已被口里酒气再次熏醒
我还在坚持　总有理由
支撑下去，自你离开后
我看上去似乎还很坚定
只是，你没有把北方的风沙一起
带走，二十多年来那个不要脸的
寒风从未停过，还不停地吹出响声
倒像一个母亲深夜在给婴儿把尿时
嘴里吹出的"嘘嘘"声音
这是我听到的　妈妈的曲子
不管是冬天还是春天　很美
网上几个小朋友已停止相互猜疑
我在冬天中装着浪漫已习惯
并猎获冬天里的寒冷与雪夜

我还在坚持　且慢慢地变成
北京地铁旁边的第六棵松树
被黎明前的一混杂声惊醒
风，在身边，不停地跑过

大虫，原名汤正元，诗人、画家，1971 年 3 月出生于江苏淮安，2002 年 12 月始在北京海淀及朝阳等地工作生活至今。曾担任《守望》诗刊执行主编、《十三张》诗刊主编，系世界诗人协会会员。作品曾在《解放军文艺》《诗选刊》《诗歌月报》《国际汉语诗坛》等刊物发表，部分被译成英文。出版诗集《情系故乡月》《不是没有声音》。

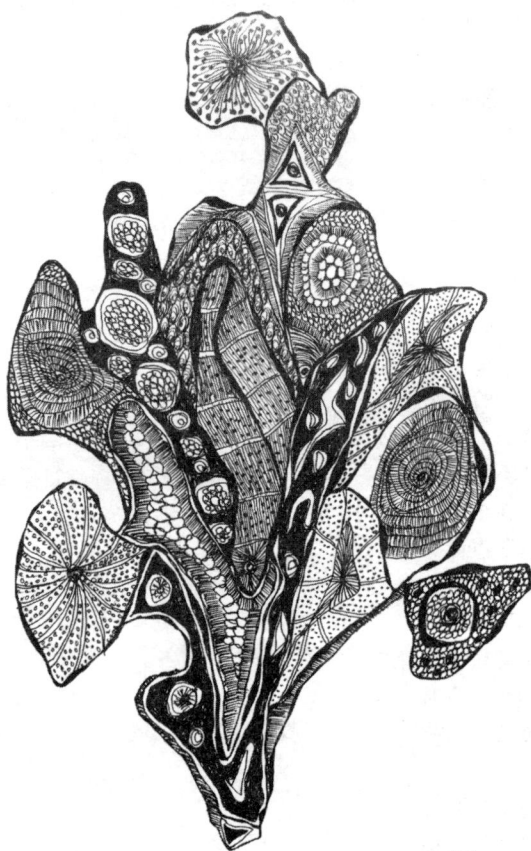

# 古皮氏城纪事（3首）

曹喜蛙

## 塑料薄膜种人

悄悄一个人回到村里
一个人在老屋的山墙边散步
空地上覆盖的塑料薄膜下
好像埋了两个死人
我连土撕拉开薄膜一看
还真是人
是侄女红芳和侄儿江泽
他们姐弟一对冤家
我一直怀疑江泽
始终没有走得很远
但怎么也没想到他根本
根本就没迈出门槛一步
我不知道他们俩
把自己种在薄膜土里
是想快快长大超过我
抑或彻底先转一生

注：侄女红芳和侄儿江泽都是我大哥大嫂的子女。红芳务农，能做小生意。江泽曾跟随其父在自家造纸厂工作，后父亡，造纸厂破产，曾随我到北京谋生，后不知去向，失去联络。

## 太阳岛与茅草屋

那个村庄
我再也不认识了
有人在村口
用土垒成了一座太阳岛
那岛像环火山口似的山
工程好像刚完工
江红的吉普车
在沙土中抛了锚

世岩赤裸着猴身子
在杏林里摘杏
我想起村口原先的土丘
那是文敬台的遗址
我是光着脚丫回去的
没有人认识我
赶上一队送葬的
我帮小伙子们抬棺材
送葬的人没有哭泣
而西北的山上
飞流而下发狂的瀑布
一切都不稀奇
只有黄昏似的西天上
海市蜃楼似的升起
一座茅草屋
忍不住我泪流满面

注：江红是我侄儿，我大哥的大儿子，我父亲的长孙；世岩是我的外甥，我大姐的儿子，我父亲的外孙。他们俩都不太喜欢读书，但是都有我父亲的遗风，善于打斗。

## 汗水与钻石

父亲背着一捆麦草
那弯腰的眼神
让我永远也忘不掉
还有那颗汗珠
父亲问我一个问题
我没有回答
他背上那捆麦草
让我惊讶
那样大的一捆草
我终生也不会背动
除了力气　恐怕
还得有精神或其他
父亲背草的同时
还在绕一片沙地
我不知他想在沙地
种什么庄稼
那是另一个夏天

大哥刚复员回家
与父亲同在生产队干活
那时我也在地里玩耍
父亲在一棵柿子树下睡着了
社员们都开始干活
大哥让我去叫醒父亲
就在父亲抬头的瞬间
我看见那颗钻石——
父亲鼻尖的一颗汗珠
那是父亲留给我的遗产
也是故乡最让我高兴的礼物

注：一捆麦草，是非常大的一捆，至少可以按我父亲的身高为半径画个圆了，父亲在我的印象中始终是个老年人，但始终都力大无比。

曹喜蛙，中国人民大学哲学系研究生，艺术评论家、策展人、诗人。曾任职《人民日报海外版》《名牌时报》《环球游报》等多家媒体。1988年在《北京文学》发表处女诗，之后在《诗刊》《星星》《中国诗人》等刊物发表诗歌。著有诗集《悲剧舞台》等。1992年5月开始北漂。

# 北京之盐（4首）

刘不伟

## 冬至

有风
吹过屋顶
吹过豁口
吹过灯市口
吹过小鹁鸽胡同
咣当
你终于来了
赤手空拳
相互注视

沉默了好一会儿
彼此握了握手

## 在三里屯酒吧

歌声消隐了
对面的你
七上八下
看混乱井然有序
服务生
再来几盎司

卖花的
桃花岛怎么走

## 在石景山

两年
生命中的片断
繁花淡
一个人的空空荡荡

八角南路很短
一瞬间如此漫长
中景近景特写
你
深入深渊
从新鲜直到不新鲜

亢奋过后
静
无处不在

## 景山公园太极拳晨练

全世界都
静下来了

看中国式的细腻
这细腻无中生有
这细腻有中生无
这细腻似有似无
一种阴柔举重若轻
琢磨
修炼一生约等于不成正果


刘不伟，本名刘伟，1969 年 10 月生于辽宁鞍山。诗人，影视编导。1993 年 9 月来京，1999 年 9 月离京；2003 年再次来京，2016 年再次离京。现供职于作家网。

# 子非我

盛华厚

全世界的大路通往罗马，而你却去银河
全世界的董永找到织女，而你却找嫦娥
燕雀对鸿鹄说：泗水亭长亦可成为帝王
我对庄子说：子非我，我的爱你怎会懂得

经过游离于绿水青山，凤凰涅槃的遗忘
你适应了一个人洗澡，吃饭，独守空房
自从感情失败，你发现玫瑰花照样盛开
尽管海枯石烂，有情人照样被现实拆散

需要一片天，让号称真心的人用来立下誓言
需要一种爱，让两个发誓的人终生不得相见
一生太长，莫过于等待与寻觅一个人的绝望
一生太短，多数人的梦想都寄托给孩子实现

翻遍朋友圈，有多少人走进你的心里
直到你或化成灰葬于大地，又有多少人
时常在夜不能寐时将你想起并为你哭泣
所以缘起就有缘灭，而缘灭未必有缘起

放飞思念的青鸟，却被时空的猎人狙击
你想收回思绪，却发现归途下起一场大雨
世事无常，谁也无法预料何时会一无所有
十年河东，也许韬光养晦后一年就能河西

午夜的王母宫山下，你挥别生无可恋的落寞
你关上手机，开始向内心的广大世界求索
当掌声四起，你在讲坛上娓娓道来你的过去
当繁华落尽，人走茶凉，关灯的只能你自己

盛华厚，男，1982 年 4 月 8 日出生于山东夏津县，2002 年开始北漂。2009 年毕业于中央美术学院水墨人物专业，现为中央美院硕士研究生。著有诗集《默读》，诗文被翻译成日语、韩语等发表。2014 年被评为"中俄友好交流年 50 名优秀青年"。2018 年被授予中欧文化交流十佳艺术家。北漂感言：北漂是种心理状态，不是北京户口和北京房子所能取消，所以北漂这个身份会贯穿始终。

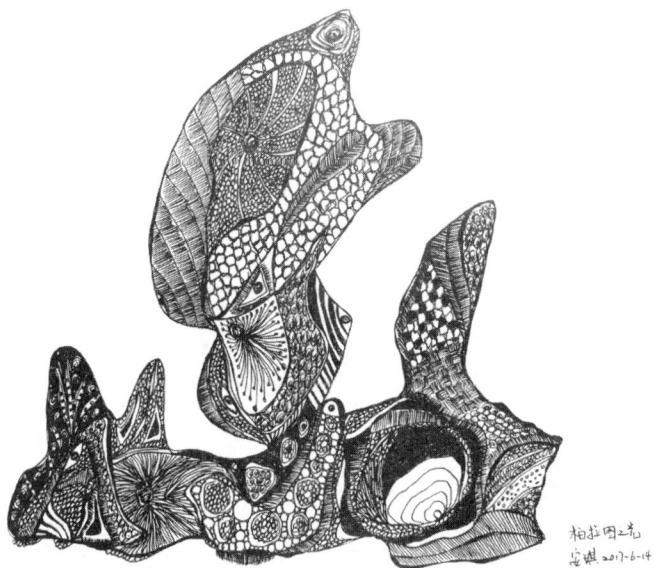

柏拉图之光
安琪 2017-6-14

# 途中的秘密（3首）

谢华章

## 倾斜

守夜人守着他的寂静和虚语
像是一袭睡衣
把光线和空间轻轻覆盖

感觉着一次与昏暗的对话
声音反刍着星光
如同进入更年期的春天
"飞越肉体，我拥有许多面具"

守夜的人守着杯形的骷髅
一同在失血的第九条街上倒下

倾斜是人的一次呼吸
在夜色中走动起来

哦，崇高的信仰还在高处
只是身心疲惫不堪

## 失踪的地址

寒冷的冬夜阅读我的手势
一切化为乌有
沉思的偶像
片面的变作腐烂的日子
梦想从死寂中颠覆过来

虚空中失踪的地址
有如寂寞的坟墓
捡拾信仰的残骸
飘逝的风在为我吟唱
爱情的神话

孤独是最彻悟的痛
炼狱的炉火
掠扰空气的毒瘴
使得神志不清的墙纷纷倒塌

**途中的秘密**

我望见生锈的铁轨魂不守舍
梦呓穿过的地方人烟罕至
一枚青果的诱惑足以让我颠沛流离

那趟列车的驶向漫无目的
我向车窗外东张西望
眼前掠过的图景风烟四起

世界变得虚无缥缈　云游的心
轻滑一段岁月的风尘
凄美的记忆有如一个女人袅娜多姿

我急切地走出列车停靠的站台
此时正好黎明　有雨落在天涯

谢华章，笔名南舟，1963年2月生。中国金融作家协会会员、福建省作家协会会员、漳州市作家协会理事。1989年开始文学创作，已在《人民日报》《中国保险报》《中国金融文化》《福建文学》等报刊发表文学作品七百多篇（首），有作品入选《微型小说选刊》《福建诗歌精选》《现代诗歌精品选粹》《0596诗篇》等选本。著有散文集《夯土的史书》《长教云水谣古村》《行走的记忆》。北漂时间：2016年5月。北漂感言：崇高的信仰还在高处，只是我的身心已疲惫不堪。

## 现在的我与过去的我相遇

王月

听到有关老太太的预言
我躲进厨房做饭
然而时间的记忆
没有因为我的离开而断裂
老太太终究是去了
听到这一消息的我
不愿，不敢
在狂风肆虐的傍晚
看到死亡

那如影一样的祭仪里
有已逝的哥哥
有平日里不常见的亲朋
有陌生人

现在的我站在一旁
在姑姑家门口观看老太太的丧礼
过去的我个头矮小
穿着一件白色卫衣
依旧是披肩发
正和姑姑对话
而那声音却是如同现在的我

家里的窗子透着寒气
门口的落叶堵住了出去的路
废纸箱和笤把散乱堆在一旁
我用力将窗门关紧
许久不见的老友形色沧桑
依旧亲切如故
窗外呼啸的风声
伴着邻居的对话
关于老太太的离去

停放在路边的自行车
引来一位街头小偷
我急切地呵斥他
他只是轻视地一笑
直到高大身躯的老友
上前将其吓跑

现在的我
害怕窗外的狂风
害怕死亡的预言
看到过去的我
原来，一切都已逝去
姑姑，哥哥，还有过去的我
早已落入尘埃
永恒回归的瞬间
我们相遇
然后各自踏上高山
或跌入深渊

王月，1985 年 1 月生于河北，2014 年 7 月至 2017 年 9 月北漂三年。现为北京语言大学英语文学专业博士研究生。自 2004 年开始写诗。诗歌散见于《散文世界》《千高原》《中国诗选 2016》《中国诗选 2017》等。北漂感言：那是收拾行李多次搬家的日子，漂泊的身心让自己深刻体会到坚守初心的重要，抬头看天的时候，更要脚踏实地。

# 京城漂流记（3首）

谈雅丽

## 地铁漂流记

我迷路了，某某——
当我搭乘四号地铁转十号环线
喧响车声，使我错以为登上的
是一艘旧日航船，铁轨摩擦带出沙鸣
从某江上游漂来
站台模拟某个被遗弃的渡口

渡口——

一定有什么在此与彼之间相连
穿堂风划动船桨，铁轨间波涛汹涌
其实是摩拜单车，地铁站人影晃动
完成了我对生活的假设

一列不断循环的城际列车
人群从稠密到稀少
有什么变幻了，南北不同的时空

空荡的风在过道旅行
对面座椅上的美丽女孩可惜满头白发
是山中鸢尾，白发红颜
快节奏也磨损了风中甜美的一笑
手拖箱变为山中大而圆的石头
钢筋铁骨，虚构为向上生长的树手

某某——
众人如虫如蚁
奔命于车来车往的蓝图
有什么须小心轻放
比如眼神
比如心跳

比如冷漠
比如尺度分明的礼让
比如快的，慢的节奏
比如真情和谎言
比如一根看不见的线

那你是谁
打呵欠的路人
背背包的路人
看手机的路人
拖行李的路人
抬头无意扫了我一眼的路人
倦怠的眼神，意图通过网络占领
一座失守之城

有什么从上游漂流而下
赐我一对虚拟的翅膀
因为我一边坠落，一边又加倍努力于——
疲惫的飞行

**寒流中最后一班公交**

零下十度的冷天气，最后一趟公交车
拥挤的车厢，上来 群穿红制服的夜班工
磨黑的袖口，洗旧的外套
隐约现出"安 × 家政"字样的胸牌

应该是刚刚结束一天的强体力
应该是午夜回集体宿舍的路上
擦窗户，除油烟，拖地板，搬柜子
又或者是搬家，装电路，扫楼梯……

左车厢的瘦女人一落座就发出鼾声
她旁边的胖女孩立刻也晕晕欲睡
邋遢男孩将头靠向前排老头
老头看起来更筋疲力尽

后座中年人掏出面包狼吞虎咽
嘴里还嘟哝：太饿了，太累了

靠边瘦个边叹气，边轻轻咳嗽
瞌睡分子和饥饿因子弥漫在车厢

零下十度的冷天气，夜班车
一整车厢农民工——
应该是同乡相约出外打工
应该来南方某个偏僻乡镇
他们低声说着难懂的家乡话
他们你依着我，我偎着你
相互取暖

窗外，暮光如寒月般迅疾地消隐
只有北方寒冷的星空，照着行走的车顶
一座美丽而疲惫的大城——
"繁星在荒漠的水上绽放"

## 南锣鼓巷

沸腾的人群流向了后海
盛夏的荷花开得肆无忌惮
酒吧主人画地为牢
将其圈为个人领地，少许粉红露出警惕目光

十条胡同如潜行的血管
当街门前摆卖炸酱面，冰激凌，烤羊肉牛肉鱿鱼卷
老北京酸奶美味多情
唯有紧闭四合院，尚存老北京人的自在

数名老者高唱京剧小调，旁若无人
颓废的画家摆小椅当场出卖铅笔画像
按摩师就街铺了白毛巾，展示祖传绝技
手艺人在角落演奏铁与丝绸的合奏
游泳者钻进水里，油青湖水多了动荡的水滴分子

外地口音的多是游客，穿得花枝招展
本地人穿汗衫，嗓音里有一份优越
三轮车从胡同穿越，占领这条拥挤的小街
百种技能要在南锣鼓巷开发出谋生本能

胡同吧里传来青年歌手的歌声
未及黄昏，大堂空无一人
他紫色的头发灼灼燃烧
空旷的嗓音，传递着巨大的寂寞

我要寻找的慢思，慢饮，慢生活
恐怕一时难以实现
直到深夜，我才看见一海水注入南锣鼓巷
那里人群刚刚散去，只剩下高高如洗的天空


谈雅丽，女，1973 年 6 月出生于湖南常德，2017 年初来京。中国作家协会会员，曾参加诗刊社第二十五届青春诗会。曾获首届红高粱诗歌奖、华文青年诗人奖、台湾叶红女性诗奖、东丽杯鲁藜诗歌特等奖、湖南省第二十八届青年文学奖等奖项。出版诗集《鱼水之上的星空》（入选"二十一世纪文学之星"丛书），《河流漫游者》；散文集《沅水第三条河岸》。
北漂感言：在北漂生涯中接触到为生活而奔波的人群，感知生存的艰辛不易，同为异乡人、局外人和边缘人，共有离乡之苦和理想之梦。

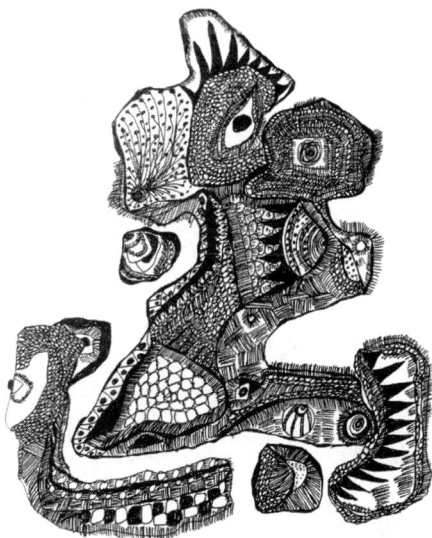

我们的眼泪被针线缝合
安琪 2017-3-9.北京.

# 京郊行（2首）

杨拓

## 京郊行

黄金周在此并不黄金
金黄的菊丛里簇拥着
看山是山的人
见水是水的人，正瞭望
景区醒目位置上的灯箱
变幻的截句
复印着
意识里的意志
思想里的思
想，并不是诗
被 N 次重复，升级版的俗语
刷新成举起拳头的小把戏
在春天的细雨里
不断地新桃换旧符
但我关注的并不是这些
那些路过的私家车
也如是我闻
风景在远处
白雾包裹里的连绵群山
抖落出菊丛里的人来人往
踏在高铁快速的移动里
美梦，是亦不是

## 西游记
——成都酒吧长谈兼赠黎阳

从东北来到了大西南，从艮地到坤地
两点之间面对面最远
黑土地的蝼蛄在红土地泛起尘烟
人过四十，我们用减法活着
多几个友朋少几个朋友，都不是事儿

微信的朋友圈，朋友说到就到

比曹操还快。尽管这是刘备的一亩三分地

武侯祠里，皇叔偌大的坟墓

我绕了一圈。刚刚拜谒了白帝城，托孤之说

扶不起来的阿斗，还用扶吗

够哥们儿的刘备之义，孔明之忠

二十四孝里的一门三孝

儒家学说在古蜀地遍地开

我看到的却是满街道的芙蓉花

失去了江山算得了什么

只要留下仁，留下孝，留下义，留下忠

而我们能留下什么，酒吧里成排的书籍

连同我这首诗，不可说不可说

九寨不去了

黄龙不去了

乐山不去了

峨眉下次再说

青城山是城还是山

我把后山听成了猴山

都江堰的鱼嘴

喷出白花花的象牙

宝瓶口依旧澎湃不止，那气韵

生动到河岸的大排档

嘘出巴蜀满口的麻辣


杨拓，亦用名杨公拓。生于黑龙江省。在《人民文学》《诗刊》等刊物发表诗歌、散文数百篇（首）。1995 年与诗人杨勇创办民间诗刊《东北亚》。出版诗集《中途》。北漂感言：无可奈何青春去，此身仍在找北中。

# 外来务工人员（3首）

王长征

## 井下人生

说到蚂蚁，住在地穴
不得不佩服它的智慧
无论多么疲惫
只要钻入地下
就能将风雨挡在洞外

城市有个物种窥出天机
在井下播种一颗为"家"的种子
同样可以享受人类文明
以命运过滤的渣滓为生

坐井观天
世界大不过一平方
汽车的底盘像乌云一样掠过
头顶有俊鸟飞过
如此动人的细节
并不值得惊异

每当路过打开的井盖
忍不住放缓步子
倾听来自脚下的细语

## 外来务工人员

有些人注定被人遗忘
尽管他们像蚂蚁一样勤劳
但也像尘埃一样渺小
庞大的族群遍布每一个角落
被拆分成无数个轻微的个体
他们的尊严被晾在沙滩暴晒
再被海浪一遍又一遍地冲刷羞辱

城市生物链最底层的环节
为所有上层物种提供养分
最后被分解成，快递、搬运工、环卫工……
只因数量多而不聚集
少了谁都无足轻重
他们肩起最苦最累的责任
坚定地向前迈进
他们默默地注视着黑夜
卑微地生活在被人遗忘的角落
以简单粗暴的方式
用肉体抗衡一切不公
从内在的生命本能
驱使着自己
保护自己以及所爱的人

## 城中村

灰色的楼群中间
卧着一片低矮的平房
居然有着一个土得掉渣的村名
一条铁轨扮演着"国界"的角色
一边是灯红酒绿
一边是人口挤压的村子

弄丢主人的狗像个标点
村子里逗来逗去
丧魂落魄地寻觅着残羹冷炙
2元店的小喇叭有气无力地垂下脑袋
任由人群背后扬起的灰尘沾上嘴唇
脱缰的猪羊成群结队唱着跳着
热闹的菜市场令人恍若走进梦境
苟延残喘支撑着余生
现代年轻人已不知算筹为何物
却都会精打细算过日子
漂亮的姑娘穿着几百元一双的鞋子
坐在10元自助小火锅前
黑色口腔吞吐着漂泊的故事

## 城中村

既不是村子也不是城市
它是地图上一块不甘心消失的胎记
一座座钢铁建筑如同巨兽逼近
各类人群动物
寄居的迷失发展方向的睡兽
终有一天它将被历史淘汰

跨过铁轨，就能步入城市
转过身，能否找到一扇故乡的门


王长征，安徽省阜阳市人，2013 年 7 月开始北漂。作品见于《中国作家》《星星》《延河》《人民日报》《散文诗》《黄河文学》《青海湖》等刊物，入选十余种权威诗歌选本。已出版作品五部。荣获"第二届中国长诗奖""首届阳关诗歌奖""首届河洛桂冠诗人奖""中国诗歌万里行优秀诗人奖"等多个奖项。少量作品被译成日语、法语、俄语等。北漂感言：在我的故乡，水向东流，风往北吹。

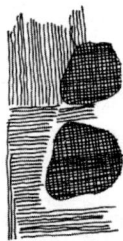

# 大地的交响（2 首）

红河

## 大地的交响

我从梦中醒来
我仿佛还在梦中
我爱着的人
根本不知道她是谁
我不知道她有多么美
她有多么动听的声音
我听到火车不断向前的声音
是那种老式的绿皮火车的声音
我听到海浪有节奏地拍打海岸的声音
百鸟争鸣的声音
破壳而出的声音
太阳跃出的声音
大河奔流的声音
破冰的声音
怦怦跳动的心的声音
热血流淌的声音
锅碗瓢盆的声音
风驰电掣的声音
沉寂的声音
没有声音的声音
早晨的声音
我听到大地的交响
世界的轰鸣

## 原因

我没有调到北京的原因
可能是因为我不属国家干部
这是我无法弥补的
至于一纸文凭
也是在一连串的晚上练就的

尽管它有红色的大印
它的外观也是红色的
但它的性质却始终没变
我从来没有拿出来与任何人分享过
也不会与任何人分辩
就连我母亲都认为我非常了不起
至今我还在北京好好地活着


红河，1963年8月出生，山东潍坊人。系中国作家协会会员、中国美术家协会会员、中国书法家协会会员。1985年开始发表作品。出版诗文集、书法集多部。2015年，获人人文学网诗歌新锐奖。获《山东诗人》2015年度优秀诗人奖、第四届中国当代诗歌奖等。2002年开始北漂。北漂感言：北漂一词长着刺。多年来，我一直不敢面对这个词。我期望不是北漂一族，但不得法，一直没有成功。随着社会的进步，相信这个词会消失的。

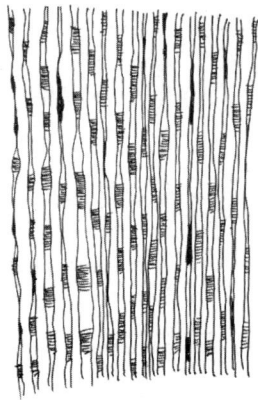

京.1
安琪 2018.8.1

# 邻居（3首）

林茶居

## 邻居
——给鼓浪屿上的陈仲义、舒婷夫妇

有时我就混进波浪，混进琴声，混进
三角梅来不及打开的农历
混进月色中的诗稿，那教堂多么深远，肃穆，长治久安

闽南海岛，我的故土有见风就长的文学
他国字，菽庄酒，日光蛰伏
与现实主义橡树比邻为居

我以一个清洁工人的身份安下了家
起早摸黑，尊老爱幼
偶尔遇见熟悉的人，他们是一个青年的父亲和母亲
他们是，书与文字的好亲戚

"阿叔食饭未？"
"阿婶，买虾米菜？"

一对人间夫妇，让一个地方显得安静、可靠
也让抒情与思想渐渐习惯了步行


## 以后每年都要留出更多的时间
——给金安

金安姓杨，有时兄弟们叫他"杨头"
因为他是老大哥

相识已二十多年啦，金安几乎没有改变
壮实，黝黑，孩子那般的笑
话很久才说一句，喝酒很爽，单身

大概，金安是毕业于一块石头
所以那么安然地，独自一人
住在一个叫双第的华侨农场

金安家的周围，长满巨尾桉、相思树
窗子外的花，年开五季
大概，她们消耗了金安成家的欲望

作为单位里的强劳力，无人知道
他在写诗，他有自己的河流
他承包的山头所种的果蔬
只有他自己才能辨识

他从未谈起他的生活
或许，可以刻进他心里的爱与恨
岁月承诺都不写在他的脸上

有一天皮哥说，金安的风湿越来越严重
"年纪大了，难免或这或那的毛病"
"不过金安，以后每年
我们都要留出更多的时间
给懒觉，给流浪，给欢聚……"

五十四年前，金安被母亲从印度尼西亚带回故土
我相信，还有一个女人
为他准备了襁褓——和金安一样
她也身患相思，独居于这个世间

**破晓术**
——给沈舜欣

当我落笔，风娶走了波浪、涛声
多少年就写一件事：舀海为酒
仿若新居落成，世间多了一个天井
在此摆上一桌，敬神，宴友，听母亲的话

我叫着婶婶，我叫着姑姑
我叫兄弟再来三杯

只要相聚，无时不是佳节
无时不有克制不住的骨头与夜色

感谢岁月，赠给了我一个词：沈
如今我唤他"老沈"。老沈，老沈
听起来比较勤劳。当年小小的渔民
后来开餐馆，办学校，做文书
生活工具日显柔韧
爱情笔记井井有条

渔村多壮汉，而老沈长得节省
改行的旧时代秀才
早已习惯了大手大脚
·副眼镜就是两片船帆
就是从为子为夫为父中习得的破晓术
看啊，何物落卜成土，何人挖上造诗


林茶居，1969 年生于福建东山岛，曾为乡村教师、校长，后任职于教育行政机关。
2007 年夏天由福州来京，供职于华东师范大学出版社北京分社。著有诗集《大海的两个侧面》、
随笔集《大地总有孩子跑过》等。北漂感言：北漂是热闹的词，诗在安静的地方。

## 命（2首）

刘傲夫

### 早城

洒水车
路过小城
它发出的声响
像我年轻的妈妈
在踩踏
缝纫机


### 命

年轻时
父亲算过一次命
说他活不过
65
父亲很信
越接近65
酒喝得越厉害
父亲终因嗜酒
得了脑梗
一次摔倒在地
再也没有起来
那是2016年10月
他67


刘傲夫，本名刘水发，1979年2月出生于江西瑞金，2000年来北京上学后从没离开过北京。有诗歌发表于《诗刊》《诗歌月刊》《诗潮》《诗选刊》《北京文学》等刊物，以及入选《中国诗歌排行榜》《新世纪诗典》《中国先锋诗歌地图·北京卷》《中国先锋诗歌年鉴·2017卷》等。有作品被翻译成英、德、日、朝鲜等语言。北漂感言：越想在这座城市扎根，就越感觉在漂。

# 秋逢（2首）

陈炳南

## 秋逢

八月底的北京
太阳像漏气的皮球一样提不起劲
热烈的光芒消逝了，在一阵金色的黄昏过后
叶子像灌了铅，纷纷掉落
匆忙间有人影闪过，撒落了一地的虚无

风来了以后，秋慢慢地凉了
人体像一个精密的体温计
测量着气温、湿度的变化
以备穿衣和脱衣
寂寞的人不说话，他们在等
下一个春天的来临

有谁同情过人类的遭遇
长大之后自己照顾
一日三餐、睡觉，以及期盼深夜里的一个拥抱
世界在把他们变成大人之后，没想过让他们回到童年
回到童话世界里

鸽子飞过，诉说它的遭遇
它发誓下辈子再也不做一只鸽子
它想成为一个人
给等爱的人一个拥抱
给他们漫漫长夜里
一个安慰

## 初生

就像我当初在你的子宫里
感受这个世界的抚摸
出生吧

你是爱是希望
是初升的太阳

我积极地回应
我伸展我的十指
脚也不安分地左踢右踢
我回应世界以激烈跳动的心脏

去征服
就当这世界是个皮球


陈炳南，1996 年生，福建泉州人。北漂时间：2014 年 8 月至今。北漂感言：漂泊异地的人，时间一久，失去了故乡，也失去了所在地，真正成了"漂泊的人"。

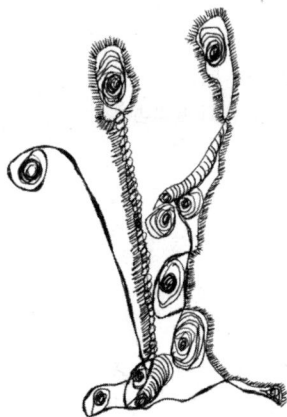

# 夜幕下（3首）

紫箫

## 梦醒时分

睡在北京的床上
我时常梦到老家
睡在老家的床上
我又会梦到北京
不同的是它们
褶皱的窗帘后面
是沙尘还是雾气
清晨叫醒我的
是闹钟还是鸟鸣

## 夜幕下

夜幕后，我们才有属于
自己的时间，我们相聚在
城东的小酒馆里聊旧事
现在我们的朋友多已成婚
你还在两国来回游走
而我又来到北京，继续
沉闷的事业与卑微的写作
有时候，我还狼藉不堪
当我把两年写成的诗稿
连同那堆积攒半年的
空酒瓶，一起卖掉，竟然
仅够交上这个冬天的暖气费
记得从前，我们一群人
躺在小城那温暖的河堤上
仰望天空，谁又想到
当初最沉默的我俩，反倒
是最放纵不羁的。也许
我们不会为自己的青春
感到懊悔，我们却正在

失去儿时的小城和河堤
往事像鸽哨般远去，辽阔的
天空下，只剩下我们的沉默

## 仙图赛道上的酒鬼

在哥打茂物市没有一家
出售中国白酒的店铺
当地也产一种白酒
用椰子树芯和花朵酿制的
我不能忍受那种酸甜的
像给女人喝的软饮
我已经离开我的祖国
离开我的母亲超过半年
我实在不知道用什么
来驱赶梅雨季节的愁绪
我甚至已经习惯地震
习惯舢板一样摇晃的床
雨继续下继续下让这个国度
像我的故乡一样潮湿
雨继续下继续下在雨中
就无人能分辨我在垂泪
雨继续下我要在雨中前行
我发动的摩托车像一辆
摩托艇飘在积水的公路上
我发动的摩托车像一辆
摩托艇冲向海上

紫箫，1988 年 11 月生于四川广汉，现居北京。著有诗集《他的天空》作品发表于《新世纪诗典》《中国口语诗选》《诗刊》《人民文学》《路灯》等刊物。

# 在北寺村的深夜（3首）

## 在北寺村的深夜

除了红木书橱和熟睡在书架上的三只白猫
灯光暗一些聆听到窗外疲惫的石头下青苔稀落疏松
书桌上搁置着一本阿琪阿钰的《安魂曲》
我终于能知道他如此地热爱诗歌
轻叩每一个难眠的深夜都会有风吹着窗台你写下的诗句

日事杂沓纷乱，宣纸上终究没能写出一二三个词句

窗外风里听见水流的声音深了，像一把把麦子一样的故乡
月亮伏在水上，从上游的莲池里解下你丰腴雪白
今夜，唯独风吹过的方向顺着河流过几株水草的蛙声
和蝉鸣，除了水，剩下的只有她了
我想起她爱过多彩的牵牛花和青绿的狼尾蕨以及金黄色金鱼草的花朵

## 用一首诗悼念伊蕾老师

您说海礁石是被太阳围困的野兽，水仙花像水一样纯洁洁白地在残雪里开
玻璃一样晶莹而又高贵的您发上的玫瑰也是风里的烈火
您说在风里举着透明的火把在大海里热情地燃烧，已是清晓，车声辚辚

雨落的窗外，像您说话的声音很小了
但七月的蝉鸣依然不停地叫着您的名字
在宋庄，有您爱的百合，玫瑰，云朵和阳光露水
我想冰岛的雪也许会开着月季和野菊花的白色

您是倏然崩断，满天横飞的一百根琴弦和冰霜里挣扎着复活的一千根柳枝
您是走回远方的坎坷交叉的一万条曲巷
您是为献身于所爱而跌落的太阳
在宋庄，百合花与玫瑰依然开着阳光和露水的颜色等您

在宋庄，一个独居女人的卧室，背景是蔚蓝色的天空和大海
百合和玫瑰依然开满着她爱的颜色

### 故乡有条河，名曰庄浪河

我驼背的父亲，背着粪筐，我常常感到他声音沙哑
有时冷不丁地坐在门槛上抽袋旱烟便过了午后
起身时又如一把衰草刚好十月

冷不丁的风里长满老茧的山下布满石头如同沉重
冷不丁的水面拘满乡愁瘦弱枯草就如我的父亲

故乡有条河，名唤庄浪河
像父亲望了望我又望

火石，本名徐刚，生于1987年7月，甘肃人。著有诗集《抒情诗》，诗合集《七个人的人》，参与编辑《阿琪阿钰诗歌书店诗歌年选》多部，偶尔为诗集作插画。2005年开始北漂。现居北京。北漂感言：为了生活北漂，为了理想北漂。

# 我辞别了我出生的村庄（2 首）

李松

## 雪中的北京西客站

那些雪满天飞舞
在北京西客站
我看见天空的衣襟在抖动
那些雪从神秘的地方
互相追逐着、纠结着落下来
一个沉默的人
拥着他的梦想　从雪地里走过
他单薄的背影　为这场大雪
带来了一阵寒酸的赞美
　一场大雪
掩盖不了这座城市的一切　包括它
的肮脏　以及它的丑陋
一个沉默的人　就是一个世界
他心灵的广宇
聚敛了万物的光辉
他走进西客站
背上的行囊滑下零碎的雪
我见他慢慢融入回乡的人群
他从没回头　兜里的暂住证刚刚到期
明天就是新年了
这个世纪北京的最后一趟列车
马上就从这里出发
我竟怀着一种无法排遣的忧伤
走出西站　整个灵魂
像一首无法发表的诗歌
充满倾诉的欲望

## 我辞别了我出生的村庄

我辞别了我出生的村庄
早晨八点：阳光、马车在院墙外面的

土路中停下。一个美丽的村庄
在地平线上　流淌着稻谷的芳香
我看到了一双双眼睛　充盈着泪水
激情的兄弟们在这里
热情的姐妹们在这里
天空拉开寥廓的笑容，露出蔚蓝
空气多好！

邻居的轻便马车
拉着我的行李　他的马匹鬃毛披垂，后蹄倾斜
一声不响地在风中抖动
马车穿过田野的宁静、穿过河流的低吟
驶向山外的喧嚣
我一路看见炊烟从幽谷里　荒凉地升起
我曾无数次无动于衷地见到过
这些动人的事物沉落在遥远的地方
或死在没有设防的空中
今天的我是一个身材修长和
四肢强健的男人
我辞别了我出生的村庄

我无法找到那些诱人的词语
我这个大地的儿子　辞别时向那熟睡的故土
唱出了想唱的歌：多年以后
我将一个人在异乡生活　劳动
让太阳把幽暗的火焰烧在我手上
我将重温这段记忆　在那如此寂寞而
遥远的北方

李松，云南蒙自人。1969年10月生。1999年单骑自行车，由云南一路北行流浪至北京。2001年进入新华社工作，先后为内参编辑、新华网北京频道总监，现为《瞭望》新闻周刊记者，写诗歌、写散文、写评论，尤以调查性深度报道见长。在《诗刊》《半月谈》《瞭望》《人民日报》《中国青年报》《滇池》等报刊发表作品2000余篇（首）。至今已出版《中国隐性权力调查》《中国社会病》《风雷动》等十六部专著，多数成为畅销书。北漂感言：北漂的队伍一直在壮大，它一直在动。每一个年轻人心中都有一个梦，为了那个梦，我们曾从不同的地方蜂拥而至。就因为这里是大城市，这里是北京，是离梦想最近的地方。在北京，每个北漂有故事可以尽情演绎，有情绪可以尽兴抒发。在北京，欲望永远得不到满足，同时却又必须学会知足。

# 我们拒绝不了冷（3首）

鲁橹

## 我惊诧的这一刻

其时，一只小鸟斜坠着落在墙头的空调洞的时候，
我惊诧它勇敢地跨过座座高楼，尖利的避雷针，
它安静地低头，停止于一个不是为它构筑的水泥洞，
我惊诧它对楼下堆积的人群和身后的繁华视而不见；

另一扇总是紧紧关闭的玻璃窗的后面，
一个脸色苍白的孩子使劲地吹着口哨，
他配合着口哨挥舞的小手，
像一面投降的旗帜；

我默然无语地看见了这场对峙，
我惊诧于
我们彼此面部的平静。

## 所幸，不在一个年代
——羞于献给仓央嘉措

我对遥远怀着敬畏
我害怕虚空
我对成群飞着的大雁没有羡慕
我远离溪流　和浅表层的井水

我看不见衰叶
看不见衰叶上的虫眼
我想象了吞吐
和一只壁虎断尾巴的逃窜

我没有情人节　没有把一枚天生的月
弄得无辜
我拒绝扎堆的情诗写作
拒绝在网络上用意淫和偷窥卖萌

我不想起仓央嘉措
不憧憬他的家乡
我没有停顿在他歌咏的小土包里
因为想念爱人　而泪水横流

我只　为他那颗高贵的灵魂垂下头颅
我只　面壁思过　代猥琐之徒清理晨光中的屏障

所幸　不在一个年代
所幸　没有遇见

## 我们拒绝不了冷
——那个袖手出门的日子叫大寒

我一生注定要看见它们
它们代表　大地　节令
代表陌生　速度　范围
代表臃肿　委琐　伤口
当然，它们还代表了我看不见的屋檐
和屋檐下糖葫芦一样的冰凌
也许　它们还代表了一个北方
比北方更远的西伯利亚
我目前没有看见

把风比如为刀子　这不是我干的
但风的确割去了我的耳朵　鼻子
我身体的大部分面积
只剩下舌头　在口腔里有些激动
只剩下牙床　在舌头的激动里有些无奈
只剩下心脏　它此时更紧地蜷成一团
它那么担心我的皮囊
薄如蝉翼……

哦　我们拒绝不了冷
我们拒绝不了坏消息　地震　雪灾
我们拒绝不了生硬的铁　跑调的歌曲
我们甚至拒绝不了突如其来的求爱
我们在沉默时已然遭遇袭击

我们在停顿时已然看见发生
我们不能拒绝　　如果我们拒绝
我们就会少掉一些意义
我们等待的那些也会来得慢

哦　我们拒绝不了冷
我们甚至不躲避
我们这薄如蝉翼的身体啊
从定居这阴晴不定的人间开始
就早已能忍受这阴晴不定的人间

鲁橹，女，湖南人。20世纪70年代初出生。1999年开始北漂。先后在《湖南文学》《飞天》《十月》《人民文学》《诗刊》《绿风》《星星》等刊物发表过作品。有诗多次入选年度诗选本。曾获《安徽文学》《大风诗刊》等刊年度诗人奖，"海子诗歌奖"提名等，参加第十四届散文诗笔会。北漂感言：北京很好。在我看来，她的好就是把我淹没在陌生的人流中。我热爱陌生，热爱陌生中的那份从容和距离。

# 北京的北，北京的京（3首）

王迪

## 北京的北，北京的京

北京
在上升
北京又下雪了
染白了
孤独的一个人和闭封的一座城

大哥
死了
按着他的遗愿
我把骨灰背回河北家乡
他从小进京
只回过两次村庄
他亲眼看见
没有围墙的城雪花弥漫了一个省

他死前没有再解释什么
我也再没有问什么

## 韭菜

墙外婀娜的柳芽
向里探出腰肢
麻雀站在上面
荡涤飘逸
在自家的后院
你把春天割了一茬
在游刃有余的空间
你不求斗艳的春花
用手按捺住命里随波即逝的星辰

**是这样**

这个门，不知那个门的声音
上一层，不知下一层的响动
风，让整栋楼都能听见


　　王迪，本名王世合，河北衡水市人。2006年来京，在北京兴龙伟业钢构有限公司工作至今。20世纪80年代开始发表诗歌，处女作刊登在黑龙江《新青年》杂志上。北漂感言：是因为北漂激活我又重新写起诗来。北漂，谢谢北漂！

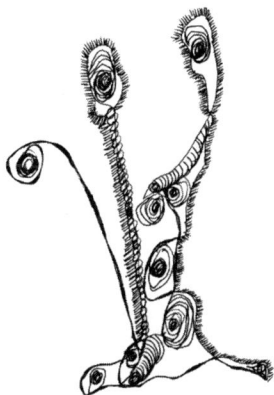

# 一个梦（3首）

七月友小虎

### 醉生梦狂

欢叫，欢叫
在屋檐上天之下
我飞了起来，叽叽喳喳
不让人知道我的目光
我只承认我醉了
醉得稀里哗啦，倒在床上
在爱人的怀里听牙牙学语的儿子
喊爸爸

爸爸，爸爸
我要驾起你的诗歌
飞离人间，纵横天宇

### 一个梦

我醉在梦里
是一个废弃的机械厂
阿琪阿钰是租下废弃厂的领头人
何路老哥和光晓哥是顾问
尚山是设计总监，阿炳
是技术总监
述早管事
其余的众兄弟
包括我
都是打杂的
我们在阿琪阿钰兄的引领下
在废弃厂
造超级大飞机
载起我们的诗歌
翱翔宇宙

**想在一场暴雨里充饥**

暴雨预谋在我上了公交之后
乌压压地挤在里面
看着窗外，迅速被吞没的
世界

我穿着高筒靴，决议
在喇嘛庄路口下车
打伞杀了出去——
我真饿了，只想
在这场暴雨里找个
可口的餐馆


　　七月友小虎，本名李源，1986 年生于广西贺州，2008 年自考结业于北京师范大学。系
世界汉诗协会会员，广西作家协会会员。出生时因难产造成大脑运动神经障碍，行动轻微不
便，口齿不清。命运使然，让他最终选择诗歌，并以此为信仰越走越远。至今已出版诗集《时
光隧道》《我的北漂我的诗》《诗之帝国》等。2018 年他辞掉安逸的工作，重返北京。

天恐神
安琪 2017-3-20

# 在玉渊潭看樱花（3首）

张后

**卧佛寺的腊梅开了**

1
无雪而开梅花便有点俗了
一个特别不真实的下午

前去看腊梅的人很多
寒风吹拂中，说也奇怪

植物园那么大的地方
只有卧佛寺的腊梅开了

人称京都第一梅
据说是唐朝贞观年间种植的

蜜蜂也不知从哪飞来
用独特的方式表达着它对梅花的喜爱

2
腊梅开得像是佛前的黄蜡制成的
你这早春的灵物

母亲生前最为爱惜
常常从野外折回一枝放在水净瓶中

望着干冷的窗外
枯燥的房间便有了盎然的生机

有时我会产生 一种奇妙的感觉
母亲的魂魄就藏在这小小的花蕊里

有花的地方
母亲就在

**碧云寺遇雪**

1
穿过一条买卖街就到了
碧云寺里的香客很少

层层殿堂依山叠起，三百多级阶梯
渐逐回旋，十分引人入胜

而雪落在十方的土地上，尤显得
干净，像天鹅的羽毛

2
喜鹊飞过来，犹如宣纸上画龙点睛之笔
寂静的寺院里，顿时别开生面

要是有一枝红梅在墙角斜出
或许更有一番味道

雪花扑在脸上，一股来自天国的香气
让人充满信服

**在玉渊潭看樱花**

1
这么多的樱花，好似一夜之间
就从京城的角落里冒出来

人世的寂静也掩饰不了这些花开的声音
它们像一只只蝴蝶

飘落在枝头上
它们不妖艳，只热烈

2
风从水面划过时
我分明看见一页宣纸起皱了

我低下头去看它们

它们的脸上都荡漾春天的喜色

其实每一朵樱花都有自己的心事
或将秘密隐藏在花园里

它们聚集在此
就是要完成一首别样的诗

3
光线透过小小的花瓣
投在你的脸上，它们把蓝天映衬得更蓝

你说若在此时谈人生
那将是多么美妙的事情

我闭上眼睛
揣摸着种种和你在一起的美好

4
早晨的樱花就是婴儿的脸
时刻盛开着笑容

头上的花瓣和语言一样多
我寻找每一朵花的背后

都有你的身影
这若在宋朝，我必定和你一同打马走过


张后，独立诗人、高产作家。著有七本诗集、五部长篇小说、三册随笔。现居北京。北
漂感言：北漂生活让人生拥有美妙的惊和喜！

# 很难不被远处的海诱惑（2首）

朱子庆

## 土地的概念

城市的吸附力是无敌的
它像一块磁铁　给出
所有乡村道路的方向
土地的概念　在这里
是两种对立的颜色
绿地和白色水泥地
后者可以践踏和行车
前者被保护着
但无关庄稼的生长
（城市的庄家蛰伏在股市里
从不祈求风调雨顺
不分四季地制造和收割着
各种各样的浪
下跌浪是咬人的
收割需趁反弹）
至于那个"土"字　则写在
朝圣者或曰淘金者的脸上
说他们土气还有一个原因
喜欢拾取过时的时尚
当然　这一切
都是短暂的　很快
人都像做了换肤术
何况衣饰
城市有一颗魔术般的太阳
他们本能地
对洒水车感到亲切
城市的降雨　也会唤起
沉潜的乡愁和冥想
扯痛了心的　是一种枯死
阳台花草的枯死
这使他们　于悬空中

记忆起土地
颓坐在椅子里　黯然神伤

**很难不被远处的海诱惑**

很难不被远处的海诱惑
血管里总有神秘的喧响
喧响的溪流似在应答什么
嘈嘈切切是潮汐的方向
而当冰魂玉魄的一轮月亮
从大海深幽处升起
海风吹拂衣香鬓影的椰树
有一种心情被唤醒
悸动得像沉船拔锚启航
你说嗜梦者容易失足落水
为什么无梦更使我困扰
你说大海就像天上的月亮
（据说那里刚刚发现冰山）
为什么　只有海上归客
仿佛得到　宿命的安详


朱子庆，于北京。毕业于中山大学中文系。诗人，画者，诗歌评论家。生著有《中国新生代诗歌赏析》《瘦狗岭诗歌笔记》《无效的新诗传统》等；主编《夕阳下的小女人》《触·马莉》《马莉中国诗人肖像画》《珠江诗库南方现代诗丛》等多部作品。现居宋庄。北漂感言：北漂在我是一种现时寻梦，是不自觉地向有文化磁吸的地方走去。

# 像嘴唇样肿胀的公共汽车（5首）

李荼

## 礼物

我想要一件礼物
那是一条缓慢流动的河
它永远缓慢地流
为我，反复流很多遍。

## 像嘴唇样肿胀的公共汽车

我经常看见
像嘴唇样肿胀的公共汽车从我身边驶过
那是蒸腾着热气的 647 路

它从通州西大街
开往大望路
途经西门，八里桥

当它从起始站
慢吞吞扭股儿糖似的驶出
我就从红旗家属院
扭扭搭搭出来了。

## 鱼

在我的感觉里
鱼像一小块
纺锤形的肉枕
被刀刨下肉片
那些肉片的名字叫作"浮游"
"浮游"掉进我碗里。一个月前。

## 是那么寂静

是那么寂静
夜晚，我能听到楼板与楼板之间
呜呜的风声

我有很久没出门了
我有很久没好好吃饭了
我有很久没爱你了
我有很久，不是人民，也不是暴民
我的双手忠诚地贴在大腿外侧——我的心默默死去！

## 一棵树

我是自由的
因为从我的窗户
可以看到一棵树
它像钢铁一样坚硬

它能把阻力拔地而起
能让寂寞发出噪声——

能扬起一阵一阵尘土，又
消散了。

李茶，原名李家红。1974年生于山东章丘。1992年来京。先后从事过翻译、导游、教师等职业。作品在《星河》《诗刊》《诗潮》《星星》《草原》等刊物发表。作品入选《新世纪诗典》《新世纪中国诗选》《2016中国诗歌排行榜》等。部分作品被译成韩语。北漂感言：北漂生活改变了我悲观狭隘的人生观念，如果没有它，我那小肚鸡肠的心胸不知要持续到何时。

## 玄奘故里（2首）

周占林

### 玄奘故里

我想设一个全球最大的翻译奖
把头等奖颁给玄奘
他用 9 年时间
翻译 1335 卷佛经
每一卷都让我们听到
千年前的禅声

大慈恩寺的晨钟暮鼓
穿透厚厚的经书
让虔诚的信徒
在细微的念诵中
抵达，彼岸花开
木鱼的每一声
都让我们看到安静与远方

玄奘故里的春天
不是我一个人的春天
春风会为每一个皈依者的戒牒
刻印下一生的善
佛光寺的钟声
会在你迷路时把你惊醒
每一个脚印都会咬紧
远处佛典散发的光

### 放下行囊，到黑河去

我要放下行囊
放下尘世的所有醒醒
甚至，把雾霾留给那些贪恋黑夜的风
仅仅把亲情抓在手中
摘一束星光

向所有的背影告别

我奔跑在向北的路途
让心安静下来
向往的翅羽
发出耀目的光
照亮，只有我一个人的森林
那些鸟儿们依然安睡

有血滴落
疼痛像这个早晨的寒风
裹挟着刺骨的黑
穿越这个秋末
放下，如此简单的两个字
却压弯所有
挺不直的脊骨

到黑河去
迎接今年的第一场雪
洗涤雾霾中的所有幽灵
从北京出发
如同新生儿一样
看透一切愚妄
佛光相伴，每一个人
都是自己的菩萨
在不停地行走中解脱自己


周占林，河南登封人，出生于 1964 年 7 月，2003 年来京。中国作家协会会员。中诗网
主编，中国诗歌万里行组委会副秘书长，《中诗作家文库》主编，中国现代诗歌研究院副院
长。1976 年发表诗歌。出版有长篇小说《一夜芙蓉》，诗集《周占林诗选》《中国诗歌·周
占林卷》《且歌且行》，散文集《弄潮》《重返与超越》等。获《芒种》文学 2009 年度诗
人奖，第二届全球编钟奖新诗奖，第二届中国长诗奖。现居北京。

## 丢了立夏

相国

我丢了立夏
就在今天午后的茶香里
当然
还有凌晨半醒半梦的无眠

我梦见那赤色的大地和天空
我梦见蝼蝈小心的呼喊
还有篱墙
和瓜藤高傲的蔓延

那湖水涟漪的清澈
看透了鱼儿的悠闲
小荷尖角的蜻蜓
正和着蛙鸣的韵律
等待那场暴雨的洗礼和柔软

我丢了立夏
就在石榴花怒放的瞬间
还有
寄给远方的信里
未能诉尽的缠绵

槐花味道优雅着蓝天
那份久违的香甜
让我在整个日落之前
都渴望有素裙和琵琶相伴

我再次回头
丢了立夏
丢了内心好多语言

相国，本名陈相国，男，山东人，1974 年 6 月生。现为中国楹联学会会员，中国硬笔书法协会会员。北漂开始时间：1997 年 8 月。北漂感言：奋斗着，快乐着，越漂越坚定。

# 和父亲交谈（3首）

楚红城

## 和父亲交谈

最怕四月的句子路过，丢下一大片绿浪
丢下我
一堆坟茔前，跪着不善于撒谎的语言

啄木鸟抓住枯干的枝，"笃笃"声
和地埂边举起小拳头的黄花
一起砸向我
哽咽不出的痛
这痛，来自砍伐掉的白杨树
来自改成公路的农田

一颗泪珠放大天空，风的路径改变了走向
隔着黄土
我小声和父亲交谈
把微薄的收入多说了一倍

## 中华鲟

"鳣出江、淮、黄河、辽海深水处……"

一群大鱼从远古的记载中，洄游
而来
意念指引于一条大江的入海口
试探秋天的体温

人类的蓄水工程，理解不了大鱼们的疼痛
葛洲坝拦住它们
拦住前往金沙江的旅途

长江三峡又增加一道藩篱，江水浅了
大鱼把生存交给人类

濒危、灭绝……如此而已

怔在文档前，一条大鱼向我游来
它睁大眼
哀鸣着，血和泪痕染红了江水
染红了键盘敲出的字眼

我何尝不是一条找不到家的鱼呢
鳍已退化，包括躯干
抽搐的思想

浚游在漠然的人群中
不能包扎的乡愁，长成一截鱼骨
哽在喉咙间


## 灯下又现你的影子

为春天伏笔。铺开信纸发呆
那些虚拟的蝴蝶
张开透明的翼，忽上忽下
让我费心琢磨运用一组动词的
来由

不能说，区别
思想里的和句子里的，是同一只蝴蝶
我也是一只蝴蝶
"飞不过沧海"

搜寻某个页面，引经据典不过是文字的洗礼
做旧的情节
黑旋动黑，一圈柔黄的灯光围拢
我从心底听到尖锐的提问

灵感在苏醒，那些生长蓬勃的花木
反复温习着
深入语境的仪式
灯光下，我体内的所有蝴蝶安静下来

楚红城,原名李玮,甘肃人,生于1975年10月15日,1998年来到北京。中华诗词学会会员,卢沟诗社社长。散文、诗歌、古典诗词、楹联屡次获奖。作品见于《北京晚报》《中国广播电视报》《星星》《北漂诗篇》等。已出版《游走笔尖的宋韵》,主编《丰雅》《诗心》《2017华语诗人年选》。北漂感言:作为北漂群体的一员,更多的是重新认识自己、相信未来,尽管迷茫过。

朵阳园人
安琪 2017-3-22

# 七月（3首）

杜思尚

## 割礼

对于那次手术
是谁做的
什么样的感觉
都忘了
唯一记得的是
那个负责照看我的护士姐姐
真漂亮
为此
我又哭着闹着
多住了三天

## 春天

当我把喜欢将小手
伸向花盆泥土中的儿子
放到家乡的麦地里时
他竟怔怔地站在原地
不知该迈哪只脚了
一条爬行的蚯蚓
让他咧开嘴哭了起来
我抱起他
一望无际的绿色
正向我们涌来

## 七月

一夜之间
几十家网络金融公司
停业，倒闭，跑路
妻子的半辈子积蓄
重归于零

与此同时
假疫苗浮出水面
想到最近儿子常不由自主地摇头
我打了一个冷战


杜思尚，祖籍河南南阳。先后毕业于解放军体育学院、解放军艺术学院。曾当过伞兵、运动员、爵士鼓手、编剧等。诗歌作品入选多个选本。著有诗集《人间》。现居北京。

向黑暗扔一块石头
——阿吾诗题
安琪 2017-4-7

# 金色十四行（3首）

马莉

## 裂开的缝隙

蓝色的血管遍布我们的身体
使我们保持着快乐、安静或者沉默
在一些冒险的场合却变得冲动
蓝色的血管，它在一个人的体内
流动着，遇到利刃就会流出鲜红的血
死亡一旦来到，蓝色的血管变得僵硬
不可收拾，我已注意到了裂开的缝隙
你不可以回避，你也无法移动
一条船在河流中自由地行驶
许多船在许多条河流中行驶
河流是蓝色的河流，启迪着大地
启迪着在河流中日夜行走的人们
蓝色的河流是大地蓝色的血管
它种植着人类的果实，喜悦，和艰难

## 永生

我喜欢的诗人不多
帕斯捷尔纳克是其中之一
他正在演讲《象征主义与永生》
他父亲的好朋友托尔斯泰死了
死在阿斯塔波沃车站，很有趣
他的小说为他找到了这个情节
类似安娜·卡列尼娜卧轨的小车站
伟人死在一个小车站，死在故事情节里
是很诗意的事情，人类搬不动他的墓碑
我曾吞着弥漫硝烟走进他的战争与和平
当死讯传来，诗人帕斯捷尔纳克和父亲
与日月同行，赶到阿斯塔波沃车站
目睹了伟人之死：一个漫游者
枕着鸿篇巨制，安息在路边

## 我的朋友

我的朋友去了远方
露水凝重，月光小跑着，步伐轻盈
去年，院墙外，老远就听见旅行者
拿着一段距离归来，满身鸟语气味
我的影子先于我奔驰而出
你看，满院子的草在疯长呵
鸡鸣，狗跳，热情在体内旋转
春天的音符吃光了寒冷，去年
水管破了，因为房子太老
我的朋友样样都会，制造新的风景
去年的阳光，让一只鸟落到窗前
不要回忆，昨日时光已经啄食完毕
不要转身，不要转身呵
不然会看见我们又少了一个朋友


马莉，生于广东省湛江市。毕业于中山大学中文系。诗人、画家、国家一级作家。中国作家协会会员。已出版诗集、散文集、画册 十八部。诗歌作品被译介到美国、韩国等。曾在北京今日美术馆、北京大学图书馆、美国硅谷举办过个人画展。曾获第二届中国女性文学奖、中国新经典诗歌奖。现居北京宋庄画家村。北漂时间：2011 年 8 月至今。北漂感言：生命本来虚无，漂着漂着就落到了实处。

# 时间深处（3首）

绿鱼

## 梅花

我爸爱喝酒，尤其爱喝啤酒
他以前喝啤酒时
都是直接用大牙咬开
具体做法是
把啤酒瓶口塞到嘴里
利用杠杆的巧劲，啪！
一枚盖了便滚落在地

要是我肯用点心
收集
他喝过的啤酒的盖儿
并把它们一一摁在地上
如今，那得是多么大的
一片梅花啊

## 女人是男人的未来

下午三点，拍摄需要转场
同事叫来了两个学生
加上我们总共五个人
一开始，我走在最前头
没多久就被同事 W 超过了
他两个肩膀各扛了一支三脚架
太阳光照在他瘦弱的身上
我忽然想起几分钟前
无意中听到他的微信语音
一个女孩说"好想你啊！"
同事 K 落在最后
他在跟那两个学生说话
他的手机屏保是一个
白白胖胖的婴儿写真

……
真好！我被一种无法言说的
愉悦之情所萦绕，因为我也时常
想念着我的妻子

## 时间深处

如果我能走到时间深处
……

我想去亲临我的出生现场
亲吻那位生我三天而不出的母亲
我还想拦住那辆由年轻男孩骑着的摩托车
它载着穿红色衣服的新娘
我请他们开得慢些，稳些，再留神些

我更想在还没放学时就紧盯着天边
时刻准备着识别到底哪一处火烧云像猪八戒

如果还能再往前？啊——
我太想跟着那位年轻的女孩身后跑一段儿了
哪怕变成蝴蝶呢
你知道
她正孤身一人从家中徒步走到集市上
去见我未来的父亲
这个概率极小极小的偶发事件
太惊险，又太迷人！


绿鱼，本名程逊，1990 年 1 月 21 日出生，安徽涡阳人。2013 年 2 月 19 日来京谋生。诗人。著有诗集《这是我在北京养成的坏毛病》。北漂感言：北漂是一个很理想主义的词。首先我不认为我是一名北漂，因为我还没有对我的理想付出过努力。我只是来此谋生而已。但是北漂又是一个绝妙的词。"漂"，走出故乡，其实我们每个人都是处于"漂"的状态。只不过有人还会回去，有人则落地生根。

# 西安吃面去（2首）

老彦娟

## 西安吃面去

要去西安了，做一个挑帘而入的食客
月光与女人会随后跟过来
围坐在我的右手边，形成一场惬意的闲聊
欲望很无耻的样子
做刀削面的男人，充满嫉妒的眼神

想到第二天，去赶朋友的喜期
女人站在月光下，说削面的男人，像个很可怕的新郎
仿佛做新娘的事情，压根就和她扯上了什么关系
而我偏偏拎出初恋的时刻，她在遥远的山城

那以后
没有红盖头，要揭未揭的神秘，像青草豢养一只羊
我的草原在苍老，女人和羊的牙齿
终是没有尝到青嫩可口

这些年，偶尔一起吃面，总有月光蹭来蹭去
那一层很薄的遮羞布，似乎还在

## 秋风吹动，它们后背上的小鸟

不能忘记每一具尸体，秋风举起它们
而沉痛的记忆，只会埋葬

有一天，黄昏不再醒来，我将自己交出
黑夜布满不朽的灯盏
以及顺着灯光，寻找信徒眼睛的神鹰

躺在每一具尸体的旁边
我听得真切
这一个来回，除了挽救亲情

领受到的，大多是疾苦

而只有草原轻盈，以鹰的姿态
善待每一具活着的畜牲，并使秋风吹动
它们后背上的小鸟


老彦娟，2014年学习诗歌创作，作品散见于《诗刊》《星星》《诗潮》等刊物。出版诗集《老彦娟诗选》《诗的底部》。

足以安慰曾经的危象
——阿吾诗题
安琪. 2017-4-7

# 在小堡广场等我的人（2首）

攀峰

## 我欠故乡一个拥抱

荡漾漂浮的芦苇
尸体终归在秋天腐烂
冬眠的燕子走过芦苇丛
匆匆与故乡作别
我的远方的双亲
身子倾斜到了暮年
三十一个春秋里
昼夜，繁星依旧向前
血脉相连的故乡
我欠你一个拥抱

## 在小堡广场等我的人
　　——致七月友小虎

小堡等我的老男孩
手舞足蹈地夹着香烟驱赶着乡愁
他以诗为盾，在这个冷漠的世界
与孤独对抗
他用永恒的挚爱与诗歌死磕到底
抱着高产的文字，在广场取暖
在地铁站取暖，在出租屋内取暖
在他渴望拥有的清华园取暖
他是被诗和远方牵引而来

离开是一种撕心裂肺的疼痛
他向天空支支吾吾地呐喊
他告诉身在异乡的兄弟
唯有离开，才能真正拥有诗和远方

攀峰，原名王攀峰，1986 年生于河南太康，2007 年 7 月北漂至今。曾在《中国海洋报》

《作家报》《诗潮》《诗选刊》等报刊发表诗歌数百首，作品入选《2018年中国新诗日历》。

北漂感言：从故乡到异乡，漂泊北京，深夜的北漂人，唯有抱着诗歌取暖。

# 逃跑的牛郎

徐良园

我是秋天的刽子手么？
用镰刀发泄对土地的无名火
在一个阴晴不定的日子
把二斗半瘦黄的稻子
疯狂地砍倒
顾不上为季节收尸
卷起行李
仓皇而逃

我是抛家舍业的罪人么？
就这样抛下老父亲
抛下小儿子
抛下淋在秋雨中的稻子
就这么一走了之

歉收的牛郎啊
竟敢踏上城市浪漫的鹊桥！
生活的包袱
也幻想到城里去甩掉

说起牛郎织女恩爱的故事
乡下的穷夫穷妻，恩爱能当饭吃么？
我那勤俭持家的织女
在一次柴米油盐的争吵过后
一赌气，就飞向了城市的那片天

不怪你
不能怪你啊！
都是为了这个家
在外面
你柔弱的双手磨出了老茧
也掐不断这个家的穷根
省吃俭用寄回的那点钱

还不够还家里的陈年旧账
倒让我这个苦熬苦盼的牛郎
又背上一身新债——
一身感情的相思债

我来了，我来帮你还债
还家里的债
还有我们两个人的债
说起来真是窝火又憋气
我也是和两年前的你一样
是被一场连绵的秋雨给撵出来的
我来了，只要我们两人能在一起
就不在乎这城里的风风雨雨

啊，这城里的人可真多啊
简直成了人海
这城里的墙真高啊
陌生的我总是撞上南墙

撞了南墙也不后悔啊
出门在外谁没有遭过罪？
憨厚穷怕的牛郎
有的是力气去闯荡
只要我们两人在城市这个地方
哪怕你在那边工厂熬夜加班
哪怕我在这边工地拼命流汗
哪怕汗水流到嘴里
也像喝了蜜糖一样甜！

城里的牛郎
心里头老是这么想
来了就好好干
挣了一点钱
就租一间房
房子小点没关系
把乡下的老父亲接过来
把小儿子接过来
把隔在城市那边的织女娘子也接过来
牛郎织女在城里头全家团圆！

270

徐良园，湖北人，从事建筑工作，北京皮村"工友之家"文学小组骨干成员。打工十余年，喜欢诗歌、散文、话剧、小品等创作。发表作品若干。参演电影《移民二代》、工人话剧《我们》等。

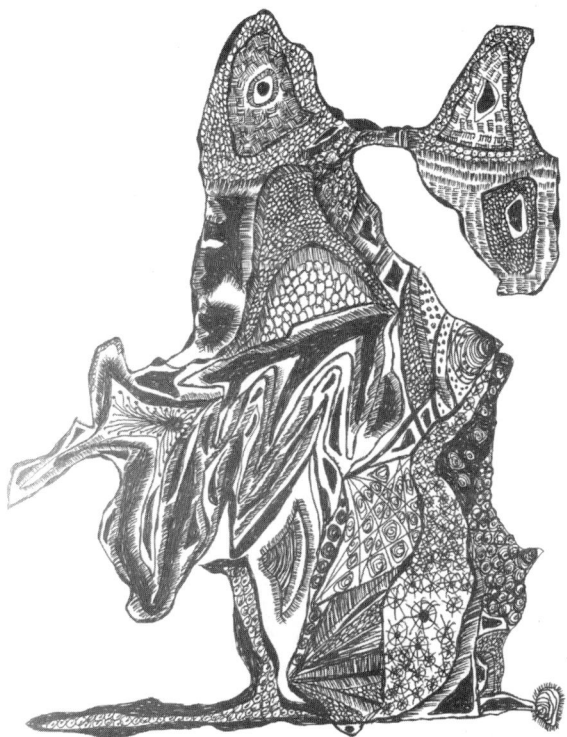

赵丽华：一个人来到田纳西
安琪 2017-4-2

# 绕开你的胜利回到你的从前（2首）

娜仁朵兰

## 绕开你的胜利回到你的从前

你带着微笑来到尘埃茫茫的世界
世界不会给你微笑的阳光大道
你茫然地跑进了身体的隧道
病痛的折磨让你苦不堪言　你哭了
把天地间的神灵哭得都泪流满面

你绕开胜利的果实走进了茫茫的森林
雨花石拖着你在大海里漂泊了几声几时
在磨难在痛苦在欢笑在泪水的汗颜里
你就像禁果掉到了我的家园
我高兴地跑过去把你拾起
从此我没有了自由的空间

我活在了你的世界里那么潇洒
你活在了我的世界里让我苦不堪言
你的胜利绕开了你的从前
你的一切又从零开始
重新奔跑在人生的天际线

老天会眷顾你这个聪明的少年
人生的书写在碧海蓝天

## 圣殇

天地之间　无所谓回避
面对才是　道理加情理
失去了　还不承认是事实
得到了　还狂喜如初的美丽

一个人失去
就是一个世界

一个人的获得
就是一片天空

无论努力的结果如何
但善意的相约才是心里的跳跃
一张张纯洁的脸庞
才能写出世界的经典　圣殇

总是喜欢在回忆中彷徨
总是在等待中耗尽生命时光
有的人　适合你等三生三世
有的人　马上忘了才是江山风光

写诗　写心情　写魂魄　写精髓
读诗　读灵感　读真谛　读情感
心与心的飞跃五万八千里
无论你身在何处　此时依然在心

圣殇　在人间烟火易冷自热的地方


　　娜仁朵兰，原名王庆艳，呼和浩特人，原籍吉林省前郭尔罗斯蒙古族自治县。中国传媒大学硕士，北京市海淀区作家协会会员。中央电视台《大爱真情》2017年爱心形象大使，2018年正能量之星。曾在中央电视台东方时空任记者策划。仟申视剧《锻刀》《愤怒的摄影师》策划。出版诗集《耳语苍穹》。现居北京，任娜仁朵兰文化传媒工作室艺术总监。

## 蜜蜂（2首）

邢昊

### 蜜蜂

带匕首的
舞蹈皇后

### 大葱

母亲躺在炕上
瘦得皮包骨头
米汤都喝不进去了
却不停地吩咐我们
快去给院子里的
大葱浇浇水
母亲一天不如一天
可母亲栽种的大葱
长势却越来越好

出殡母亲那天
院子里的大葱
都长到小腿高了
弟弟说妨碍大家抬棺
我只好含着眼泪
将它们一根根拔去

邢昊，男，原名邢少飞，1963年3月，出生于山西襄垣。20世纪80年代，创办诗刊《黑洞》，并开始发表作品。作品入选百余部诗歌选本。著有诗集《房子开花》《人间灰尘》《蛇蝎美人》等。部分诗作已译成英、法、德、韩、日、土耳其等外文。2011年开始在京四处漂泊。2018年，驻留上苑艺术馆，埋头搞诗歌创作。北漂感言：我当然不是叶子，但北京绝对是一棵枝叶冗杂的大树。

## 雷声不断（4首）

星汉

### 旧衣服也会陷入绵绵不断的忧伤

晾衣绳上的那件旧衣服
是谁的呢
挂在那里好几天了
也没有人把它摘走
有风的时候
它就不停地在那里挥动着袖子
像是在召唤
也像是在告别

天黑的时候
我再一次看见了它
沉默的样子
使我相信一件旧衣服
也会寂寞
也会孤独
也会陷入绵绵不断的忧伤

### 我们还算不上朋友

我们还算不上朋友
只是见过几次
此刻，他坐在我的对面
半举着酒杯
不停地说着
说拥挤的地铁
说城乡接合部的杂乱
说他一半晴一半阴的爱情及孤独

他说这异乡的雨凉啊
他说这异乡的风硬啊
他说这异乡的夜长啊

他，比我壮实
比我还高出一头
他说着说着
把头扭向了窗外
宽厚的肩膀不停地抖动

说实话，他说的那些
我心里都有
只是我对谁也没有说
从外表上看我比他坚强

## 雷声不断

整整一个下午，雷声不断
持续不断的雷声
有时感觉来自遥远的天际
有时感觉来自自己的体内

没人告诉我
为什么雷声持续不断
没人知道天上
发生了什么事
但，谁都知道这个时候
到天上去
是一件十分危险的事

整整一个下午
我数着雷声
第九十九次雷声
是沉闷的
第一百次雷声
也是沉闷的

## 重读一封旧信

信中读到的街道
就是我在上一封信中
读到的那条街道

就是拐了一个弯
又延伸下去的那条街道

朋友在信中说，他
每天沿着那条街道出去
又沿着那条街道回来
赶上落日刚好挂在街口的时候
他会呆呆地看一会儿

我的朋友
在信中反复地提到了月亮
他告诉我有一次为了留住它
紧紧地捂住了酒碗
读到这里
我的眼睛有些发酸

信尾，朋友告诉我
他放走了身体里的那头狮子
不想让它重新回来
他说他现在只想用手中零碎的银两
对付涌过来的生活

读完信，夜深了一些
我站在窗前向外看了一会儿
外面的世界
像朋友在信中说的一样破碎
也像朋友在信中说的一样完整

星汉，原名张守贵。出生于辽宁抚顺，祖籍山东省单县。作品刊发于《诗刊》《人民文学》《鸭绿江》《诗选刊》《星星》《诗潮》等刊物。出版诗集两部。曾获辽宁文学奖等奖项。现在北京工作。北漂时间：2004年6月至今。北漂感言：犹如一个无处可去的人，找到了一个可去之处。

# 汉语诗章（3首）

黎正光

## 棋局　迷乱掌心的世道

人间烟火　总在世间大小不一的棋盘燃烧
腰斩后的指尖　总在寻找　唇边与耳畔的葬礼
颂辞的冰焰　不断刺激　无法忘却的
是悬挂腹下　语焉不详的软性词根……

夏季的雪　将脑中忽隐忽现的棋局　覆盖
动乱在移动中完成　那薄如纸片的灵魂
还有残局中纵横交错的世道　从古至今的搏杀
啸叫　将血光涂在俗尘　涂在深不见底的人心

喧哗与微笑　在无关痛痒的时间　抽取情怀
从杯盏中流走的　何止镀金的炫耀与承诺
谁在咀嚼　他人即地狱的青铜般铭文？
谁是高手　谁敢说　他是棋局中最后的王者？

静悄悄的棋局　蔑视某种规范　掌心上
各种观念　会被各色人种　踩躏得气绝身亡
这是世道　没有枪声没有硝烟　谁会在意谋杀？
谁会在意高楼般林立的棋子　轰然倒下……

隐秘的疼痛　从棋盘的神经网络　坚韧传来
骨骼一响再响　谁是神秘来客　将无数星球
作为飘逸的棋子　高挂空中　让上帝的手指
越过心绪萧索的宿命　也无法触摸

掌心　奇异的纹路与棋盘　谁更复杂　深邃？
当肤浅的猜测化为自嘲　化为精神的囚徒
在错失无数良机的小小版图　春夏秋冬的雾霭
总会笼罩　无数的击节无数的边界无数的遗梦

人间烟火　总在世间大小不一的棋盘燃烧

内心的呼吸　一再触摸黑白相间的岁月
纵是无数闪烁愚光的媚俗之眼　又怎能感知
棋局内外风云　以及沉重的传奇和艰深的象征


## 花与果　非逻辑思维

遍布大地的法则　从高山之巅　顺势而下
雪莲　你被凛冽的动脉　将怎样彻底贯穿
早春二月的红梅　迎春　还有三月带泪的梨花


尘世　险情太多　当挣扎繁衍的旗帜　插遍坟头
刷白的遗骨　你可见四月桑林　或是牡丹与芍药
在怎样虚弱喘息　谁在守护果实的执着里　彻底绝望


一种非线性过程　在非逻辑思维中成熟　触摸
谁都想触摸天空的深邃　海洋的辽阔　以及朴素石榴中
那颗粒饱满的愿望　还有生命原初的层层默想


或许　俗尘的桑麻纠缠太深　植物们拔节的歌唱
竟被一再忽略　众多伤残的目光　燃烧怎样的渴求
季节转换　我们丢失的　是花蕊还是欲望喂饱的果壳？


过程　被一再逼视　生命　你的目力竟如此脆弱
脆弱得向外扩张后　连回溯内视的锋芒　也被钝化
难道　悬而未决的　是众生枝头上　盛开的物质之影？


七月荷塘　布满烟雨的八月桂花呵　你们簇拥了
一代代最尘锐的惰性　聆听清明管弦　还有
伸向十月的柑橘　空锁崖畔野菊们护守的密码


深秋的雁影宛若字符　布满寂寥得空洞的天穹
果实的回首　让花们在细数落叶的怅然里　增添
几许感悟　还有睿智一再摒弃的闲愁……


寒鸦的风流　只存在啄食果腹的食物　花开花落间
探视果实意味　不仅是来自冬天的风雪　还有某种
命定　某种漂泊中　近乎偏执的歌哭……

**英雄  并非燃自硝烟的挽歌**

力透纸背的挽歌　为谁　从历史的胸膛流出？
没有硝烟的战场　越过年轮无边蔓延的神经
同样壮烈倒下的　何止是马革裹尸　骨灰寻回故乡
的枪声　何止是不可遏制的冷酷　留给生命的悲伤……

肤浅的笑容　怎能读懂来自天堂的唁电　怎能
握住侠肝义胆的流星　决绝撞击死亡的火花
谁在改写　另类英雄的定义？谁在茫茫人世
捕捉寒蝉向晚的泣诉　地暗天愁后的残留……

剑影与硝烟　无法用冥想　终极一个梦断血腥的时代
异变的雷声响起　从纸上跃起的龙骨　你将宛若珠玑
的灵性　铸成铭文　铸成天地间熊熊燃烧的血誓
照彻殉道的字符　去解构青铜与铁器编织的酷律

一种颜色　穿越点线面的构图　被丹青一再
纵横的河山　你盈怀的古意　可是人与物难舍的陪衬？
那飞流直下的激流　可用向天而歌的神采
把亘古的慈航　描绘成圣徒的渴慕与敬畏……

骨笛　还是石磬　那绵延至今的一世绝响
可是伯牙的古琴　使钟子期仍沉醉余音袅袅的天韵
飞天的琵琶呵　你让箜篌的思量　制造千年暗香
深入南柯一梦　深入二泉映月盲琴师深远的圣境

噢　万古江月　飞雁惊鸿后　你紧握怎样坚守的凭依？
是谁　第一个举起燃烧的火把　是谁　第一个制造出陶器
人类呵　你艰辛的跋涉让仓颉造字　让扁鹊行医……
让一切伟大的英魂　创造出挺拔遒劲的命运

英雄　没有硝烟的挽歌　为谁而唱　为谁长留？
玄秘得如此清醒的过客　当幽谷兰花　沧海成
宿幻中的断魂　你超越茫茫人世的　可是
一种弃绝　一种蔑视中永无悔意的苍凉……

黎正光，当过兵上过大学，曾任《四川工人日报》文学编辑。曾在《诗刊》《人民文学》《星星》《人民日报》《诗歌报》《萌芽》等全国数十家报刊发表过近八百首（章）诗歌作品，还曾数次获全国各类诗歌奖。出版有诗集《生命交响诗》《雪情》《血羽之翔》《时间之血》和长篇小说《仓颉密码》。北漂感言：北漂，只是诗人生活的某种流变而已。无法流变和不可流变的，却是诗人心中对诗的真诚与热爱。北漂，永远是我生命中一段不可复制的章节，它将永远铭刻在我生命之碑上。感谢命运，让我有段不一样的北漂生活。

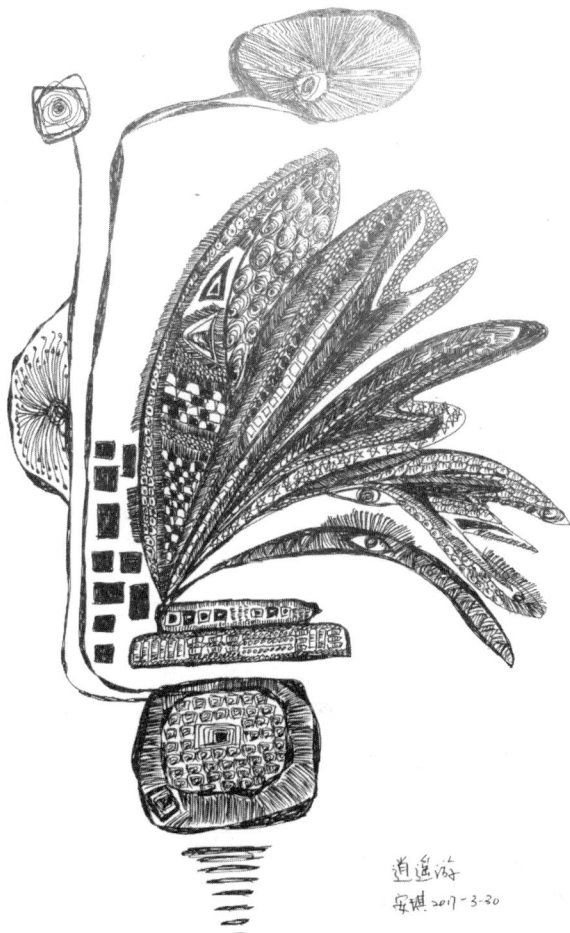

# 通惠河边（4首）

李兆庆

## 收获无几

尽管收获无几
年末已呼啸而至
仰望着通惠河上方
瓦蓝的天空
映现着四季无为的劳碌
和野鸭白皙的腹部
我一言不发

## 多少年了

多少年了　尘封在内心深处的坚冰
还没绽放出一抹新绿

当我欲大动肝火时　上帝总是紧紧地
拽着衣袖　劝说我息怒　不要和命运抗争

在管庄的司辛庄居住了十年了
我没有心情去选址调换

尽管　房租一涨再涨　尽管
窗前的阳光被门前的一座高楼扫光

## 通惠河边

迎着冷冷的风　在河边的石阶上坐下来
与一棵伐去树身的柳树对视　缄默无语
清瘦的河里不时游过深青色背脊的鲹条
像四十多年的时光滞留在我额际的皱纹
推土机在河床上连续数月的往返　终于
把淤积在河底的水泥垃圾　砖头　瓦块
甚至数年前落水者遗弃的枯骨　都统统

清理干净了　本来潺湲的河水　在冬季
变得更加波澜不兴　像识破禅机的寺僧
端坐在莲座上　不动声色地带走了泥沙
和时辰　也带走了少女稍纵即逝的芳华
我知道深流的静水　宛如一支毫笔　轻
置朱砂点点　在时间的素眉间轻描淡抹
不介意冬阳的昏黄　和突如其来的冷风
期盼旧情人迎风走来　我们相拥着沉默

**通惠河边散步所感**

潺潺流逝的通惠河　从大元一路向东走到今天
少说也有数百年了吧　疲惫的脚步即将荒废
昔日河面上林立的桅杆和循着岸畔徐行的象辇
早已迷失在历史泛黄的云烟里
被历史学家手中的手术刀矫正过的真相
像屡次鞭挞过的烈马　变得乖巧温驯
难以在今天的阳光下复原　逝者如斯夫
舍去昼夜　在暮色的河面上翻飞的水鸟
载负着繁衍生息的重任　逃避　迁徙
伺机而动　说实话　在苍茫的天穹下
你我都是一粒微乎其微的尘埃　缥缈而卑微
人生短如朝露　时间之河太浩渺无涯
我想学你对尘世的淡然　如同一粒跌落在
河畔的树种　一旦被阳光唤醒　必定枝繁叶茂
处世最好使用双关语　不要心直口快　就像我
多年来钟情的女人　洋溢着绝代风华　隐匿于
黄河边　寂寂地抚平我慌乱的心跳

李兆庆，笔名剑锋，1977年1月3日，出生于河南台前县。作家、出版人。从2006年起，开始北漂生涯。著有《鸟儿飞过的村庄》《路遥传》《成吉思汗》《忽必烈》等。作品散见于《人民文学》《人民日报》等报刊。北漂感言：痛苦并快乐着。

# 下游中游上游（4首）

玙姬

## 墨西哥往事吉他曲

剩余之光和罂粟的成长变得均衡，
毫不吝惜花朵的凋谢，
一场场震荡。
你怎是抱着吉他突然地来，
一曲曲高亢或者低沉，
然后消失冥想之茫茫深处。
总有不羁成为甜点，
总有野力奏响交响，
披头散发之金蛇狂舞，
替代语言的赘述，
一刹那增加生命的积蓄。
当时间一天天减少，
爱的存款一天天增加。

## 心脏是一幅血腥的油画

肢体的廊柱瞬间腐朽，
意识的宫殿分崩离析。
音符的艺术家手持一把工具刀，
三十六色的格莱美具备三十六种性格，
我的心脏变成一幅极其血腥的油画。

## 下游中游上游

我在时光的上游漂浮，不肯回到现实中来。
我的目标是上游，
我的思想在穿越，
时光的上游是未来，中游是现在，下游是过去。
许多人，他们活在中游，却在下游生活；
许多人，他们活在中游，生活在中游；
极少数人，他们活在中游，却在上游生活。

**你我的琥珀显现彼此河岸**

那金黄的独眼与无垠的独孤浮动天籁，
我们是夜晚的歌者，
无线的双手伸出无限的长，
叫日月在爱的宇宙合璧。
那只是某一刻某一次某一根无线的两只风筝，
在华北，在西南，
在我们拒之门外的星宿桃花般盛开之时，
用你我的琥珀显现彼此河岸，
用你我的点线时空传送，
那时的夜晚深陷金黄的独眼，
那时夜晚的歌者浮动无垠的天籁。


　　玛姬，女，诗人，画家。2011 年定居北京。著有诗歌集《玛姬音乐诗歌集》《玛姬诗歌集》
《黑珍珠诗歌集》等，另有散文与小说。绘画作品曾参加欧洲、日本、韩国等国际大型画展。

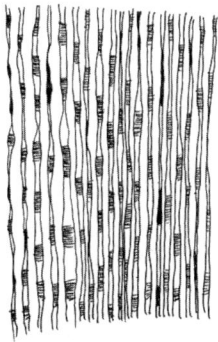

京1
安琪 2018.8.1

# 培训之后（2 首）

张永军

## 培训之后

十天的作家培训班结束了
学员们该走了
一个叫了
一个哭了
叫的说，这不是我家了吗
我都是作家了你们就得留下我工作
哭的说，我可是卖了耕牛来学习的
我回去怎么办
留下我吧

更多的学员在观望
……

## 作家

这是偶然认识的作家
穿着错了季节的衣服
这天
我们在蓝岛相遇
他很热情给我留下了地址
说，那是他的工作室
这就过去了
偶然的一次出门办事
也就到了他的工作室附近
就找去
是一座公园
我看见他坐在公园树下长椅上
所有的行李塞在长椅下
他埋头写着什么
我明白了
没打扰他

他的工作室不会遭遇拆迁的厄运
他会

我们为什么热爱文学
还自欺欺人
毒药与蜜糖
谜


张永军，1968 年 6 月生于吉林通化，现居北京通州。当代小说家。主要作品有《狼狗》《熊》《金奴》及儿童文学《少年特种兵》《战将传奇》等。于 1997 年开始北漂至今。2017 年开始学习写诗。

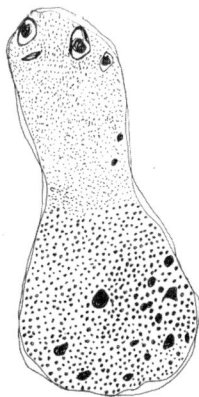

# 皮村献诗（2首）

胡小海

## 皮村献诗

把二月盛开的桃花趁着慌乱的夜色
献给皮村的街道　高楼和匆匆人群
献给一天十八个小时营业的商店老板
献给理发店炽光灯下穿着时尚的服务员
献给下班归来一身疲惫的梦幻城乡赶路人
献给子夜时分在垃圾箱里两眼放光淘金的拾荒者

我要把一个诗人的热泪和真诚也都统统献出来
献出去年冬天旷野中荒凉的月下之冰
献出现在正在大地上挣脱出黑暗的小草
献出我那像萤火一样飘忽不定的爱情
也献出求总不得的安心　追而不得的自由
献出这季节日夜不停息来回吹刮的风
献出弥漫我整个青春期的漫长而动荡的迷雾
献出黎明的太阳在荒坡上流露过那短暂的柔情
还有那些在痛苦襁褓中显现的擦肩而过的幸福

把那些长久莫名的忧伤和永恒存折里的孤独也一并献出来吧
把黑夜给我的一切都一件不留地献出来
献给欲望之臀般的黑夜
献给雾霾遮蔽的星河
献给福利彩票店里一双双彻夜难眠的眼睛
献给拥抱的哭泣的将寂寞点燃出疼痛光芒的情侣
献给那些无家可归目光如炬又不语一言的单身汉
献给那些我曾住过的
戴着类似相同面具的深圳　宁波　苏州　上海　嘉兴　和北京皮村

## 红色骨头

这里不是学校但有课堂

我们既是同学也是工友
大家在每个周日的晚上来到皮村文学小组
等待着志愿者老师带来的一次次灵魂的洗礼

小付　一个热情善良的河南姑娘
工大毕业后留在了工友之家
她是大家聚在一起的引路人
皮村文学小组是她张罗着开办的
这里的工友来自天南地北
天下打工是一家
五湖四海皆朋友
大家都从事着平凡的工作
但都仍有一颗对待生活热情的心

徐良园人哥是一名建筑工人
从广东北漂来到北京
用二十多年的青春
盖起了数不清的大楼
也用拿瓦刀的双手写下无数诗篇
诗中满载着一个中年男人
在奔波流离中
捍卫的生存尊严与生活窘迫

李若大姐曾迷失在车间的迷雾中
可鞋厂　电子厂　家具厂最终都安放不了内心想要的宁静
最后在城市与故乡的巨大裂缝间
用书写一个个真实而平凡的故事
平衡着现实与理想的支点

路亮是一个在地下采煤十多年的煤矿工人
地心的黑暗并没有阻挡住他对光明的渴望
用内心的不屈与坚强点燃了前方理想的指路明灯

苑长武是一位东北的退休教师
来到京城为流动儿童——
这祖国的花朵守护着最后的成长家园

十七岁的雨季对应是万华山的冷雨季
珠三角长三角浪漫行走四方

想象牢牢禁锢工地流水线上
心中的象牙塔支撑他由南漂到北漂
应聘过北大门岗
后来成为编辑
得以在文字里继续徜徉

还有大家早已知道的家政工范雨素大姐
她来自生活底层却又站在情怀的顶峰
一篇《我是范雨素》为自己与社会发出了最真挚而热烈的心声

生活的压力压着郭福来大哥
他压着焊枪加班加点小心翼翼将跌落的生活继续焊接
他说那迸溅出的火花就如同他那些凋零过的梦想重新绽放

王春玉是工友之家的忠实追随者
十几年了　他跟着工友之家挪地方换工作
无论是做快递员还是洗车工
他都是我们工人劳动的榜样

我叫小海　还有我的同龄人苑伟　申思　马大勇以及更多更多的工友
我们在祖国大地角角落落的车间流水线上
用青春十年如一日地制造着产品
而我们千篇一律一成不变的青年生活
也成了独特的中国制造
我们都是千千万万打工者里其中的一员
我们都是为了学习的渴望而聚到一起

张慧瑜　刘忱　孟登迎　吕途老师
都是辛勤无私的园丁
都是我们的好老师
让我们这些没有机会在学校读书的人
在工作之余还能得到免费的教育学习
孙恒　许多　王德志　姜国良
都是我们可亲可敬的领路大哥
从新工人艺术团　打工文化艺术博物馆
到同心实验学校　新工人剧场
从工友影院　皮村文学小组
再到同心互惠商店　同心公社
公益机构服务社会　一路心系工友

这才是我们最需要的
这里是平等尊严与互帮互助的自留地
这里是新工人文化发酵的试验田
这里有着红色的激情与赤诚理想

再琐碎的生命也有权利拥有梦想
每一个热爱生活的人都值得尊重
我爱　我无比地爱着这群人
因为我们需要　时代更需要
红色骨头

胡小海，生于 1987 年，来自庄子故里——河南商丘。2016 年开始北漂。曾在珠三角、长三角、京津冀等八九个大城市辗转打工十五年。在车间、在荒原、在公车上以亦诗亦歌的形式发牢骚长短五百余篇。曾在《单读》《澎湃人物》《中国青年报》《河南诗人》等发表作品。现为皮村文学小组成员，北京同心互惠公益店店员。北漂感言：年轻时有梦，最好你能到北京来，因为这里确实是一个很魔幻的地方。

京3
安琪 2018.8.3

# 雅宝路（3 首）

马志刚

### 东不压桥

东不压，你是我的爱人
我要从你的桥上过去
东不压的桥已经埋在地下
东不压的水也埋在地下
一切都酝酿着发酵

偶尔走入你很窄的胡同里
竟被古色古香的面孔
一笔签定

东不压桥呵
再也看不见你的桥了
我对你的了解
就像对其他胡同的了解

奈斯比特呵，托夫勒呵
你们谁都想不到
地安门有个小小的东不压
能给一个诗人
带来什么

在地图上一删到底的东不压桥
饿了不能说饿
大雨来时
你像鸟儿一样
躲在我永久的汉诗里

我拥有一个胡同的名称
就像拥有了辞海里的家庭
并以血缘关系的身份
领养了一连串的猜想

你深藏永久的日子
是不应该打开的
我理解你像太阳理解树木下的影子一样
烈日挤出肌肤的盐水时
把日子拿到海水里
重新浸泡一次

不是徐志摩的康桥
徐志摩的康桥轻轻一挥手
能掉进英吉利
东不压桥
只要我悄悄呼唤一声
就能从古文观止的井里
打上一桶的纯情

## 雅宝路

顺着建国门往北
我掉进雅宝路的夜色
城市的脸转移了方向
似乎仍有人在注视

在雅宝路走过的人
肯定被爱情绊倒过一次
否则不会左一脚右一脚
像是不知路的深浅

又是夜影阑干
孤单的人已经不怕孤单
他们偶然咬着探视的牙
或者在我身上看见你的梦魇
或者在你身上嗅到我的失败
多想死在爱人的激动里
过去的冬天我瘦骨嶙峋
蜂窝煤的日子快结束了
丰盈的夏天在我眼前开始摇动

人到中年是最后的初恋

麻雀叽叽喳喳
它们根本看不懂岁月
是怎样在一个人脸上蹂躏的
它们更不知道
搬进新居的家里
摆着各式各样的玩意儿
究竟能给居住的人提供哪些峥嵘岁月

我说过约你在雅宝路上走一走
至今我还怀揣许诺
许诺一久
我就再也没有勇气等你了
我不想领你去雅宝路了
假如有一天去了
或者找一家咖啡屋
你会奢望我藤蔓似的语音里
结满晶莹的葡萄

我以男人的姿态叉开双腿
你趴在我裸露的背上吧
那上面是湿漉漉的草地
我的脚已经伸进了
雅宝路的骨缝里

**胡同里的菜市场**

胡同仍然住着一些
勤劳和不勤劳的人
周六和周日
在胡同里的小汽车很难挪出去
天蒙蒙亮
一群一群卖菜和摆摊的外地人
挤满了胡同

去年冬天
一个外地卖菜的农民
突然浑身抽筋不能起身
而一位妇女正要购买他的白菜
他半睁着眼不忘用指头数着钱

一群人围着他吆五喝六

勤劳胡同
从前一片安静
是东华门筒子河取缔了出早市的人
他们就东一处西一处地乱窜
像发现了根据地一样
渐渐地在勤劳胡同里驻扎

南北长街的人不用走太远的路买菜
偶尔有工商和城管人员来查抄
往往被胡同的老头老太围攻
我经常站在胡同口
看着一个个做买卖的外乡人
看到他们穿着被城市淘汰的衣服
就会想到乡下的兄弟姐妹和父母

勤劳胡同的居民
在胡同里穿来穿去
看着水果、蔬菜和水产品
还有过时的日用杂品
就像放牧的游民
赶着一群群牛羊
年长的老人
总是多看少买

这是西华门的南胡同
中山公园的西北侧
勤劳胡同的菜市场
像东直门的簋街
吃麻辣虾很上瘾


马志刚，曾用名马难，1963年12月生于吉林。1995年春到北京。先后在《文艺报》《中华合作时报》《中国科技画报》等单位工作。北漂感言：北漂让我增长了见识；诗，让我体会了时间流淌的珍贵。能在诗歌预备队里打工，有追求不完的喜乐。

# 海（2首）

吴震寰

通知： 请照顾好我的乡亲，请照顾好我的海

雁南飞，雁南飞
秋天了
雁叫声声叫得人心欲碎

海在一个角落哭泣
不等今日去，已盼春来归

冬末至，春未归
夏天呢
百年人生呢

海南飞
循着一个约定的指引
遥远而坎坷的路途

今天、明天开始大幅降温了
亲
我出生在南方一个叫潭葛南村的小乡村
那里世代耕种
农田后面是浩瀚的大海
我的乡村靠农田和海活
我没有照顾过我的乡村和我的海

**在镜中**

真正的自己
就像一面镜子一样，纯净、相像
沉迷于重金属
沉迷于人声
声音和光流动，回归了自然
这世上，总有一片美好的风景，让你不惜长途跋涉

安稳的水，使你不禁心生感伤

宛若轻风拂过
如同海行天上
在静思冥想

北京今天的秋天
追着风，逐向云，奔向这尘世
孤独缄默，虔诚静候
始终坚信这世间美好
一切
相遇和离别
愿你被这个世界温柔以待

旅行必不可少
直到有一天
你听到海的声音
看到光
海成了镜子
天籁排箫第九曲，让心静下来

今天
自上而下的海
把万物苍生视为同一高度


吴震寰，1968年12月生于广东，2006年来京。历任北京《当代主义》《前哨艺术》《盗画空间》杂志主编。现居宋庄。北漂感言：北京是理想实现沉淀之地，却发现无所谓理想，北漂的时光之河，显现的是自己的本来。

# 网络毁了我（3首）

彭华毅

## 循环

天空下躺着一个家
家里躺着一张床
床上躺着一个我
我翻来覆去睡不着
我心里躺着天外天

## 网络毁了我

我的视力极速下降
我的眼睛仍对它神情专注
我弓着背日夜守在它面前
像个老太监
早已不知情欲为何物

如今我非常熟悉它
熟悉网络里的每一个角落
角落里的每一条血管
每一根毛孔甚至
它的病毒它的肿块

我曾下决心离它远去
有时候挣扎在这无边的网中央
觉得人是那么的渺小、无助
我就想把电脑砸碎
再用这冰冷的碎片
拼一块我长久安息的坟墓
让虫子或蚂蚁
在我周围来来去去

## 七夕

我七夕去哪儿？我忘了
只觉得那时我生了几小时的病
我可能自制了药剂
几缕秋风　三钱柳下惠的词
四五株红花藤 外加六克窗口的月光

之后我去过一个后花园 徜徉着
没看见影子 也许吧
影子在嫦娥的袖口
我这样想 并不觉得羞怯
我愿意和荷塘里的月色私奔
她说 美梦正好 美酒如水

七夕我去了哪儿？我不知道
反正相信爱 她一直在肝胆之上
反正要渐渐老去
那就默念一句诗……
生如夏花之绚烂 死如秋叶之静美

哦　原来我的七夕
就在夏秋之间

彭华毅，1964 年 2 月出生，现居北京。中国现代摇滚诗创始人。1984 年起在《诗选刊》《中外文学》《星火》《文友》《江西日报》等报刊发表作品。著有文集《孤苦盛开的叛逆》。另有诗文入选《当代大学生诗选》《中国网络诗选》《诗江西》《自便诗选》《南昌诗选》等。北漂感言：世界很大，京城就像一枚叶子，我是附在上面的叶纹，随风飞去，美美的也拙朴的。

## 想亲人（3首）

李爱莲

### 想亲人

盘腿，打坐，做一个守夜人
怀念一个个离开的人

三哥最先离开
凌晨两点，时间停止在三十一分

妈妈的呼吸停止在我的怀里
她盼了我一年
我只在她身边三天
远不及在她子宫里的时间


### 每个春天，把自己的心掏出来扔向天空

雨没有抵达这个城市
西坝河只会沉默不会含笑
岸上的植物像个伪造者
企图剪裁出天空的花边

每条街道又宽阔又悲伤
过街天桥像是生着巨翅的大鸟
望着沉重的天空

喷泉练习飞翔，飞起来又落下
自由飞翔的风筝更爱那双手
每个春天，把自己的心掏出来扔向天空


### 追风筝的人

飞翔是一只风筝的宿命

一如炊烟
高过山巅，追逐一片云彩
高过风筝的投影
成为大地之子
追风筝的人，只记住了风
不必记住方向
方向是离自己最远的事物
奔跑在风中
线的两端都是辽阔

李爱莲，宁夏西吉人，1974 年出生，自 1998 年来北京已有二十载。中国诗歌学会会员，宁夏作家协会会员。作品散见《人民艺术》《诗选刊》《中国诗人》《飞天》《六盘山》等刊物，作品入选《中国百年新诗经》《中国年度优秀诗歌 2017 年卷》等选本。出版诗歌合集《六闲集》。

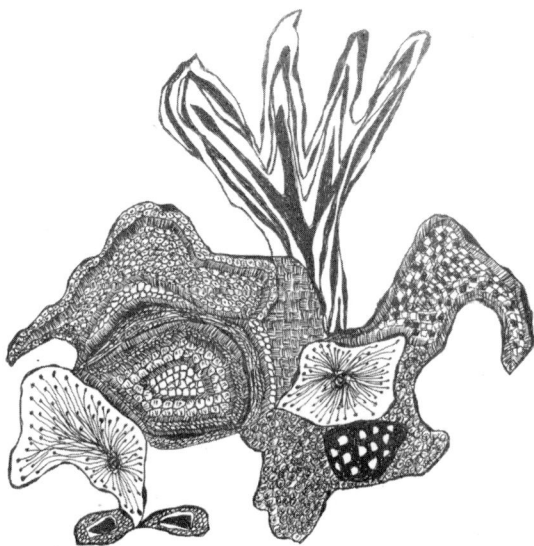

## 慢光阴（3首）

### 霜降

突来的凉意寂静了沸腾的白天和黑夜
守夜人被悬挂的星辰反复阅读
内心的颓废覆盖年少的执着
倦意席卷的
一个人微茫的命运
她不愿说出的孤独和渺小
躲在暗夜的深处
窥见良辰美景
变成巨大的虚无

### 慢光阴

直到八月
大片的葵花才揭开谜底
它的记忆由雨水构成
此刻，它就是提灯人
在深陷的影子里交换温度
而现在，夜色的巷子飞满了萤火虫
这小世界的星光，从瓦楞上弹回小院
这不是错觉
打牌的、闲侃的、窃窃私语的
——仿佛抽足旱烟的老人

### 火车

这不是完整的一天
有些人要离开
有些人要进来
诗群里的大师们还在聊
不痛不痒又无关紧要

一些词语就压在胸口
新的城市被很多人据为己有
异乡再次掏空影子
爱着的三月，没有回音
只有羞于提及的心事
被远远地甩在了车尾


空巷子，河北张家口人。北漂感言：因为家庭条件不好，最初来北京是想证明自己，改变命运。后来才知道在北京生存是很难的一件事，房价和竞争。你以为你足够努力，还有比你更优秀的人比你更努力。为了生活得更好，你没有时间哭没有时间喊累，你除了拼，别无选择。

车7B
安琪 2018.7.7

# 一只必须的苹果（4首）

潘漠子

### 我向一匹马奔去

我向一匹马奔去
像一匹马驹向一匹马奔去
向一匹剩下的马奔去
向一匹马的优势奔去

太快了
几乎追不上了
我向一匹马的冷漠奔去
像一匹母马向一匹马奔去
向一匹规避的马奔去
真的太快了
我向一匹马的概念奔去

太快了
已经追不上了
但我仍然在奔跑
向一匹马的马厩奔去
向一匹马喜爱的骡子奔去
太快了
已经扑空了
我向一匹是马非马的斑马奔去
我向一匹马的天性奔去

真的太快了
追得毫无章法了
只能向徐悲鸿奔去
向一匹达·芬奇笔下的战马奔去
向一匹马的阴影奔去
向一个失业的马夫奔去
我向一匹马的体系奔去

太快了
身后的喘息声掀起气浪
失聪的群星
也听见了我的嘶鸣

## 一只必须的苹果

一只苹果必须不在把玩中
必须不在口舌间，不在刀法下
一只苹果必须保有回到树上的生动感

必须是一只红宝石般打磨过的苹果
必须是一只让虫子害怕的苹果
必须是拒绝二次交易的苹果

必须在角落和阴影之外凸显一只苹果
它必须在光源的中心，在花蕊的位置
它必须端正

必须是欢乐和孤独之外的苹果
但必须是一只散发着体温的苹果
它必须有好看的样子

必须是所有苹果中最胖的苹果
它必须还有甜蜜的能量
必须有电极，方便与过去的繁茂连接

拥有苹果的人必须是一个好人
拥有苹果的心必须是一颗猎犬的心
一只苛刻的苹果，一只不可或缺的苹果
必须摆放在浅显的托盘中
一只苹果的托盘，像轮船
必须航行在深沉的心意之中

看吧，一只苹果的最高荣耀翻滚起来
它仅仅是一只汉语苹果
是一只献给逝者食用的苹果
是文献性的苹果
是苹果外的苹果

**凌晨四点的气味**

——兼致诗人黑光


凌晨的闪电撕开窗帘向房间内窥视
梦的尾梢处开始响起雷声
像是为一次成功的回忆擂响了大鼓
我走向卫生间，走向生活最有效的出口
突然被一股掺杂着水汽的焦煳味所阻拦
我学习警犬的工作，模仿闪电
把房间的各个角落一遍遍擦亮
排除刚刚熄灭的回忆中的火场
在那里，以月光为食的另一个人间
一本纪念画册中的一小片森林被灰烬涂黑
像是朝向胚胎的幽深入口
我确信，不依靠形体行走的他
在每一页的每一颗星辰上都点燃檀香
我确信，他不允许劣等的焦煳味
萌生于我的起居间：这也是他的客房
转到楼下，在焦虑中
仰头检查一层层窗口可能冲出的黑烟
但一切事物本来的表情都未曾改变
闪电一遍遍翻阅我
现在是凌晨四点
距离日出后的今天还差一刻钟
突然明白，这令人不安的焦煳气息
一定是闪电点燃乌云所递交的味道
而那乌云显然飘自于昨天
飘自于正在燃烧尚未烧尽的这一刻钟


**有一首诗叫《世中人》**


有一个诗人名叫世中人
每一年的每个月
一定会给某些孤寡老人
送去众人的物资
准点的世中人的潮汐

某些孤寡老人
在一年的洪流中

至少有十二次，被回拽
一个名叫世中人的诗人
曾经的消防队员
围着警戒线反复走动
把自身的十二瓶时间的葡萄糖液
分批倒入某个幽谷
某段，正在损失轰鸣的深喉

这些在一年的浅眠中
咕咚咕咚十二回的老人
弄不清诗人是什么人
也听不懂诗歌是什么曲子
他们只知道一个名叫世中人的孩子
在一年中反复嘀嗒十二次

而十二次的回声之外
世中人的暗渠沟通着孤寡和众人

这些以寂静为伴侣的老人
一定看得见，某件灰色床单
在一年中被反复扎染了十二遍花色

他们知晓某扇剩下的闸门
这即将吐尽词语的深喉
一定被十二场中的某一场泪水锁紧

我会在世中人的传导中说出
某些诗歌的注入，仅仅为了稀释孤寡
如同反复的星辰稀释着暗夜

潘漢子，1972 年 11 月生于安徽怀宁。2004 年来京。雕塑家，设计师。中国 70 后诗歌运动发起人之一。著有《宋庄，宋庄》《需要》《诗人的深圳生活》《汶川恋歌》《人物志》《长城》等数十部长诗。现居北京宋庄。北漂感言：无处不故乡。

## 我们一起走进了金色的午后（5首）

杨北城

### 胖子老了以后，还是个胖子

在少有人返乡的小镇
一个胖子，正慢慢从镇口移过来
从趿拉趿拉的麻石巷
到无人问津的邮局
偶尔有小船靠岸的码头
粗大的缆绳，险些绊住他的脚
他从不占用多余的时光
经过月隙茶馆时，他仄身进去
如果人少，日子慢下来了
这不是他的错
胖子老了以后，还是个胖子
他温和，行动迟缓，步态坚定
当他的背影，挡住斜阳的时候
你感到无比安妥，如意
日头已经偏西，一股清凉袭来
不知什么方向的风，吹过你
也吹拂着胖子光洁的头

### 如蝉声灌满尘世的倒影

来时风雨，去似微尘
如过隙闪电，禅意细微领悟
风抖落雨滴光芒，如暮年在墙角
拾起一枚针，刺向漆黑虚空
一场失败的小复辟
小到尘埃未定之前的浮生
不断向后退去的叹息
砰然关上，比水小的门
如蝉声灌满尘世的倒影
暮色四合，一颗心返回灵魂
哎呀嘞，唯有回头皆是岸

才能看得出神，在新鲜豆荚里打坐
如默诵经文的小沙弥，以为在学堂
在临窗的溪边，在菩提树下
师傅睡得正酣，一把蒲扇落在了地上

## 你选择了某个角落安然入睡
——悼伊蕾

你走后，水就关上了门
一块坚冰封锁了消息
所有的问题，都是时间的问题
死亡也不例外
确认你，如此决绝地离开了宿舍
整个夏天，就仿佛被你带走
一场风雪弥漫着你的诗句
 ·千座冰岛撞击着冰岛
痛彻的火光撒满寒星
但火焰不会熄灭，它超出了我们的痛苦
玻璃瓶中的迎春花，也没有枯萎
它为我们保留着最好的春天
自由的灵魂，去向自由的世界
这是我们预料中的事
 "也许她在某一天夭折"
是你选择了某个角落安然入睡
那我们就不必叫醒你
谁又能叫醒，在诗歌中醒着的人呢

## 夜行列车

我爱列车上短暂的生活
它带我穿过茫茫黑夜
时光倒流的风景，悲喜的旧事
在出离的咣当咣当声中
消失得无影无踪

没有人会在午夜拉响汽笛
孤独的站台上，人群攒动
久别重逢的人，想着还有无尽的光阴
旷野宁静，人世汹涌

身体里的一匹铁兽冲出了隧道

幽暗夜色里一闪而过的灯
被一瞬间拉长了光晕
燃烧的狐尾追逐着狐尾
要怎么销魂，就怎么销魂
那大地上永不熄灭的微茫之光
像不朽的星星，交还给了月亮

列车驶向无边的天际
向黑夜，索要一座天堂

**我们一起走进了金色的午后**

南方夏天的正午安静极了
道路两旁的树木，和三楼房间里
爱哭闹的孩子，都在睡午觉
不远处的墙角下，一条离家的狗
吐着舌头，脑袋耷拉到了地上
蒸腾的屋顶，闷热的风擦洗着烟囱
在书桌上打盹的老先生，少了斯文
就连爬过墙头的三角梅，也蔫了回去
天空蓝得看一眼都会破了
针一般的寂静统治着万物
如果此时，你在一片密不透风的甘蔗林里醒来
那该是一件多么美妙，又甜蜜的事
我们一起走进了金色的午后
就你和我，一起虚度这静到空彻的夏日

忽然，一只梦中惊醒的翠鸟
影子一样，飞出了树荫

杨北城，本名杨北成。祖籍江西南康。1964 年 1 月出生于黑龙江。1999 年 3 月，从江西抚州来京。现经营江西一家医疗器械企业和北京一家医疗器械公司。北漂感言：北漂，即使在地下室匍匐着前行，也要保持飞翔的姿势。

# 茉莉（3首）

王冷阳

## 冬至

需要换一种活法，如果厌倦了一种生活
需要换一种姿势，我是说你们——
包括我自己。黄夜降临，我们陡峭的内心
不过是向阳的一面山坡，接受月亮的审判

是孤寂指给了这首诗的必要性。日落月升
现在我写到了十二月。北方的冬夜
有助于我将肉体一分为二：一半坚持
一半放弃。劳动与黑暗，幸与不幸相互制衡

物质内部的光与信仰绸缎般的光同时截住我
我必须做出抉择：是出场还是出局
带着问题居住的人，头脑中的乌云高于星光
日光倾斜使小人得志，星光微茫使英雄成名

我两手空空只为在时间的河床捧住自身
声色犬马，我们终其一生只为查看自己到底
是谁。人的欲念与局限被长夜驯服
时间的地图将我们引向死亡和宁静

是恶魔法则而非星光埋没我们并雪上加霜
是不绝如缕的爱而非流水清洗我们的骨头
被自身折磨的人，你的酸楚不比他人宽阔
不说恨也不说爱，径直返回生活的根部

## 茉莉

这样的事实并非在书中闪现：我在房间里注释茉莉
暮色的颗粒一点点落下，风的手术刀一层层剔开
一个事件的表皮。茉莉的色泽模仿自身的阴影
把白昼的光谱搬运至内部。头颅中的颜料吹拂纸

一个人被空气稳住，茉莉的香味扶起脆弱的光辉

借以转述梦幻的可能。它阴郁的部分构成子宫
越来越多的人借助幻象跻身于空洞的风景
道路闪耀，音乐燃烧，水在眼睛深处舞蹈
而天空是用来书写的，黑暗是用来调制咖啡的
时间透过手指的缝隙：茉莉是用来安置语气的

这是自我拉开的帷幕。现在窗外已经彻底
被修辞升起的雾霭笼罩。我们的生活在茉莉
与美学之间留下了齿痕，而谁是武装到牙齿的人
谁用器官晃动我的书房，用落日和肉体
挡住一个词前进的气流，叶片构成假象

花香来自叙述本身。对事件的转述并非在
词的内部进行。借助水分、光和电流，一株植物
在行书体的落款中生产阴影，被允许落在纸上
我们面对茉莉安抚内心，返回一场虚无的拷问
一如在世界泡沫般的绥靖中重返自身的寂静

**清明，被车灯照亮的雪**

你一定见过这场景：长街，雪落下来
被一束车灯照亮。雪花拥挤着、叫嚣着
躲避行人和车辆，一束光推开气流
一瓣瓣冰凉的词，挂满清明的枝头

那时我刚在异乡的天空下遥祭过父亲
站起身，漫天雪花落下，覆盖了哀思
串串悼词从天而降，雪的照耀多么唐突
生命中不期而遇的一环，使我们手足无措

缺乏春天必备的应对常识。听了一半的歌
来不及关掉就被风吹灭。雪落在雪上
生者与逝者通过一场梦晤面。大雪布阵
雪花精巧地运用重量和体积，压迫我的身体

而事物的性质正是如此：那消失于强光
又诞生于黑暗的生与死，那脱离了天堂

重返人间的阵阵默诵，生锈的金属
自在的雪花，从草稿中吹出火星

这是否使远道而来的天使获得了歌唱的权利
她的歌声太干净，声音里透着肌肤的成色
从遥远的播放器中伸出火舌，舔舐周围空地
这歌声的火苗有些摇晃——它磨损黑暗的嗓子

靠近黄昏的声带弯向一片片鹅毛般的口谕
黑夜被雪花填充，又从我的身体骑着闪电远去
黑暗中经过我身边的有故人，也有敌人——
事实上，我的敌人就是我自身。被我打倒的

是我自己的影子。横穿八点一刻的印刷版面
我目击了一束光对雪的审判。一场半小时的雪
并不比一个念头更迅捷、锋利，但比嗅觉更持久
更能在饥肠辘辘中洞穿我们的晚餐

我们的舌头和词汇、精神和肉体因此缺乏联系
事物被镶嵌在街心。一束车灯把话语权
交给了凌空蹈虚的雪，交给词，主语从我到我们
从单数到复数，构成了这个摸上去有些凉的画面

王冷阳，出版人。现居北京。20世纪90年代中期开始发表作品，包括诗歌、散文、评论等。作品散见《十月》《诗刊》《星星》《诗神》《诗选刊》《诗歌月刊》《绿风》《散文诗》《作家报》等，部分作品入选《2000年中国诗歌精选》《百年中国新诗流派作品金库》《2002年中国精短美文100篇》《2003中国年度最佳诗歌》《2004年中国诗歌精选》《感动大学生的100首诗歌》《汉语地域诗歌年鉴（2017卷）》等。偶有作品获奖。

# 双河溶洞

梅尔

我不能告诉你所有的秘密，我的秘密还在生长
——题记

1

海水再一次漫上来
带着涌动的全部欲望
从舌尖到心灵深处
那些生物无法逃脱
大地，请你收留它们英雄的尸体
昆虫，鱼类，甚至包括熊猫和犀牛
七亿年后，人们会找到它们的化石
并奉若神明

忘记我一次又一次的痛苦
和秒针一样尖锐的快乐

我的内部也开始秘密勾连
传递七亿年前的烽火
我一直活着
像一则传奇

2
我吞吐过火焰
并经历着崩裂
那撕心裂肺的疼痛，被水注满

那是我清澈而深深的血液
伤口不再愈合
遍地的石花，生长着
那成片或大或小的钙化池
是你的梯田
在你的日月里，她们一样开花结果

314

你的温度是她的日照
你的目光，穿过七亿年的隧道
落在她的身上，充满深情


3


石头被遗忘
石头里长出了另一种石头
石头以另一种形式抛弃了自己
石头，盛开成自己晶莹的花朵


有时，石头忘却了外面的世界
轻盈如棉絮
仿佛荡漾的柔情
穿过坚硬的时光


唯一，但并不孤单
我清脆而嘹亮的歌喉从未唱出
七亿年的沉默灿若星空
为了等你，石头们惜语如金


4


当繁华落幕
所有的灯光都暗下来
我的心落满了尘埃
曾经的波澜汹涌在石头上留下印迹
山洪来的时候
大象，犀牛都来不及逃生


一次又一次，我的体内发生小规模的崩塌
我曾衔着恐龙的尾巴
渴望得着一丝温暖
岁月常常忽略树和雨的歌唱
她们覆在我身上
早已是我不能分割的一部分


背着柴火的山民走在我的脊背上
炊烟袅袅

黄昏的香草味，伴着晚霞
抚慰我的黑

听说硬币都有正反两面
我和我的背后
有什么不同？

5

鹰尝试过飞进我的内心
它俯冲的速度过于猛烈
我在有限的阳光里存满了水
茂密的树木是昆虫的天涯

经年不休的瀑布
是我呼啸的声音
我的可以倾诉的所有
圆柱形的身上布满了伤口
那是我的血脉
经由它们，我与生生不息的你们相通

鹰沿着垂直的峭壁飞向天空
留给我一颗困境中可以翱翔的心

6

我在你青花瓷般的手势里
读懂了乡愁

七亿年的寂寞与雷霆
都是你前生的脚步
一粒卵，在嶙峋的壁上繁衍石头与水
成为被朝圣的图腾

梅尔，原名高尚梅，生于江苏淮安。1986 年开始发表诗作，作品散见于各类刊物并被选入多种选集。出版有诗集《海绵的重量》。从事文化，传媒，教育，旅游等行业。现居北京。

# 一碗老北京炸酱面

燕淑清

在稻种发芽土炕上
就着炸酱面品老北京的味道
不敢着意那一刻
这只是一个矿工女儿奢侈

几次梦里徘徊在莫斯科餐厅
从来没有进去的冲动
我只想在人群里寻找那暗淡的眼神
重温失之交臂的青春
回味那厚唇

是一碗北京炸酱面引我北漂
我还是没有吃怕放纵自己的春心
我只在莫斯科餐厅一角
留一个位子摆两双筷子

我不会再逃避
从记忆中挑起一碗炸酱面上的萝卜丝
而这萝卜丝越拉越长
一直到会燃烧
在月光与月光之间跌倒了不再爬起

不再纠结那半碗老北京炸酱面
是漂泊还是漂零
从人缝里逃了出去
余下半碗老北京炸酱面五味俱全

燕淑清,中国诗歌网蓝 V 诗人,子曰诗社社员;中华诗词海峡版、新诗版特约版主,曾获"国粹情中国梦"乙未重阳中华诗词名家峰会大赛一等奖。

# 煤矿工人

马跃

煤矿工人真是苦，睡觉睡在煤堆上，身边老鼠咪溜跑，苦涩。

都是随地大小便，一不小心踩地雷，恶心。

空手走还一身汗，下去还得扛木头，走路更得谨慎点，随时都能被滑倒，小心。

猴车坐上也操心，虽然不用去走路，但是一定要看好，一旦猴车脱了轮，啪嚓一声掉地下，屁股疼得哎哟哟，自受。

也有师傅素质低，一旦干活不顺意，骂爹骂娘骂祖宗，骂得徒弟心慌慌，蒙圈。

工作面，煤尘多，噪音大，说话都是大声喊，还得注意脚底下，头上淋水，脸上煤，背后还有风筒吹，艰苦。

工人升井黑黝黝，出来开上轿车跑，潇洒。

一年360天，只有春节几天假，请假还得领导批，不批就算你旷工，无奈。

受点轻伤不敢说，不但挨疼还挨训，重伤永远离开矿，惊险。

矿上会议真不少，班前会，安全会，时常来个学习会，疲惫。

睁开眼就上班，下了班就是睡，人生只有上班二字，劳累。

一点小事不放过，大会批来小会批，停职停工做检讨，忍吧。

崭新楼房住不上，媳妇孩子见不上，可怜。

何时能够得解脱，家里存款不发愁，找个工作守家里，天天小酒KTV，五一国庆常旅游，潇潇洒洒过余生。

马跃，1975年11月出生于山西长治市，大学毕业，喜欢写作，寻梦北京，现在煤矿工作。

# 站台（3首）

杨康

## 站台

有那么一个时刻，我忽然下车
否定了既定的目的地。但又不知道
该去哪里，世界在我面前都成了绝路
我坐在轻轨站台的凳子上

一个老婆婆隔着我坐下来，她喊我
小伙子，我眼睛不好，你帮我看看刚才
在超市买的肉多少钱一斤

在那一刻，我的眼睛是有意义的
然后我离开凳子上了车
我要去寻找更多活着的意义

## 爱情

公交车，座位上的女人
一只手拥着半蹲在膝前的孩子
一只手的手指在手机屏幕上迅速移动
目光也跟着手指移动
她浑身火红的细胞，都涌向手机屏幕
孩子在她膝下咿咿呀呀
然后把手伸向女人手里的手机
女人把孩子的手压下去
目光继续在手机屏幕上行走

车一颠簸，我不小心看到了女人
手机里的内容。她正在一个
叫作爱情没得那么美的群内打情骂俏
她的脸上春风荡漾
而那个时候，我也在玩着手机
正和一个略有好感的女孩喜笑颜开

颠簸的瞬间，我们都感受到了
幅度不同的震动

**大鱼大肉**

大鱼大肉。曾经几代人想起直流口水的词语
现在慢慢不被人喜欢了
公众场合，我也就不好意思吃鱼吃肉
以素菜为主，以表明我和他们
立场相同。大鱼大肉
从褒义词变为中性词，变为贬义词

原来的很多东西都在改变。我刚坐上汽车
头顶就有飞机嗡嗡地飞过
连续有两三天都没接到别人打来的电话了
当和她们谈起爱情和分手
和老女人谈到婚姻，以及出轨和性
我对女人们的想法就真的不明白了

我永远都是一个过时的人
像大鱼大肉这个词语一样总是落后于时代
时刻与世界保持着不和谐
比如此时，我在轻轨三号线上妄想着
车一停顿，我一个趔趄
差点被远远甩出人类

杨康，1988年生。系中国作协会员。曾在《人民文学》《诗刊》《扬子江》发表诗歌，著有诗集《我的申请书》。曾获得重庆市文学奖、巴蜀青年文学奖、雁翼诗歌奖。现就读于北京师范大学与鲁迅文学院联办作家研究生班。2018年9月来北京，目前半工半读。北漂感言：北漂需要勇气，也需要毅力；北漂，是一种文化朝圣。

# 像一副对联（3 首）

朱一木

## 经验之谈

二十三岁那年夏天
在银川的苍蝇馆子等饭的过程中
我和父亲谈到食品小作坊及其卫生状况
父亲淡笑着说
他在一家粉丝厂见过工人踩淀粉
还光着脚
我多少有点惊讶——
没承想生产粉丝不一定只用手
"多脏！"我感慨道
父亲淡笑着说（大意）
脚平时穿着鞋和袜子，手啥都碰
脚比手要干净
咦，混迹人间那么多年头
我竟从来没注意到这个问题
怪了，也从来没人跟我说起过

## 像一副对联
——有感于顾城遗书

"人间的事总是多变的，关键是心地坦然。"
"人哪，多情多苦，无心无愁。"
"如此，我只有走了。"
"不要太伤心，人生如此。"

顾城遗书里的这些善言
简单得像一副对联

上联：多情多苦
下联：无心无愁
横批：人生如此

噢，如果人生简单得像一副对联
我们只需把它贴在红尘之门上就行了
何必非要一脚踏入红尘呢

## 庄子

千百年后
我没有脱离人海羽化为蝴蝶
甚至都没有梦见

你这个人可真怪
宁愿曳尾涂中也不去当官
死了老婆还能鼓盆而歌
你这个人可真有意思
说什么"道在屎溺"
"天地与我并生，而万物与我为一"
"子非我，安知我不知鱼之乐？"

有时候想想
他真的像极了蝴蝶
因为超然
所以简单
同时与我们划清了界线

朱一木，1988 年生，甘肃庄浪人。2010 年开始习诗。作品见于一些诗歌杂志和选本。北漂时间：2013 年。北漂感言：每天匆匆往返于城郊之间，但依旧怀抱着最美好的愿望，只因未来还在路上。

# 潮白河的春天（2首）

中岛

## 潮白河的春天

冬天刚踏入潮白河的左岸
而右岸就已经迎着它的春天
潮白河
在你流淌的万万年里
或许春天有数不尽的风
飘荡了岁月红尘
生死的沦落与喜庆的年华
这一条长线的风景
让时光缩小成今天的模样

潮白河
你沉睡成佛
却经历着病弱的苦
没有儿女来为你
清理岁月病床的污垢
经久的牙齿污渍
被喘息声推出
臭味扑面而来
躲闪都被余味灌入我
并不干净的身体
这恶臭不是来自你的身体
而是来自儿女们的心里

那种交织的难受
让死亡更容易到达
但没有人会理会
这位伟大的母亲
需要一次我们共同的眷顾
需要把母亲再一次打扮成新娘

潮白河

你是我们的母亲
是静静养育我们
却被我们践踏了清白的
纯洁的女人
儿女们早已忘记你的存在
只有名字被呼来叫去

大北京被你养育成胖胖的
日子过得顺风顺水
但却忘了老娘依然在苦痛中
依然在你淤积的岁月中煎熬

被忽视了的母亲
一天天消瘦
痴情却又慈祥
那种饥饿北京无法体会吗
那种也想干净的身体
无法写成旗帜

而今天却不同
你的 5 个儿子来了
用身心的使命
让那沉寂的种子
醒来
儿子们共同呼喊
用诗
让潮白河的水再次流淌
用诗
洗遍母亲的全身
让清爽再次
为日月
为我们的母亲打扮

春天来了
在冬天绽放的鲜花与光芒
将永久地刻成诗的模样
潮白河
你的儿子把春天的诗章
写在潮白河的大地上

潮白河
春天来了
我们共同为母亲梳妆

**所有的一切**

把爱当成所有的一切
把生命当成所有的爱
哪管眼中含着泪
那也是爱的一部分
哪管心里有着怨
那也是爱的一部分
我已经不再年轻
醒来看着天堂
看着空间里所有的一切

所有的爱都在微笑
都在迎接新的一天

再残酷的时间
也赶不走爱的温暖
再冷的冬天
也会被爱融化
所有的一切
所有的一切

爱把昨天融化在今天
你不会为困难低头
爱不会丢弃你
不会让寒冷
冻住我们的微笑

所有的一切
都在改变
爱和微笑
永驻!

中岛，原名王立忠，1963年出生于黑龙江宝清县，1984年开始诗歌写作，出版过多部诗集，诗歌被百余家重要诗歌选本收录，主编"名人堂"诗歌书系，主编"中国诗歌百年名家诗典""中国诗歌社团"书系，现为《诗参考》主编，中诗国际文化传媒（北京）有限公司董事长。北漂感言：二十五年的北京生活完全越出了在故乡的日子，这里的苦与甜都印在了我的生命里，感恩所有遇见的人，感恩所有帮助我在北京生存下来的人，没有你们，就没有我现在的生活，也没有这些诗歌，我的生命里全是你们。

想
安琪 2017-4-3

辑二｜附录：论

合欢
安琪 2013-7-15

2017年中国言实出版社策划出版了第一部《北漂诗篇》。作为文学史上第一部北漂诗选，《北漂诗篇》以诗的方式呈现了北漂一族丰富多元的文化想象，重绘了首都文学的地图，成为首都文化的新地标。该书面世一年来，引起了广泛的社会关注，《新华每日电讯》《北京日报》《北京娱乐信报》《北京青年报》《法制文萃》《华西都市报》《福建文学》《中国建材报》《北京法制报》《闽南日报》《富阳日报》、中国网、中国社会科学网、千龙网、作家网、中国诗歌网等报刊媒体发表了多篇评论和大量报道，让我们铭记。在此，附上四篇相关评论，以飨读者。限于篇幅，其他多篇评论和所有报道只得割爱，还望朋友们谅解。

——编者

# 漂泊的时代与追梦的灵魂

## ——推荐《北漂诗篇》

程一身

从某种程度上可以说，进入现代社会就意味着进入了漂泊时代，这种漂泊不再是个体性、偶发性的，而是群体性、持续性的。除了被动的漂泊之外，吸引漂泊者的往往是经济中心、政治中心或艺术中心。对当代中国人来说，北京就是这样一个最有代表性的地方。因此"北漂"的"北"并非泛指北方，而是特指首都北京。收到《北漂诗篇》样书后，我写了一副对联："北漂南漂都是漂何论南北，你写我写无非写安识你我。"尽管漂泊已遍及各地，不可否认的是，北漂者更众，因而更具探讨的价值。

与其他反映北漂族的书不同，《北漂诗篇》首先是"我的诗篇"。在这里，北漂者不再是报告文学、小说或剧本中被他人描绘的对象，而是漂泊者自身的书写，这就废除了间接的代言人，使漂泊者与写作者达成了统一，从而保证了生活与写作之间的直接性、鲜活性和复杂性，并增强了作品的真实性。其次，《北漂诗篇》是灵魂的诗篇。就呈现灵魂的深度现实而言，诗歌比其他文艺样式更有优势，这是它的抒情本质决定的。当然《北漂诗篇》也是命运的诗篇。同是北漂者，或求学或打工，或上班或创业，或实现了自身的价值或体验了梦想的破碎。这些各不相同的经历都在《北漂诗篇》中得到了丰富的呈现。

在编选方面，《北漂诗篇》（师力斌　安琪主编，中国言实出版社 2017 年版）也有值得称道之处。首先，这个选本并不注重名气，其中既有已被认可的诗人，也推出了一批新面孔。他们的写作沉潜于生活的深处，如实地呈现时代深处的景观和个体生存的真相，时有令人震撼之处。如小海（1987 —）把北京准确地界定为"梦想之都"。在《一个北漂的自白书》中，他不仅写出了漂泊的境遇，而且写出了漂泊境遇中的自我形象；在《致伟大时代中的我们》中，他的书写已深入现代城市生活的内里："我们对着手机说话／我们乘着机械飞翔……我们习惯在暗黑里穿行／我们经常在深夜里清醒／当白昼再次降临的时候我们又瞬间沦为生活的工业复制品"，并进而把现代城市人的生活比喻成一条"迷失的大航船"，堪称对当代现实的精彩写照。其次，全书分成两辑。辑一大致是北漂中的定居者，辑二是曾经北漂的诗人。基本上每位作者都注明了到京时间，从事的职业，以及感言。这就从另一个维度增强了文本的真实性，并为其诗歌提供了相应的背景。

《北漂诗篇》是当代北漂者兼诗人的首次集结，这就使它获得了将时代的驳杂现场与心灵的深度体验融为一体的特殊意义。甚至可以说，这是一部由北漂者贡献的兼具史与诗双重品格的厚重文本。

程一身，本名肖学周。河南人。著有诗集《北大十四行》，专著《朱光潜诗歌美学引论》《为新诗赋形》。译著《白鹭》《坐在你身边看云》《欧洲故土》。主编"新诗经典"丛书。组诗《北大十四行》获北京大学第一届"我们"文学奖。

# 吟诵那些没有句号的句子

胡一峰

## 一

出差旅途中，我几乎一气儿读完了《北漂诗篇》——北漂一族的文化想象和精神地图。有些诗句印在脑中，不肯散去。在书中，我读到了一种创造中国新文化的努力。书的主编师力斌先生说："中国十三亿人，被文化筛选出来的竟然只有这么几张脸，这不是一个理想的文化生态。"诚哉斯言。北漂人数至少八百万。这么大的一个群体，完全有资格也有理由拥有属于自己的文化，并在整个国家文化版图中占据一个恰当的位置。

我以为，北漂当然首先是户籍意义上的，但同时也是文化意义上的。北漂是一种社会现象，也是一种文化现象。就像农民工垒起了城市的高楼大厦，北漂同样是城市文化的建设者，或许，他们留在城市文化史上的印迹，将比物质史上的更大。我想，如果有人发愿写一部北漂文化史，必是极有意义的。在没有户籍制度的岁月里，其实也有"北漂"，比如，只身从湖南老家来到北京的齐白石，就是一个。只是在齐白石那个年月里，除了凤毛麟角者之外，大部分漂泊者的心路历程与文化呐喊并没有被记录下来。而今天，有了互联网，更加重要的是有了民主、多元的文化观念和氛围，使得诗篇中的这些文字得以留存和传播，让我们看到了那一颗颗跳动的心灵。

《北漂诗篇》收录的诗歌，有一些是颇有形式美感的，比如杨北城的《散落在北京的朋友》，构思巧妙，让人读到了古老童谣般的节奏感。有一些则富有哲理，比如，"因为每一个决心出走的人 / 都会死在半路"（左安军《归途》）。张小云的《香椿和臭椿》，列举了北京植物园两棵椿树的科普牌子的内容之后，写道："跟我一起读完科普牌子的小孩 / 很有意见 / 不同归不同，凭什么 / 一株叫臭的 / 另一株叫香的"。是啊，凭什么？这本是一个植物学或民俗学问题，但诗人的身份以及他把场景设置在北京植物园，就给诗增加了人文的意味，不但引起读者关于平等、人性等政治哲学的遐思，而且衍生出一种批判的力量来。

## 二

但我以为，与形式的艺术性相比，"北漂诗篇"更重要的意义在于其寄托的文化理想。这种文化理想植根于当代中国的现代化经验。我们常说，当代文艺要书写中国故事。其实，中国故事无非是对中国经验的艺术叙述。城市化无疑是当代中国最重要的一种经验。如何以美学的姿态记录、再现和表现这种经验，或许是时代提给当代中国人的重大文艺命题。我想，北漂诗人们至少从一个侧面对此作出了回应吧。

北漂，是城市化的担当者，于他们而言，城市化意味着是个体的新生，也是和过去的告别。告别总是泪光点点，泪珠映射出了被卷入或抛入城市化后的恐慌、迷恋和不安。于是，在他们的诗歌中，我们读到了对故乡或过去的日子的怀念，"一个人在外，最怕 / 北风，在窗外喊我的名字 / ……北风还装成母亲的声音喊我"（许烟波《北风，在窗外喊我的名字》）。我们又能读到楔入城市的北漂者在陌生城市里的新体验。这是一种十分复杂的情绪，有些涩嘴，也有点酸心，非亲历者无法言说。诗篇中有些句子十分精彩，充满视觉感，如画师把北漂的生活场景一下子白描在人们眼前。请看：

"不足十平米的出租房 / 贴满了上不了学籍的孩子的奖状"（雷旭《鬼天气》）。吟诵着这些诗句，人们曾经拥有的那些情绪再一次泛起在心头。"在一座古老的城里 / 列车在地下穿行 // 所有乘车的人，都默不作声 / 轨道上吮嚓交错的声音 / 惊扰了在地底沉睡的灵魂 // 每停一站 / 我都会惊恐地看着上车的人"（许烟波《北京地铁》）。显然，这是一种和乡间生活完全不同的经验，在城市的地铁里，虽然人与人的肉体相贴近得不能再近，但心灵却隔得无比遥远。

"在王府井，在天安门广场 / 我曾像一个受尽磨难的孩子 / 不敢多说一个字 / 我闭紧嘴巴 / 目光怯懦地飘过别人的笑语 / 生怕一不小心蹦出一句方言土语 / 招来白眼，给首都抹黑"（林平《梦想拒绝的细节》）。这无疑是城市对楔入者的强烈排异的真实写照。"'城管来了，城管来了' / 在过街天桥把口，卖头花饰品的梁大姐 / 在用东北女人特有大嗓门告知天桥上其他的商贩 / 一边急急忙忙地收拾，兜起地摊布上东西"（黑鸟之翼《把最后一朵玫瑰留给爱情》）。这又是多么具有在场感的书写。在旁观者看来，城管与小贩的故事，好比一场现实版的猫和老鼠，但除了身在其中者，又有谁能感受到猫或老鼠的真实心态。而奔向现代化的当代中国，如果她的文学中缺少了这样的文字，无疑是不完整的。所谓文化，无非是一时代人一民族之经验的提纯和积淀，而漂泊者的这些经验，对于把握当代中国文化的脉动而言，实在是太重要了。

三

我注意到，诗篇中还有一些更加"激烈"的语句，为人们揭开了现代化、城市化高歌猛进给普通人刺下的伤疤，流露出对社会不公的批判和反思。

"煤矿污染 / 恶劣环境 / 雾霾天气 / 垃圾食品 / 生活压力 / 遗传基因 // 还有我爸给领导提意见 / 挨的那记耳光 // 病从气中来 / 医生说这也是致癌的 / 主要原因"（邢昊《我爸最终死因不明》）。

"父亲盖过西安城里十分之一的楼 / 没有一间是他的，它们分别称作 / ×× 大厦、×× 小区、×× 酒楼、×× 广场等等 / 因此西安对我来说格外亲近 / 走进建筑群里，总像走进了父亲的尸骨 / 西安城里有十分之一的楼都是父亲的尸骨"（屈磊《西安城里的楼》）。

"总有些人在偷盗我们的人生 / 在我们的伤口上提炼他们的工业用盐 / 总有一些人在售卖我们的价值 / 而我们——几近奄奄一息 / 每一道伤痕里都有沉淀下来的罪证 // 罪。总有一些人好大喜功 / 制造新的伤口 / 并在那些伤口上提炼润滑剂 / 添加到新造的跑车上 / 减少磨损……每一道伤口都是物证"（向与《沟壑》）。

不过，从诗篇整体来看，它更想表达的，还是一个群体的文化怀抱。这个群体中的很多人栖居在城市的地下层，如诗中所言，"东直门地下室 / 没有白天黑夜之分，只有混杂的 / 建筑工、服务员、速递员、破烂王 / 以及记者、律师、会计师、部门经理 / 他们都来自贫困地区 / 阳光不会光临这里 / 灯光微弱，照不亮沉甸甸的诗行和梦想"。（林平《梦想拒绝的细节》）。就像有的人所说，北京的每一个地下室，都充斥着青春的梦想。诗篇的作者也是百行百业，有还在漂泊的，有已经漂成功了的，共同的对梦想的持守。

梦想淬炼了苦难，也催生了团结的愿望。于是，就有了这样的诗。"新工人群体向世界发出了自己的声音 / '没有我们的文化，就没有我们的历史 / 没有我们的历史，就没有我们的将来'"（苑长武《这里是 皮村》）。在我看来，这是一个群体的自我唤醒。

唤醒总需要思想资源。写到这里，我想提到这部《北漂诗篇》中一首非常独特的诗。

这就是王春玉的《李自成——观闯王李自成铜像有感》。它的独特之处在于，它是整本书中唯一的"咏史"之作，而且选择了明末农民起义领袖闯王李自成。虽然诗中的历史与思想并没有偏离正统史学的叙述，甚至不过是被史学界目为多少有些"过时"的阶级史观，但它出现在一个北漂者的诗歌中，依然让人感到有一股血性、硬气的力量，也令人心里多少有些不安。

不过，不安很快又被这些诗句冲淡了。

"宝贝，作业遇到了难题 / 你会不会着急 / 我不在家 / 谁可以教你 / 宝贝，当你看到别的小朋友 / 和爸爸妈妈在一起 / 你想不想爸爸妈妈 / 你会不会哭泣 //……宝贝，对不起 / 我真不想和你分离 / 真想走到哪里把你带到哪里 / 宝贝，现实有很多阶梯 / 把我们相距两地 / 我也常常问自己 / 是什么不让我们在一起"。（李若《宝贝，对不起》）。诗中饱含真情，文字质朴而行云流水，情感如水银泻地，倏忽灿烂。

更值得重视的，则是李圆圆的一首诗作，这是一个出生于 2005 年的小女孩，网名"元气少女"，诗题是《北漂的童年》。"当我学会走路的时候 / 外婆用绳子拴在我的腰上 / 像遛狗一样牵着我 / 走街串巷去捡破烂 // 我常常盯着喝饮料的小朋友 / 他们的空瓶子就是我的硕果 / 我常常恳求发传单的大姐姐 / 她们的广告纸就是我的收获 / 我常常比别人眼睛尖跑得快 / 挣脱拴我的绳索抢到废纸盒 //……外婆捡破烂 / 我在捡欢乐 / 生活不是诗 / 外婆牵着我的童年 / 过成了甜甜的诗歌 / 诗意童年躲进我的作文 / 不知道老师通不通得过"。我想，这首诗，任谁读都会感到心酸，或许还会泪流满面，但任谁读都能感到诗人心灵之清澈透明，诗中有苦恼也有哀痛，却不作无谓的愤懑，或假模假式的煽情。正是对苦难的精神提纯，使作者和她的诗作超越了那些无病呻吟的作品，把新文化的一抹亮色隐隐投射到我们面前。作者00 后的身份，更令人对这种新文化充满期望。

元气少女的人生刚刚开始，北漂的故事远未画上句号，他们的诗也是。吟诵这些没有句号的句子，依然是我们时代莫大的文化使命。

胡一峰，男，博士、副研究员。1980 年生于浙江余杭。《中国文艺评论》杂志副主编、编辑部主任；中国文艺评论家协会理事、青年工作委员会委员。主要研究方向为：中国现当代思想文化史、文艺理论和评论等。

# 肩扛使命　心装大海

## ——兼读《北漂诗篇》有感

宗德宏

　　2017年5月3日，我应邀前往中国现代文学馆，参加由泸州市人民政府和中国作家协会《诗刊》社主办的国际诗酒文化大会，在新闻发布会现场，我见到了多张来自五湖四海的诗人们面孔，与女诗人安琪寒暄之后，她递过来一部厚厚的、由师力斌和她主编的、刚刚出版的《北漂诗篇》，并希望我为之写个书评。说句实话，评确不敢当，况且诗集中还有梁小斌、车前子等一些大家的作品，但读后谈点感想，兹当学习，自认为比较恰当；再加之我与安琪又是中国作协中国诗歌网诗人高研班的同学，恭敬不如从命，也愿意说几句心里话。其时，在《北漂诗篇》通过网络公开征集诗稿的过程中，我已经从安琪和其他诗人的微信朋友圈知晓了此事，并认为安琪他们着手在做一项伟大的工程，深为他们的壮举感动。这本在国内文学史上的第一部北漂诗选，集纳了100多位北漂诗人的作品，完全突破了小圈子的界限，从影视导演、编剧、出版家、传媒精英到皮村打工青年，他们的作品在这本集子里，都得到了很好的展示。在这些诗人里，有的年逾古稀，有的只有十岁出头的年龄，这不仅填补了诗歌史的一个空白，也将会引起学界的震撼，同时对这个诗人群体更是一个鼓舞，特别是在中国新诗百年的大背景下，意义愈发深远。感谢师力斌、安琪为中国诗歌的回暖和复兴甘为他人作嫁衣，倾心尽力为广大读者奉献了一道精神文化大餐，为中国诗歌的繁荣和发展做了一件功德无量的事情。

　　北漂，顾名思义，是特指那些来自非北京地区的、非北京户口的、在北京生活和工作的人们，包括外国人、外地人。这个群体，来京初期都很少有固定的住所，搬来搬去，如水中浮萍，给人飘忽不定的感觉。许多怀揣梦想来北京创业生活的男男女女们，哪个没有一把辛酸泪？哪个没有一堆的故事？即使那些早已成名的北漂演艺明星，他们的过去依然如此，在艰难的环境中，跋涉着人生历程，从而砥砺出坚强品质，每每触及，可以激励今人，启迪来者。这个群体中大多数人乐观的生活态度和不懈抗争的毅力以及他们优秀的行为，怎能不为我们另眼相看。通读《北漂诗篇》，使我更加深刻地了解了北漂诗人这个群体，也更深化了我对他们尊重、崇敬与牵挂，循着他们的诗行，我读懂了他们从心灵深处发出的声音，他们对现实生活的抱怨、不满甚或谩骂，都框定在他们内心深处有大爱的前提下，他们在努力寻找的过程中，用诗抒发着情感，记录着现实，他们青春的记忆里，有那么一段难忘的、与诗共舞的岁月，我坚信也必将写进历史。

　　泪水、悔恨、悲伤、无奈交织在一起，这个群体中的人们承受着生命之重和生活之重。正如老巢《和家一样可靠的名字是我租用的》，一瞬间看到了命运。上不着天／下不着地的时候，我张开双臂假装／有翅膀。编者安琪在她的那首《极地之境》里，非常透彻地写道：现在我还乡，怀揣／人所共知的财富／和辛酸。我对朋友们说／你看你看，一个／出走异乡的人到达过／极地，摸到过太阳也被／它的光芒刺痛。孤城老弟的诗总是别具风格，他的《那些草们》凝重，如果有一天，草们枯死了／那也没什么——／生命过于沉重，在两个春天之间／允许换一换肩。凡此种种，不一而足。在这本诗集里，好的句子太多太多，限于篇幅，不能一一列举。肺腑之言，感召日月。我觉得他们的文字分明是醮血而就，呐喊里裹着希望。

是的，我们应该感谢北漂一族，他们在各行各业为北京的建设、发展和美丽默默无闻地奉献着，北漂诗人作品的鲜明特征又使得整个诗坛生机盎然，多彩而光艳。读《北漂诗篇》，让我领略了丰沛的时代风貌。鲜活的文字、思辨的光芒、哲理的达观，是灵与肉的衔连，是血和泪的融汇，是一批有责任感的诗人，敢爱敢恨、敢嬉笑怒骂的真实写照，我敢说，他们的心灵是纯洁的；源于此，他们的诗是会有旺盛的生命力的，是随着时间的推移越来越能够闪烁其光芒的。《北漂诗篇》的诗人队伍里，有许多是我的好朋友，对于他们彼时和此时的生活，我了如指掌，挣扎，用在他们的人生旅程中并不过分，他们一直为美好生活奋斗。当我读到十二岁的小诗人李圆圆的《北漂的童年》后，那样的滋味又涌上心头。妈妈怀上我就北漂打工 / 外婆城中村亲手接我到人间 / 妈妈帮我取名叫圆圆 / 寄托母亲对女儿美好的祝愿……当我学会走路的时候 / 外婆用绳子拴在我的腰上 / 像遛狗一样牵着我 / 走街串巷去捡破烂……外婆捡破烂 / 我在捡欢乐 / 生活不是诗……读着读着，我的眼睛湿润了，泪水流了下来，心绪久久不能平静，多么懂事的孩子啊！如今已回到湖南祁阳县上学的小圆圆在后记中写道：上学前，我跟着外婆陪妈妈在北京打工。九岁多的时候，我才回到老家上学。从大人们的谈话中，我依稀记得童年的趣事，那走街串巷的童年经历是我一生的精神财富，我的理想是考上北京大学。希望北京不再有城中村，让每个孩子都有个幸福快乐的童年。天真烂漫，生活的艰辛，没有消磨掉她对阳光的依恋，我们没有理由不善待她们。小圆圆还好吧？祝你理想变成现实！

　　一路走来，有太多的磨难、苦涩和委屈，然而，你们始终以博大的胸怀坚守、隐忍和担当，未来的诗坛会留下关于你们浓墨重彩的一笔，你们通过自身的努力为推动文学的创新、多元，补注了自己的心血，并永不停歇地探索着。沈浩波、周瑟瑟、陈波来、艾若、曹喜蛙、潇潇、李成恩、王寒山、王家铭、马晓康、刘克祥、查曙明、苏丰富、李飞骏、娜仁朵兰、张小云、姜博瀚、桑吉格格、于贞志、程谦、陈波等，在这个群体里，我想起了一连串闪光的名字，当中有一部分人的作品虽未入此集，但他们同样长期享受着诗的滋养，与诗对话，把心交给了诗。因此，我相信这里肯定会有人一夜之间名冠四方，诗行天涯。

　　你们的经历，必然会成为你们永不泯灭的记忆。喜忧参半的人生，历练出了你们的宠辱不惊，脸上的淡定平静和内心的波澜壮阔，是你们修为后的境界。我一直以为你们的肩头扛着使命，你们的心怀拥着大海；你们对北京的付出和贡献，天地作证，谁都无法抹去，你们把北京当成自己的家，荣辱与共、不离不弃，尽管有时不尽如人意。但是，我理解你们，抱怨里有对北京的爱，你们诗中显露的锋芒，实际上更包含了对国家越来越好的祈望。你们是一群襟怀坦荡、爱憎分明的人，特别是在大是大非面前，非常具有原则的人。不要说你们孤单、寂寞、无奈、无助，我的心，我们的心紧贴你们的心，咱们心心相连，在一片天空下，同呼吸、共命运，行文至此，我对你们充满敬意。

　　生活仍然继续，美好多于哀伤，让我们一起手牵手，向前路行进。多少事，未及回首，晨光熹微。《北漂诗篇》里太多的范雨素们就站在那里。

　　宗德宏，北京青年报社资深编辑、记者。数百首作品散见《诗刊》《中国青年报》《北京文学》《上海诗人》《北京日报》等各类报刊。曾出版两本诗集和主编报告文学集。这以后，搁笔十年。有作品入《中国年度优秀诗歌》等各种选本。

# 《北漂诗篇》与新世纪的漂泊诗学

陈进武

20世纪90年代以来，光怪陆离的中国诗歌充斥着"下半身"写作、垃圾派、"羊羔体"、"梨花体"时，诗歌群落中形成了一个影响逐渐扩大的北漂诗人群。这些诗人从大江南北、天涯海角来到首都北京，分布在北京不同角落和各行各业。作为高速流动时代的特殊社会群落，他们的出身不一、素养各异，社会名气和经济实力也各有不同，但却有着身历地理与精神流动的共同身份：北漂诗人。尽管审美趣味和诗学追求不尽相同，但他们都是在异地异乡写作，在一种"无根"话语的包围中用自我生存体验的个体写作。很大程度上说，他们所置身的境遇和面对的问题却又大致相同，这种境遇就是肉身与精神的双重漂泊，而面临的问题就是如何安妥生存和灵魂的漂泊。师力斌、安琪主编的《北漂诗篇》正是北漂诗人诗歌的首次集结，既是诗人们想象北京的"北京志"，又是真实反映北漂人的文化想象和心理诉求的最佳诗选。作为异乡人的存在，北漂诗人将时代的驳杂现场与心灵的深度体验融合，使这部诗集不仅能窥探到北漂者的生存境况和时代的精神图景，而且还展现出新世纪的漂泊诗学以及诗、史与思兼备的多重品格。

## 一、时空地图：身份与"北漂"流动脉络

北漂是指来自非北京地区的、非北京户口的，在北京生活和工作的人，包括外地人和外国人。这个漂泊的群体来北京初期都很少有固定住所，给人飘忽不定之感。如安琪所自述的，她"北漂13年，把北京的东南西北中都住过，搬了10次家，筒子楼也住过，塔楼也住过，蜗居也住过，办公室也住过，摇摇欲坠的小平房也住过"，"每搬一次家都很仓皇，东西基本都丢在原地"。到北京从零开始的北漂人虽有着异乡人的迷茫，但他们怀揣梦想更有理想抱负和拼搏精神，尤其是对北京这个古老城市和现代都市的向往和不懈抗争的毅力和豪气。《北漂诗篇》的"辑一"恰好收入了现居住在北京的98位优秀北漂诗人的诗作，展示了近百种北漂人生样态。诗集的"辑二"收录的是曾经在北京生活而后又离京的"前北漂"，包括梁小斌、程一身、布非步、天岚等26位诗人。在这场充满诗意的交流与对话中，共同展示了124位北漂诗人心中形态各异的北京想象。

从身份来看，这批诗歌写作者中有学者、作家、画家、出版人、电影人、艺术家、企业家、自由撰稿人和打工者等。其中，有朦胧诗代表诗人梁小斌、文化画家和诗人车前子、文化批评家叶匡政、打工春晚创办者亦是北京皮村打工艺术团团长孙恒、歌手许多、12岁的网络元气少女李圆圆，还有艺术成就令人瞩目却又为人所不熟知的宋庄艺术家群体包括李川、石梓含、朱子庆、阿琪阿钰、沈亦然、王顺健、马莉、邢昊、潘漠子等。单从传媒行业来看，北京就聚集了一大批非常优秀的诗人，如"影视行业的周瑟瑟、老巢、宋咏梅、才旺瑙乳、李成恩、刘不伟。编辑、出版、网站等行业的沈浩波、白连春、娜仁琪琪格、安琪、王秀云、不识北、黑丰、孤城、林茶居、李兆庆、林平、星汉、谢长安、刘傲夫、苏笑嫣、于丹等"。这些诗人创造力旺盛，活跃于北京和国内诗歌界，他们不约而同地用诗歌记录着北京的发展变迁，以及对北京生活的认知和体验。

《北漂诗篇》是按照写作者来北京时间的先后顺序来编排的，一定程度上搭建起了北漂诗人的历史链条，用诗语记录了北京的过去、现在和未来。从入选者到北京的时间来看，现北漂诗人最早到的是1991年到京的潇潇，最晚近的是2016年到京的许烟波、小海、杨泽西、叶上达等诗人。前北漂诗人中最早到京的是1993年到的刘不伟，2016年离京的有郎启波等；逗留时间最短的是2008年3月至9月在京的陈波来和1996年秋至年末短暂北漂的王寒山。恰如安琪在"后记"中说的，这些诗人进京和离京，"有一种前赴后继感，也是一代代人北漂的明证"。在26位前北漂诗人中，年龄最大的是1954年出生的梁小斌，最小的是2005年出生的李圆圆，出生于20世纪60年代的诗人有12人，"70后"诗人有10人，"80后"诗人有天岚（刘秀峰）、陈波来、七月友小虎（李源）等2人。而在98位现北漂诗人中，除北京皮村打工诗人无法确定出生年月外，"50后"诗人有2人，"60后"诗人有29人，"70后"诗人有28人，"80后"诗人有20人，"90后"诗人有11人。由此可见，不论是现北漂，还是前北漂，这一诗歌群落的主体都是"60后"和"70后"诗人。但引人注目的是作为青年诗人的"80后"和"90后"从2008年开始逐步增加，日渐成为北漂诗人群落中的主力军。

从空间流动来说，以首都北京为中心，这一迁徙与飘移的诗人群体从小区域走向大区域，或者从大区域再转回小区域，一切都行动了起来。若按照生活的空间线索，可以清晰地看到，北漂诗人的生活经历和流动区域又是纷繁复杂的。从流入北京的情况来看，流入省份（自治区）前三位的是河南（13）、安徽（10）、山东（8），随后依次是河北（7）、辽宁（6）、福建（6）、湖北（6）、甘肃（5）、浙江（4）、湖南（4）、江西（4）、江苏（3）、内蒙古（3）、吉林（3）、广东（3）、黑龙江（3）、山西（2）、陕西（2）、四川（2）、贵州（2）等。不难发现，来自河南、安徽、湖南、湖北、江西、山西等中部六省的北漂诗人占据总数的比例达41%之多。这些诗人走向北京这样的大都市，构成了人生走向上远离家乡故土的流动轨迹。从北京流出返乡情况来看，流回省份（自治区）分别是浙江（3）、广东（3）、江苏（2）、湖南（2）、湖北（2）、内蒙古（2）、贵州（2）、四川（1）、河北（1）、河南（1）、云南（1）、安徽（1）、江西（1）、海南（1）、广西（1）、山东（1）、福建（1）等。在这里，从北京返回长三角和珠三角的流动最明显，可以见到，大多数诗人都选择返回原籍生活，从故乡到异乡再到故乡构成了地理上循环的流动圈。从这一意义上来讲，《北漂诗篇》在时间先后编排与区域空间流动的交织中构成了时空的坐标系，这种时间的推进移动和空间的故乡/异乡的循环，既形成了一张彰显北漂诗人身份和流动轨迹的时空地图，同时也揭示了时空流动的经纬与血脉。

## 二、异乡/故乡：城乡中国语境的乡愁书写

如今，现代人的流动愈加容易和频繁，这种时空流动和生活变化导致人的心理结构和精神状态发生了很大变化。曾经赖以生存和熟知的故乡逐渐变成追忆怀旧和情感寄托之所，正如歌手李健在《异乡人》中写的："近在眼前的繁华/多少人着迷/当你走近才发现/远过故乡的距离/不知不觉把他乡/当作了故乡/故乡却已成他乡/偶尔你才敢回望/曾经的坎坷/现在不用讲/异乡的人有着相同的惆怅。"然而，这种把"故乡"当作"他乡"的异乡愁体验，也并不是传统意义上国家想象和乡土中国的情感投射，而是在"城乡中国"语境中富于反思自我和他者关系的"乡愁"。对大多数北漂诗人来说，他们"一方面抒写了某一地域文化所

传递的信息，无形中渗透了该地域的地理景观与人文特色；另一方面又通过诗歌创作影响了这一地域的文化基因"。事实上，《北漂诗篇》对于"异乡／故乡"的双重互动书写也促成了诗歌和文化之间的转换和融合，催生了新的诗歌特质。

北漂诗人对北京有着极其复杂的感情，《北漂诗篇》在每位诗人的介绍中特意附有一两句感言，这些风格迥异的感言在一定程度上恰能窥见北漂诗人们的空间感知和情感态度。不过，不同代际的诗人又提供了不同心灵感受。"60后"诗人李飞骏坚信："北漂的际遇，恰是诗歌的际遇，也是时代的际遇。我手写我口，做时代的证人。"王迪说："是因为北漂，激活我又重新写起诗来。北漂，谢谢北漂！"杨北城感叹："北漂，即使在地下室匍匐着前行，也要保持飞翔的姿势。"叶匡政则意识到："北漂像贱民的胎记，藏得再深，都暴露出一个时代的耻辱。"再看"70后"诗人的感受，许烟波认为："背负理想行走远方。"赵天鹏说："在一座希望、失望、欲望并存的城市漂泊，是一种选择。"冰凌感慨："北漂的生活让我成长。"鲁橹则轻描淡写地说："北漂，落脚而已。"相较于"60后"诗人"飞翔的姿势"和"70后"诗人的感恩"成长"，"80后"诗人则表现出一种"在路上"的姿态。朱翔宇满怀信心："希望在路上。"小海也相信："无论是辉煌的还是暗淡的。既然北漂，就不怕嘲笑。"三四则期盼："漂久了，也会生根。"可以明显看到的是，"90后"诗人并不如上述诗人那样积极乐观，孤狼坦言："北京这片土地，我不知道它有什么好，我只知道从我来到北京以后再也离不开了。"杨泽西则带着些许无奈地说："活着，就好。"这些北漂诗人的感言既是向着个体的北漂人，也是向着北漂群落和不同代际的北漂人提供的认知指南。

从入选诗作名字来看，《北京、北京》《家与远方》《北京印象》《这里是北京》《在北漂的日子里》《哦，北京》等，北漂诗人们深情关注作为异乡的北京与处在远方的故乡，极其敏感地书写着在北京漂泊的生活。有对故乡的怀想和留恋，"伸手／抓一把四环的空气／盛进袋子里／干巴巴的叫作北京／……昨夜又是谁扔的理想／谁捡起来的故乡"（叶上达《干巴巴》）；"无家可归的孩子，你的眼泪流进了潮白河，异乡的游子，只有在梦里是你踏上回家的旅途"（常文铎《关于北京的诗》）。也有对故乡和异乡关系的深度体悟，"十三岁／醒时是家／梦里是远方／三十一岁／醒时是远方／梦里是家"（冰凌《家与远方》）；"家乡，其实／不／远／只有两小时的高铁／一个追梦的少年／冲破黎明的地平线／就出发了／惊慌中没带一件行李／鲁西南平原的纽扣／就淡成／一首无题的朦胧诗／从此，金乡成了我的／远方"（李飞骏《诗与远方》）；"而我又没有钱／而我又一个人在北京／漂泊／……只要房东把门锁了／我就无家可归／实际上我本身就没有家／关于未来／我没有未来"（不识北《你们思考人类我思考我自己》）。还有对未来生活的憧憬与期盼，许多最初所体验的北京是："北京好大好大／北京好冷冷冷好冷／北京也好热好热／北京没有我的家"，此后感受到"北京好大好大／北京好冷冷冷好冷／北京也好热好热／北京也有我的家"，最终接受这样一种生活与存在，"北京好大好大／北京好冷冷冷好冷／北京也好热好热／北京就是我的家"（许多《北京、北京》）。可以说，从最初的迷惘和感伤，到幸福与希望的唤醒，写出了北漂人奔波挣扎的处境和心态。

在乡愁书写的情感序列上，出现频率最高的词汇有：家、故乡、根，与此相应的漂泊体验是：外乡人、异乡、还乡。有对身份的纠结与确证，"没有人能够识别我们的身份／我们只是微不足道的生活的一小部分而已／每天，城市都会高速运转／仿佛，一掺及乡愁和孤独／你这个微小的零件就会卡壳、损坏／迅速被城市换上新的一个"（杨泽西《北京地下室之蚁族》）；"外乡人染着尘土的馨香 / 很容易在人群之中辨别出来 // 外乡人一般粗胳膊粗腿粗脖子 / 眼光如炬一语不发 // 外乡人离去之后，空空的 / 房屋，落满了灰尘 // 风的前面是风 / 风的后面也是风 // 风从风中吹出风 / 外乡人走在回乡的路上"（张后《外乡人》）；"我怀念异乡　我将去往异乡　我还未去……陌生人　我热爱你 / 以水当酒　来　我敬你伴我这一程 // 我会去往更远　不想停下　亲爱的陌生人 / 那驾载着我的马车　是异乡　是我怀念的不死地"（鲁橹《怀念异乡》）。还有上升到乡愁文化价值和形而上高度的书写，"我们徒劳地从城市回到乡村 / 深入大地 / 寻找藏在种子里的声音 / 以此抑制说话的冲动 / 直到我们从泥土中生根 / 我们已无家可归 / 我们注定一无所成 / 因为每一个决心出走的人 / 都会死在半路"（左安军《归途》）；"回到一个叫金乡的县城 / 我成了有根的人 / 作为四世同堂的一分子 / 辈分又升了一级"（李飞骏《回乡记》）；"现在我在故乡已呆一月 / 朋友们陆续而来 / 陆续而去。他们安逸 / 自足，从未有过 / 我当年的悲哀。那时我年轻 / 青春激荡，梦想在别处 / 生活也在别处 / 现在我还乡，怀揣 / 人所共知的财富 / 和辛酸。我对朋友们说 / 你看你看，一个 / 出走异乡的人 / 到达过 / 极地，摸到过太阳也被 / 它的光芒刺痛"（安琪《极地之境》）。显然，城乡中国语境中的"乡愁"很大程度被赋予了更具普遍意义的还乡、寻根等认同内涵。

### 三、漂泊诗学：个体生存体验与灵肉安妥

21世纪以来，从"乡土中国"到"城乡中国"，那种寄希望通过还乡体认"根"的存在已经很难获得，反而一定程度上加剧了在异乡与故乡交错中的失根体验。在诗人安琪看来："一个没有离开故乡的人不能称之为有故乡。"潘漠子也坦言："无处不故乡。"既然"离家多年　才发觉异乡也是故乡"（苏忠《在异乡》），那么恰能做到如诗人杨炼说的："你是奥德修斯，就注定得漂流，甚至为自己创造一个大海。"从肉身来说，漂泊是一种沉重负累和无法言传的孤独，但从精神来说，诗人的漂泊体验毫无疑问又是意义非凡的写作财富。北漂诗人们所创造的"大海"就是通过城市来把握个人与生存环境的互动，基于灵与肉的生存体验去感受并试图描绘出复杂的时空关系和心理的触动因子，自觉不自觉地将"漂泊"上升到作为生存和生命体验的高度，从而赋予了"漂泊"新的诗学意义。

地铁、车站、雾霾、沙尘暴、城管、户口、圆明园、巴士、地下室等，诸多关于北京的意象建构起了北漂诗人用身与心所体验到色彩斑斓的北京。在交通出行体验上，"在一座古老的城里 / 列车在地下穿行 // 所有乘车的人，都默不作声 / 轨道上咣嚓交错的声音 / 惊扰了在地底沉睡的灵魂 // 每停一站 / 我都会惊恐地看着上车的人"（许烟波《北京地铁》）；"我们搭坐地铁和公交几个小时，来到公司 / 习惯性地刷卡、微笑 / 打开电脑，开始一天的工作"（杨泽西《北京地下室之蚁族》）；"一米内。我们盯着对方 /……事实上，我瞳孔散光。迎着她 / 像迎着镜子里另一个赶早的自己"（花语《地铁·打量》）；"它只是一辆开往旧址的巴士，808路或1路 / 感谢宽广，他也许还拥有806种路线去逃避 //……'东门西站到了，下一站北门南街，去中心车站请转1路'感谢宽广，他还有无限多的方位可以任意游移"（潘漠子《808路巴士》）。在生活环境的体验上，李飞骏感受到的是"皇城根的霾 / 也大大 // 正能量的天安门 / 负能量的大裤衩 / 都隐身了 / 皇霾深深几许 / 紫禁城的底色 / 是灰的"（《北京现场：皇霾》），而"雾霾。覆盖了盘古创世时留下的那片天空 / 我们，即已成为离天空愈来愈远的一代人"（向与《一代人》）。

338

在生活与生存的体验上，诗人黑鸟之翼直言："未来，博物馆，玻璃柜里／放着一块砖，见证了这个城市发展的历史／雾霾颗粒物织成的一块砖／是警醒后人的，一座耸立的纪念碑"（《我的城市病了》）。在这座"生病"的城市，有的忧心户口，"我在这里把诗句写下来／很像写在贫瘠、干旱的土地上／衰老的眼泪。她，长长的生命历程／很像对岸的一条大河。在版图上没有户口"（姜博瀚《户口》）；有的成了房奴，"就在售楼部的那个下午／穷人的孩子掷金 30 万／首付买下城市一套 60 平米的房产／也一并买下父母一辈子的血汗／还要分期偿还"（屈磊《买房》）；有的住在潮湿的地下室，"我们住在北京城的地下室里／日复一日地为生存而奋斗着／我们活过，像从未活过一样"（杨泽西《北京地下室之蚁族》）；有的苦于抢票，"离过年还远呐／大家回家的心动了／一大早爬起来／坐在电脑前／等着放票／／八点一到／赶紧刷票／屏幕上一个小圆圈转啊转的／票没了／这什么破网速／看到有票就是抢不到／同事骂骂咧咧走了"（李若《抢票》）；隔着墙壁邻里却陌不相识，"楼上／住着两家／／拆了这道墙后／只剩下一男一女"（王迪《墙》）。对于北漂的生活，冯昭有着极其深切的感悟："五年来，北漂们的欲望／助长了房价和通货膨胀／他们把青春、喘息／掩埋在林立的写字楼里／又把自己挤出京城／北漂五年，我迟疑的手射下九个太阳／而诗歌依然在血脉里延承"（《北漂五年祭》）。

在北京这座大都市，北漂人会在意个人身份。牧野宣称："我们并没有身份／我们也并不知道——我们／终于可以将时间——拒之于门外"（《身份》）。这里有北漂人找工作的艰辛，"在去通州的公交车上／开始于陌生的首都交流／梦想从干瘪的烧饼上开始／商场排骨摊位上的台秤／淘汰了我不精密的数学／又悻悻来到昌平／报刊社临杂工的美梦也破灭了／最后一站　租住在房山区／一家药店接纳了我／谋了个驻店'导医'的差事"（王寒山《大雪中的北京》）。

撕开生活与生存的本相，《北漂诗篇》真切地记录了充满生活质感的北漂经验。我们很容易看到，快递员"奔波，快餐／地下室和蜇入心中的孤独／在北京，7 年了，他跨不过这篱墙／但仍没有离开，黑暗里的一口井／一盏灯似的光亮中，他像风中的芦苇／金灿灿的暮色里，倒下又扬起"（蔡诚《快递员速写》）。清洁工，"傍晚／伴着渐渐亮了的街灯／你那弯曲的背影／古铜色的脸庞／和我们诉说着你的一生／最美的人哪"（寂桐《清洁工》）。在躲完城管后，卖花的春燕在"这个情人节，男友不能和往年一样送她浪漫礼物／她把最后一朵玫瑰；留给自己，留给爱情"（黑鸟之翼《把最后一朵玫瑰留给爱情》）。北京皮村的孙恒高呼："你来自四川，我来自河南，你来自东北，他来自安徽；无论我们来自何方，都一样的要靠打工为生。你来搞建筑，我来做家政，你来做小买卖，他来做服务生；无论我们从事着哪一行啊，只为了求生存走到一起来！打工的兄弟们手牵着手，打工的旅途中不再有烦忧；雨打风吹都不怕，天下打工兄弟姐妹们是一家！"（《天下打工是一家》）。然而，这些在北京坚守的漂泊者们有着生存的困局，正如雪婷所看到的，"这里的朋友有的是工伤，有的是意外受伤，有的是他人伤害。门前挂号的人越来越多，排着长队。亲人家属陪着病人在这里过夜，每人带着毯子或睡袋，在走廊里小睡，不敢睡深，深怕夜里病人突发情况，突然离世"（《脆弱的灵魂》）。但即便是灵与肉沉重的生存，"不管未来是一个什么样的世界／我的世界里／依然坚守着这一盏破旧的灯光／／虔诚的守候是我不灭的灵魂"（娜仁朵兰《我依然虔诚守候》），这大概是北漂人最淳朴的坚守，也是他们最初的梦想和信念。

## 四、结语

《北漂诗篇》给读者提供了什么？漂泊使北漂诗人们获得了什么？答案可能是诗歌写作的题材和主题、写作的空间和心态，等等。然而，归根结底还是北漂诗人获得了个人化的体验和生存感受，见证和体验了一个群体性和持续性的漂泊时代，写下的是属于北漂人和感知北漂人的个人诗篇。还应该看到的是，《北漂诗篇》对父母、夫妻、情侣、儿女等人的感情抒发，形成了强烈的情感冲击力，显得波澜不惊而又刻骨铭心。牧野的《母亲母亲》中，"病床上的母亲／只记得骂自己的儿女"，朱翔宇则看到，"妻子吃药，丈夫递水"的细节，感叹"已经有好多年／没见到这样的情景了／向来单身的我／心突然咯噔了几下／像是'幸福来敲门'"（《中年夫妻》）。李若惭愧地对儿女说："宝贝，现实有很多阶梯／把我们相距两地／我也常常问自己／是什么不让我们在一起"（《宝贝，对不起》）。应该说，这样的北漂体验以一种集体的残忍方式触动了每个人的内心柔软之处。

北漂诗人杨泽西在《苦难》中写道："当父亲谈及因此病突然死亡的同伴时／建筑工人、服务员、农民工、搬运工……／这三十多年来陪父亲一同受苦受难的称号无一幸免／都随着父亲的一声'老了'而一并逝去"。左安军献给《父亲的诗篇》中写道："现在父亲头发稀疏，两眼疲惫／我却不能代替他老去／有一些父亲在我体内尘封但我们素未谋面／作为他们的遗物我将被重新分配。"而三四（崔庆凯）《父亲》则写着："日子没有边界，日子是宇宙／和加粗的历史／你的一辈子，是月光硌疼了脚背／记忆深处供着一把刀子。"更要看到，祁国在《祭父》中写的那句："我拿起电话／没拨任何号码／轻轻喊了一声爸爸。"在这里，一方面，这一声轻声呼喊，正是一代代现时寻梦的北漂人的心声，真情意切又感人肺腑。既打开了北漂人孤独密闭的心灵，又产生了个人／群体的情感和身份认同；另一方面，这种内在情感与生存体验的对接，并不断地在自我之中将情感的阀门敞开，很自然成为北漂诗人创作的精神源泉。这也是北漂者对漂泊命运的一种反抗。

（本文为江苏省高校哲学社会科学基金项目"新时期文学批评的人性话语研究"（2016SJD750005）与江苏教育科学研究院 2015 年度博士专项（JSNU2015BZ24）成果。）

陈进武，男，南京大学文学博士，现为江苏第二师范学院文学院副教授，兼任湖南大学中国全民阅读研究中心兼职研究员、《江苏区域文学研究》副主编。入选江苏省"青蓝工程"优秀青年骨干教师等。已发表学术论文 70 余篇，主持或子课题主持省部或市厅级项目多项。

## 后记｜"一本诗歌版的北京志"

安琪

2018 年 7 月 23 日发出《北漂诗篇（2018 卷）》征稿启事，9 月 30 日截稿，10 月 10 日在贵州绥阳十二背后风景区参加第 38 届世界诗人大会间隙开始编辑，大半个月我沉浸在邮箱中的一封封来稿里，一首一首认真阅读、筛选。和众多选本以编者定向约稿或编者悄悄自选不同，《北漂诗篇（2018 卷）》和去年一样，走的是公开征集之路，我们并不能确定北漂诗人们分布在北京的哪个角落，我们也不能判断哪个是哪个不是北漂诗人。"北漂诗人"是一个封闭也是一个敞开的概念，封闭在于它有它的特定内涵：外省到京人群、非北京户口人群；敞开在于它有它的流动性和无限性：来往进出北京的每一个诗人，都是本书的作者。如同去年一样，大量陌生的、新鲜的面孔成为本书的亮点：这是真正漂在北京各个角落的诗人，有门卫、有快递员、有钟点工、有自由职业者，许多作者时至今日编者也不认识，他们都隐藏在邮件的另一边。还记得那天，当我读到一个署名张华的诗作《三口之家的情怀》时我的激动心情，我迅速发给本书另一主编师力斌和诗人鲁克（我知道鲁克正在做"好诗精鉴"推送），师力斌一以贯之回我以热烈的三个字，"太好了！"鲁克则很快做了题为《怎么呼吸就怎么爱，怎么流泪就怎么写诗》的解读，"我在这首诗里看到了自己，看到了好多同乡和同道，看到了无数草根在这个庞大的物质时代的小小背影"。在作者简介中张华自述，"20 世纪 90 年代末来到北京。其间，当过建筑小工、装卸工，现在从事个体司机工作"。互加微信后张华自嘲，"开黑车，但心不黑"。是的，爱诗的人都是有信仰的人，有信仰的人心怎么会黑呢？我想到了同样在阅读中深深打动我的诗人冯朝军和他的《信徒》一诗，诗中叙述了北漂生涯中面临的一个又一个困难：一个客户不再合作，另一个客户被奸猾的同事撬走，房东加了房租还在电表上动了手脚，困顿中作者自问"做个坏蛋，是不是日子就会好过？"然后诗人自答——

这怎么可能
我很快否定，当我转身回到诗歌里
我已是个信徒

读到此诗，我浑身起了鸡皮疙瘩，那种被好诗击中的感觉电流一样穿过全身，生活的残酷是真实的，诗歌的信仰也是真实的，因为诗歌，我们的心灵不会在生活的种种丑恶面前变形、扭曲；因为诗歌，我们有底线，不会蜕变堕落成我们所厌恶的那群人。读冯朝军此诗，我的脑中浮起了沈浩波的一句话，"诗歌让我们成为更好的人"。我迄今不知道冯朝军是干什么的，但从他投稿《北漂诗篇（2018卷）》的这组诗，我坚信他是一个有良知的优秀诗人，这就够了。

90后诗人刘浪以一首《由于狭小》引发微信朋友圈的共鸣。是的，我经常第一时间把编选过程中读到的令我心动的诗作发布朋友圈，犹如宝剑看见英雄会叫，我也一直葆有看见好诗就爱嚷嚷的天性，诗神在上，这天性多么迷人。好吧，我们来看看刘浪的诗，很短——

由于狭小，屋里的每件东西都有多种用途

唯一的桌子，既是饭桌也是书桌

仅有的窗户，既用于采光也用于眺望

那扇门，一旦关上就没有另外的出口

这张床，是他们争吵的地方也是他们和解的地方

何其熟悉的北漂场景，地下室？筒子楼？单元房的某间隔断板隔出的蜗居？谁没有在狭小房间困苦过谁就不能称之为"北漂"！这五句，每一句都来自生活的真实但却在最后一句踩到了丰富而奇妙之处，可以说是无奈，房子太小，争吵也快和解也快，因为都在同一张床上；可以说是幸运，幸好房子太小，争吵也快和解也快，因为都在同一张床上。如果房子大了，一人一间了，两人的争吵谁都有自己赌气的床，那他们的和解还能这么快吗？这首诗不是写出来的，是活出来的。

类似"活出来"的诗作在这部书里还很多，或者说，这部书简直就是为这些"活出来的诗"而编。我想起编选过程中我和一些微信好友的交流，我希望投稿《北漂诗篇》的诗作在情感上能落到实处而非空泛地抒情，我希望有细节的真实，有感知得到的生活的底质，有鲜明的悲和喜的作者形象，有看得见的北京面孔、触摸得到的北京体温。一句话，我想说的是，《北漂诗篇》的关键词是"北漂"，它希望达成的是这样一种理念，借用某一年《南方周末》的新年祝词，"给绝望者以希望，让无力者前行"。

师力斌老师和我都是带着一种责任感、一种自豪感来编选《北漂诗篇》的，当然，这份责任和自豪都是我们自带的。相比于众多诗歌选本，《北漂诗篇》不是对众多已成名诗人的锦上添花，它是对更多隐藏于北京各个角落的努力生活、默默写作的诗人的雪中送炭。回想2017年版的《北漂诗篇》涌现出的许烟波、杨泽西、左安军、常文铎等写出过饱含生命痛感诗作的优秀诗人，今年并未见到他们投稿，我也不知他们在哪里，是否还在北京？这就是《北漂诗篇》的编选状态，它的作者永远是不确定的；它的作者有时自己都不知道自己什么时候就离开北京了；它的作者要考虑的永远是生存第一，诗歌于他们是过于奢侈的非物质存在；它的作者，它的作者啊，并不知道自己是多么优秀的诗人！

感谢中国言实出版社继2017年首次出版《北漂诗篇》后今年继续承担本书的出版工作，

感谢王昕朋社长的慧眼和人文关怀。作为中国第一部正式出版的北漂诗人年选，《北漂诗篇》已成为"一本诗歌版的'北京志'"（千龙网），它是北京的"新地标"（《信报》）。2018 年 5 月，笔者应邀赴上海参加上海社会科学院和临港区政府联合主办的"城市诗学"研讨会，做了题为《北漂诗人的城市诗写》的主题发言，会上笔者提出的一个观点得到了与会诗人、专家的认同，"漂在各地的诗人已构成了城市诗写的主力和新的诗歌生长点"。

祝福北漂诗人，祝福北漂诗篇！

2018 年 10 月 23 日于北京不厌居